文春文庫

氷雪の殺人

内田康夫

目次

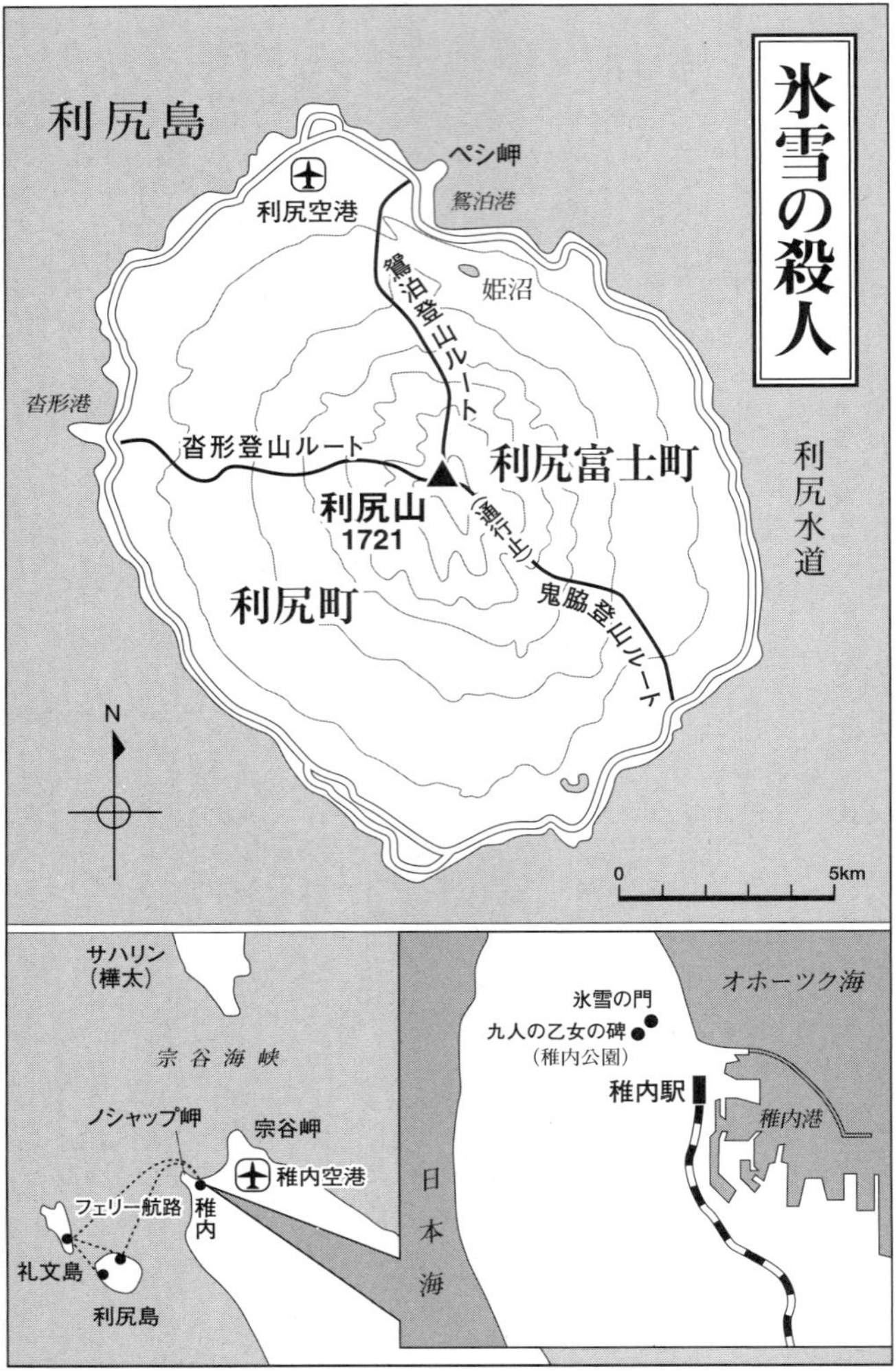

氷雪の殺人
利尻島
ペシ岬
鴛泊港
利尻空港
姫沼
鴛泊登山ルート
沓形港
沓形登山ルート
利尻富士町
利尻山
1721
(通行止)
利尻水道
利尻町
鬼脇登山ルート
N
0
5km
サハリン
(樺太)
宗谷海峡
ノシャップ岬
宗谷岬
稚内空港
フェリー航路
稚内
礼文島
利尻島
日本海
オホーツク海
氷雪の門
九人の乙女の碑
(稚内公園)
稚内駅
稚内港

氷雪の殺人

プロローグ

　冷たい缶コーヒーで乾杯して十五分か、せいぜい二十分ほど歩いたときに、富沢は異常を感じた。膝《ひざ》がガクッとくる脱力感があり、それから頭の中がフッと空白になる予感のようなものが襲ってきた。睡魔というやつかもしれない。

（ばかな——）と首を振った。こんな状況で眠くなるはずがない——と理性は判断している。しかし、足元のゴツゴツした石を踏む感覚が、急速に遠のいた。フワッと雲の上に踏み出したような気分が心地いい。

「ちょっと、疲れたみたいです。休ませてください」

　回りの悪い舌でそれだけ言って、登山道脇に尻《しり》を落とした。「大丈夫？」と訊《き》く声がやけに遠く聞こえる。「いや、動けない……」と言ったつもりだが、自分の声さえもぼんやりしてきた。

（おかしいぞ、これは——）

救いを求める目を宙に彷徨《さまよ》わせたが、周囲の風景に焦点が合わなかった。天地がグルッと回転し、ブッシュがスローモーションのように視野いっぱいに迫った。本能的に両手で顔面を庇《かば》うのが精一杯だった。全身が草むらに沈み込んだ。

何が起ころうとしているのか、富沢は朦朧《もうろう》とした意識の底で覚悟した。

（やはりこういうことだったのか――）

仕組まれた罠《わな》への予知はあったのだ。なぜそう感じたのかは説明がつかないが、富沢にはこうなる予感が確かにあった。不安といってもいいかもしれない。旅のあいだずっと、その不安に怯《おび》えていた気がする。だから、生きた証を残すように、万一のためのメッセージを残してきたのだ。

しかし理性では、予感や不安は愚かしい妄想だとしか思えなかった。こんなことが起こるはずはないと信じたかった。それなのに、予感はそのとおりに的中したのだ。もはや引き返すことのできない、最悪のシナリオが実現しつつあるのだ。

富沢は万斛《ばんこく》の恨みをこめて、この「死地」に送り込んだ男の名前を呼ぼうとしていた。

「ハ・チ……」とまで言ったところで舌がもつれた。唇の端から涎《よだれ》が流れるのが分かった。拭《ぬぐ》おうとする意志はあったが、腕が思いどおりに動かない。

痛みも苦しみもなかった。ただひたすら眠い。居眠り運転の前兆のように、目を開けているにもかかわらず何も見えていない状態だった。この眠りの先には死が待ち構えていると分かっていても、心地よい眠りの誘惑に抵抗できそうにない。

妻と二人の子供の顔が浮かんだ。夢の中で彼らは笑っていた。

（眠っちゃだめだ――）

一瞬の覚醒《かくせい》があって、指の先に地面の冷たさを感じたのが最後の知覚になった。体がフワッと浮き上がって、しばらく空中を漂ったことと、その後の暗黒の地獄の底に落ちてゆく感覚は、すでに幻覚の中にあった。

第一章　利尻島にて

1

男が入館したとき、展示ホールにはほかに客の姿はなかった。もっとも、シーズンの最盛期を除けば、建物の中に入館者が一人もいないことは珍しくない。利尻《りしり》カルチャーセンターができた当初は、島の観光の目玉になることを期待されたのだが、それほどの効果はなかったようだ。山本ちよえはチケット売り場と事務と、両方を担当しているけれど、手持ち無沙汰《ぶさた》のときが多い。

カルチャーセンターが完成したときに、ちよえは町の職員である父親に勧められ、稚《わっか》内《ない》の小さな会社を辞めて島に戻り、センターに勤めることになった。初めの頃は館長とちよえと、もう一人、交代要員の女性がいたのだが、採算がとれないのと、仕事がさほど忙しくないことが分かって、いまは館長も非常勤で、ちよえ一人でほとんどの業務を処理している。それでも、シーズンオフやウィークデーなど、ひまは十分すぎるくらいある。ちよえはひまにあかして、展示ホールを飾る小物類をずいぶん作った。案内標示から、古代の利尻島の生活を再現する小さなパノラマまで、玄人はだしと褒められるような出来映えの作品ばかりである。

もともと、ちよえは手先が器用で、稚内の勤め先も広告デザインや看板、それにイベントの展示物を作る会社だった。仕事が好きだったし、給料の安さも我慢できないことはなかったのだが、このところの不況で会社そのものがピンチになった。そこへカルチャーセンターの話が持ち込まれたのは、いわば渡りに船の幸運だったといえる。

ちよえ会心の作となった最新作は「運だめしタンス」。高さ四十二センチ、幅四十センチ、奥行き七センチのケースに、百個の引出しを嵌《は》め込んだ大作だ。素材は、外枠と縦横九筋ずつの仕切りには厚手の、引出しにはやや薄手のボール紙を使い、黒の色画用紙で上張りした。表に面した部分には千代紙を貼《は》り詰めて、ちょっと艶《なま》めかしい、純和風の可愛らしい「タンス」に仕上がった。

この「運だめしタンス」の小引出しの三箇所に、「大吉」「中吉」「小吉」それぞれ一枚ずつの「当たり御神籤《おみくじ》」を入れて、展示ホールの片隅に置いた。堅苦しくなりがちな資料館のムードを和らげようという、ちよえの心遣いだったのだが、これが思った以上に好評を博した。展示品にはそれほど関心を示さなかった若いお客のグループが、タンスの前にたむろして、代わる代わる引出しを開けては、大はしゃぎする光景を何度も見た。利尻の歴史や文化を知ってもらおうという、カルチャーセンターの本来の目的とは、必ずしも合致しないけれど、これはこれで観光の具としては役に立っている。

その「運だめしタンス」の前に、男は真面目《まじめ》くさった顔で佇《たたず》んで、脇の説明書を読んでいる。年齢は三十歳前後。元は白かったのが少し汚れて、ベージュがかった色のテニス帽を被り、白いスポーツシャツの上に、くすんだグリーンのブルゾンを着ている。さっきチケットを渡すときにチラッと見た印象では、目鼻だちの整った、ちょっと感じのいい男であった。

ちよえは二十八歳である。十分すぎるほどの結婚適齢期だが、いまのところそれらしい相手はいない。稚内にいた頃、仕事関係で知り合ったグラフィックデザイナーの青年と、ちょっとした仲になった。グラフィックデザイナーといったって、稚内あたりでは仕事の量も質もたかが知れている。デートの費用ばかりでなく、いろいろな出費をちよえが面倒見たりもしたのだが、青年は東京に仕事の口が見つかったとかで上京したきり、はがき一枚、電話一本もくれない。それ以来、ちよえは男性不信に陥った。

だからといって男性不感症というわけではない。好ましい男にはそれなりに反応する感情は持ち合わせている。むしろ、縁もゆかりもない対象ならば、かえって距離を置いた鑑賞する目で見ることもできる。

ちよえが眺めている先で、客の男はタンスに向かい黙礼のような仕種《しぐさ》をして、おもむろに引出しを抜き出した。引出しの中を覗《のぞ》き込んで、「あっ」と小さく叫んだ。それからチケット売り場の窓口を振り返り、ニコッと笑った。

「当たりました？」

その笑顔に誘われるように、ちよえは言った。

「ええ、当たりました、中吉ですよ」

「あ、すごい、ラッキーですね。それ、百の引出しの中に、御神籤はたった三枚しか入っていないのですから」

「そうですか、そいつはラッキーだ」

「きっと何かいいことがありますよ」

「あはは、もう幸運は使い果たしました」

「えっ、そうなんですか？」

「ええ、あなたに会えた」

そう言って、男はまた笑った。一瞬、キョトンとしてから、ちよえも吹き出した。そんな軽い口調でお世辞を言えるような男性は、島にはもちろん、稚内にだっていやしない。それこそちょっとしたカルチャーショックであった。しかし、それと同時に警戒する気分も湧いた。そういう達者な会話を操れるような人種は、信用できないと思っている。それにたぶん――。

「あの、東京の方ですか？」

訊いてみた。

「ええ、東京から来ました」

（やっぱり――）

東京の人間というだけで、何となく敵意を抱いてしまうのは、例のグラフィックデザイナーを「東京」に奪われたせいかもしれない。利尻よりは稚内、稚内よりは札幌、札幌よりは東京——と、憧《あこが》れの対象であることの裏返しともいえる。

「利尻島はいいところですねえ、想像していたのより、ずっといい」

男はこっちの感慨には頓着《とんちゃく》しないで、のどかな口調で言った。

「それに、無茶苦茶に遠いかと思っていたけれど、そうでもない。東京から稚内まで飛行機で来て、あとはフェリーで、全部でほんの四時間ばかりでしょう。東京から新幹線で広島へ行くぐらいかな。これで冬、寒くなければ別天地ですね」

「冬だって、そんなに寒くないですよ」

つい反論したくなった。

「北海道でも、寒いのは旭川とか内陸のほうで、利尻は対馬《つしま》暖流のせいで、わりと暖かいんです。冬の平均気温はマイナス五度くらいですから」

「へえー、そうなのか。それじゃ、ますますいいなあ」

心底「いい」と思っている口ぶりだ。そんなふうに手放しで褒められると、かえって後ろめたくなる。

「でも、何もない、退屈なところです」

「えっ？　何もないなんて、そんなことはないでしょう。第一に利尻富士がある。僕の知り合いで、夫婦して礼文《れぶん》島に住み着いたカメラマンがいるけれど、利尻山が見える窓のある家を建てて、満足しきってますよ」

男は目を細めている。まるで視線の先に、礼文島から見上げる利尻富士があるような顔だ。ちよえは礼文には一度しか行ったことがないけれど、たしかにそこから眺める利尻山は美しかった。もっとも、利尻富士はどこから見ても秀麗で、本物の富士山にだって負けはしないと思う。

「それに、ウニ……」

男はさらにつづけた。

「今回の目的の一割か二割は、利尻のウニを食べることかな。ウニを食って、おふくろさんに昆布とホタテのお土産を買って……これで目的の三割は達成されます」

（ばっかみたい――）と思いながら、ちよえは頰《ほお》の筋が緩んだ。知らない相手に、こんなに素直に思ったことが言えるなんて、どういう性格をしているのだろう。

「ウニだったら、『こぶし』っていうお店が美味《おい》しいですよ」

思わず、釣られるようにそう言った。男はすぐに乗ってきて、「こぶし」の場所と電話番号を訊いた。メモを終えてから、男は「ところで」と言いだした。

「このあいだ利尻山で遭難した人が、直前、こちらに立ち寄っていたそうですね」

「えっ……」

またその話か――と、ちよえはうんざりした。

日本百名山などに紹介されて以来、利尻富士に憧れて来る登山者は、年々増加するばかりである。それも、山容の優しさに惹《ひ》かれるのか、女性の比率がかなり多い。八月のピーク時には、山頂は登山者であふれ返り、休む場所もないほどだ。

利尻山は標高が一七二一メートル。裾野《すその》を長く引いた美しい山だが、八合目から上は急な岩だらけの難所で、山頂付近では崩落も起きている。軽い気持ちでアタックすると、思いがけない事故も起きる。慣れない登山者が森に迷い込んで、地元の捜索隊が出動することは、毎年、何度もある。

そうしてこの五月にも、「事故」が発生した。鴛泊《おしどまり》コースの登山道から少しはずれた場所で、男性が凍死したのである。

利尻の登山道には三つのコースがある。鴛泊ルートと沓形《くつがた》ルート、それに鬼脇《おにわき》ルート。このうち鬼脇ルートは七合目から先は崩壊が激しく、通行禁止になっている。鴛泊ルートがもっともなだらかで、初心者向きといっていい。稚内からのフェリーが着く鴛泊港から、真っ直ぐ登山道に入って行けるのも親しみ易い。

とはいっても、五月はまだシーズン入りしたばかりで、山頂付近には積雪が残る。よほどのベテランならともかく、一般の登山者には登頂は無理で、せいぜい六合目の見晴台か、頑張っても八合目の長官山《ちょうかんざん》（標高一二一八メートル）あたりまで行って、眺望を楽しむ程度だろう。

その男性もそんな気軽さで出掛けたにちがいない。服装もセーターの上にジャケットを着て、ごくふつうの短靴を履いていた。本格的な登山どころか、ハイキング姿にもなっていない。それで道に迷い夜を過ごしたのではひとたまりもなかったろう。五月下旬とはいえ、利尻山中は零度以下に冷え込む。しかもその日は、日が落ちてから北東風が吹き、雨も降っていた。

「遭難者」の身元は所持品からすぐに割れた。東京都文京区在住の会社員で富沢春之(三十八歳)。住所地には妻と二人の子がいる。妻の話によると、富沢は仕事で稚内へ行くと言って自宅を出たということである。利尻島へ行くとは聞いてなかったそうだ。

死因は明らかに凍死に思えたが、警察は一応、司法解剖に付した。擦《す》り傷以外、外傷も争った形跡もなかったので、事件性はないものと考えられた。ただし、富沢が道を探し求めて山中を彷徨い歩いたようには見えなかったことから、自殺の疑いはあった。

警察は島に来てからの富沢の足取りを調べ、その過程でカルチャーセンターにも聞き込みに来た。じつは富沢のポケットから、カルチャーセンターのチケットの半券が発見されたのである。

山本ちよえにも、富沢らしい人物の記憶はあった。その日は稚内の高校生の団体が入って賑《にぎ》やかだったけれど、その大群が去ったあと、取り残されたように運だめしタンスの前にいたのが、刑事に見せられた写真の顔だったような気がする。はっきりそうだと断言できるほどの記憶ではないけれど、チケットを持っていたのだから、たぶん間違いはないのだろう。

それから二カ月も経《た》っているというのに、いまだにお客からその質問をされることが多い。興味本位に訊いてくる人もいるし、中にはマスコミ関係の人間もいる。週刊誌に「エリート社員、不可解な死」とかいうタイトルで記事になっていたそうだが、ちよえはあまり関心もないので読まなかった。

目の前にいる男も、もしかするとマスコミの人間かもしれない。そういえば服装もそんな雰囲気である。

「よく憶えてないのですけど」

ちよえは少し引きぎみに言った。町役場の上司からも、誰かに事故のことを訊かれたら、そういう答え方をしろと指示されていた。遭難事故があったなどというのは、島の観光にとって、あまり好ましいニュースではないのだ。

しかし、こんなふうにいつまでも尾を引いているのは、あれが単なる遭難事故ではなかったことを意味するのでは?——と思えてくる。週刊誌に書かれたように「不可解な死」だったのだろうか。

「彼も僕と同じようにここに立って、御神籤を引いたのかもしれませんね」

男は少し深刻な顔になって、運だめしタンスを見下ろした。「彼」という言い方に、何となく親身なひびきを感じた。

「ええ、たぶん……」

ちよえは何気なく応じた。とたんに男はこっちに視線を向けた。いままでとは違う、鋭い光のある目つきだった。

「どんな様子でしたか？」

「えっ」とちよえはうろたえた。「見た」と言ったわけではないのに、男の表情には、そう聞こえたといわんばかりの確信が満ちていた。

「どんなって……そこに立って、しばらくタンスを眺めていて、それから引出しを抜いたと思いますけど」

「なるほど。じゃあ、僕と同じようなことをしていたんですね」

「ええ、そうです」

断言して、ちよえはびっくりした。そんなにはっきり答えるつもりはなかったし、そうしてはいけないと人に言われてもいる。にもかかわらず、男が「僕と同じように」と言った瞬間、そっくり同じ仕種だったあのお客の様子が、まざまざと思い浮かんだ。

あのとき、あのお客も、引出しを抜いたあと、ちよえのほうに視線を向けた。ただしこの男のような笑顔ではなかった。陰気で何かに怯えたような、険しい表情だった。ちよえは慌ててそっぽを向いて、知らん顔をしたけれど、そのあとも、心臓の鼓動が聞こえるほど気持ちが動揺していた。

それっきり、ちよえはあの客がどうしたか見ていない。ほかにもお客は何人かいたし、どこかで話し声もしていたかもしれない。ただ、あの客がホールを出ていく気配だけは、左の耳で聞いていた。

「彼、御神籤は当たらなかったのかな」

男はしみじみした口調で言った。

「ええ、当たらなかったみたいです」

「そうでしょうね。ひょっとすると、幸運の御神籤を引き当てていれば、あんなことにはならなかったのかもしれない」

「まさか……」

ちよえは口を覆った。男は「ははは」と笑って、すぐに真顔になった。

「だけど、なぜここに来て、なぜ運だめしをしたのだろう？」

首を傾《かし》げている。まるで他人《ひと》ごととは思えないような深刻な顔である。

警察もマスコミの人も、ここに来て話は聞くけれど、ちよえの適当な応対で引き揚げてしまう。ときには、突っ込んで質問したとしても、「なぜ？」と疑問を呈する人は一人もいなかった。「なぜここに来たのか」はともかく、「なぜ運だめしを？」だなんて、どうしてそんな疑問が湧くのか、ちよえは不思議に思え、ふと、「あのこと」を言うべきかどうか迷った。迷ったけれど、結局、言いそびれた。警察にさえずっと秘めたままにしていることを、なぜこの男に打ち明けようと思ったのか、その気持ちも不思議であった。

2

本州南岸は梅雨末期の豪雨に見舞われているというが、北海道はここ数日、好天がつづいている。

この日、夕方四時に着くフェリーで、北海道沖縄開発庁長官の秋元康博が到着するというので、鴛泊港には島の有力者たちが詰めかけていた。こういうケースでは、通常は何日も、ときには何カ月も前に通告があるのだが、今回は直前まで知らされていなかった、にわかの来島とあって、予定を変更して駆けつけた者も少なくない。口には出さないものの、関係者にとってはありがた迷惑なことではあった。

利尻島には島を二分する形で、東の「利尻富士町」と西の「利尻町」とがある。利尻富士町はかつては「東利尻町」といっていたのだが、西の利尻町に対する「東」という意味あいから、何となく従属的で後れを取っているようなニュアンスが気になって、一九九〇年に開基百十年を記念して「利尻富士町」に町名を変更した。利尻島のシンボルである利尻富士をそのままの町名にしたのだから、こっちのほうがインパクトはある。

ちなみに「リシリ」とはアイヌ語の「リイシリ」から転じたもので、「高い山のある島」の意味である。名前のとおり、北海道北部では利尻山が最高峰で、海からすぐ裾野にかかる、いわば島そのものが独立峰といっていい利尻山の雄々しさは、古くから原住民の畏敬《いけい》の的であっただろう。

中央から要人が来島する際は、利尻、利尻富士両町の代表者が港まで出迎えるのが慣例となっている。利尻島には東の鴛泊と西の沓形《くつがた》、二つの大きな港があるが、稚内に近い鴛泊港が利用されるケースがほとんどだ。利尻町側にしてみれば、そのつど、隣町の港まで出掛けなければならないのは、多少、業腹《ごうはら》にちがいない。

利尻島は周囲六十三キロ。しかも島の中央部分はほとんどが利尻山に占められていて、住民が生活できる平地は島の周辺部、海岸からせいぜい三百メートル辺りまでの、ドーナツ状の地域に限られる。人口は東西の町でそれぞれ約五千人、合計一万人程度である。部外者の目から見れば、いっそ合併してしまったほうがよさそうに思えるし、現に地元にもそういう気運がないわけではないらしい。しかしそれでも合併しないというのは、双方に何らかの思惑があるのかもしれない。

岸壁には二つの町の町長、町議会議長、商工会長、観光協会長以下、主だった顔ぶれがズラリ揃《そろ》った。秋元は軽く右手を挙げて挨拶《あいさつ》してから、タラップを降りた。出迎えの人々が歓迎の言葉を述べるのに、一人一人挨拶を返す。役職や名前は到底、憶えきれないのだが、秘書の葛西正が心得ていて、小さく耳打ちしてくれる。「やあ○○さん」などと親しげに呼びかけると、相手は憶えていてくれたのかと感激して、それがやがて票に結びつくことになる。

秋元康博は利尻島出身で唯一、中央政界に花を咲かせた立志伝中の人物である。もっとも、五歳のときに島を出たきり、生活の基盤が利尻島と関係したことはついぞないのだから、島が彼に何か恩恵を施したというわけではない。

秋元が生まれた一九二七（昭和二）年頃の利尻は、ニシンが一時的に豊漁だった。しかしその翌年から昭和六年にかけて、ニシンの水揚げは猛烈ないきおいで落ち込んだ。

大正に入ってからの利尻のニシン漁は、ほぼ十万石以上で推移していたのが、大正十年に到って五万石台へと半減した。昭和初期にはふたたび十万石台を回復したが、すぐに反落し、昭和五年には僅《わず》か五千石台という、信じられない水揚げ高を記録した。大凶漁である。翌六年も一万六千石とふるわず、かつてのような好況は望めないとして、ニシンに見切りをつけ、島を離れる人が多くなった。秋元家もその一つであった。

まだ小学校に上がる前だったので、当時の秋元康博を知る者は利尻にはいない。もと もと利尻にはニシン漁を当て込んで、本土などからの出稼ぎも多く、人の移動がはげしかったから、秋元家の記憶も、その中に埋没して希薄なのだ。秋元康博が利尻生まれであることを利尻の人々が再確認したのは、四十年前に、秋元が初めての衆議院選挙に立候補して、島を訪れ、「利尻出身」であることを声高に訴えたときのことである。「そういえば」と、秋元の父親のことを思い出した者が何人かいたけれど、そうでもなければ、彼が利尻出身であることすら、誰も信じなかったかもしれない。

鴛泊港での歓迎セレモニーを終えると、利尻富士町長の案内で利尻グランドホテルへ向かった。利尻グランドは、利尻最大にして唯一といっていい、近代的な施設の整ったリゾートホテルだ。じつはこの日の夜、グランドホテルでは利尻漁協主催の懇親パーティが予定されていたのだが、それがそっくりそのまま急遽《きゆうきよ》、秋元康博北海道沖縄開発庁長官歓迎のパーティに変更された。考えてみると秋元の来島は、五月に行なわれた内閣改造人事で、秋元が防衛庁長官から横滑りで開発庁長官に任命されて、初めてのことでもあったのだ。

秋元は歓迎パーティの挨拶で、まずそのことを言った。「就任後、何をおいても利尻にご挨拶に伺うべきところを」と、島の人々を喜ばせた。

秋元のパーティへの臨席は、早めに切り上げられた。長官はいささか疲れぎみという理由が、葛西秘書から町長に伝えられていた。最上階のスイートルームに向かう秋元をエレベーターホールまで送って、町長たちは浮かぬ顔でひそひそと囁《ささや》きあった。「秋元長官のにわかの来島は、何が目的なのか」という話題である。それとなく葛西に訊ねたところ、単なる表敬訪問だということである。それにしては、あまりにも慌ただしい。

翌日、秋元は葛西一人を伴って、島内の視察に出掛けた。役場が提供した車は、葛西が自らハンドルを握っている。「おしのびで、気《き》儘《まま》に」と葛西は説明した。町長はそれでは具合が悪い、運転手付きでと言ったのだが、秋元は強引とも思える口調で固辞した。鴛泊駐在所の巡査部長が、滞在中は警護に当たるつもりでいたのも拒絶された。秋元の秘書は葛西のほかにもう一人、島田という男も来ているのだが、それもホテルに残された。

「おしのびで」といっても、利尻の主要道は島を周回する道道だけの、いわば一本道である。枝道はあるにはあるが、すぐに行き止まり。迷いようがないし、長官の車がどこをどう走ったかは、衆人環視の中にあるようなものだ。

出発して間もなく、「長官の車は姫沼の方向へ向かった」という情報が、役場にもたらされた。「視察」とはいっても、どうやら気晴らしの散策のようである。何か行政のアラ探しでもされるのではないか——と気を揉《も》んでいた町としては、ひと安心といったところであった。

姫沼というのは、鴛泊港から時計回りに道道を二キロほど行って右折、山側へ向かって少し入ったところにある小さな沼である。周囲は原生林に囲まれ、沼を一周する散歩道もあり、付近にはキャンプ場もある。この時季にはボタンキンバイ、ミヤマアズマギク、エゾノツガザクラといった、利尻特有の植物を含めて可憐《かれん》な花が咲く。沼を見下ろす丘の上に管理棟があって、町の職員を定年退職した山本定雄が詰めている。管理棟はログハウスで、休息施設があり、簡単な飲み物なども販売している。

秋元と葛西はそこに立ち寄った。

まだ十時前だったが、すでに先客が一人いた。三十歳前後の都会人らしい男だ。入口近くのテーブルで、ジュースを飲みながら、沼の風景を楽しんでいる様子だ。七月なかばを過ぎたといっても、利尻の夏は爽《さわ》やかだ。陽射《ひざ》しは強いが、濃密な緑の中を抜けてくる風は、頬にひんやりと心地よい。

秋元長官が姫沼へ向かったという通報はすでにここにも届いていた。駐車場の方角から秋元が登ってくるのに気づいて、山本は急いで迎えに出て、奥のテーブルに案内しようとしたが、秋元は手を挙げて断り、先客のいるテーブルについた。建物の中で眺めのいいのはそのテーブルしかないようなものなので、山本は無理強いするわけにもいかず、「何かお飲み物は？」と葛西に訊いた。

「いや、湧き水を飲みに行くからいいよ」

秋元は笑顔で言い、先客に「あなたもいかがかな」と誘った。先客は躊躇《ちゅうちょ》なく、「いいですね」と立ち上がった。利尻山の伏流水が湧き出る場所は、ここから五百メートルほどのところだ。三人の「客」は、まるで旧知の仲のように連れ立って、沼の畔《ほとり》を森の中へ消えて行った。

山本はそれを見送って、すぐに役場に連絡を入れている。電話に出た助役は心配して、「大丈夫かな、その男？」と言った。

「いや、悪そうな男ではないです」

気張って答えたが、山本に自信があるわけではなかった。近頃は思いがけない人間が思いがけない凶行に走ることも珍しくない。さっきの客は、明るくて真面目そうで、ちょっとトウの立った青年といった印象だが、そういう人間だって、じつは凶悪な犯罪者であるかもしれない。

しかしその心配はじきに解消した。三十分ほどして、三人連れは丘に帰ってきた。管理棟の前で秋元は若い男に「それでは、私はこれで失礼しますよ」と会釈し、山本が挨拶するのにも手を挙げて応《こた》えただけで、あっさり引き揚げて行った。

男のほうは元のテーブルに戻って、ポケットから煙草《たばこ》を取り出して火をつけた。旨《うま》そうに煙を吐き、何事もなかったかのように、のんびり姫沼を眺めている。

「おたくさん、いまの方がどなたか、知っているんですか？」

山本は訊いてみた。

「いえ、知りませんが、誰ですか？」

「前の防衛庁長官、現在は北海道沖縄開発庁長官をしておいでの秋元康博先生ですよ」

山本は長々しい肩書をご丁寧に告げた。

「あ、そうだったんですか」

男は山本が期待したほどは驚かなかった。それがどうかしましたか——という顔である。言葉の様子からいうと東京の人間らしい。大臣だ長官だといっても、東京の連中には珍しくないのかもしれない。

「湧き水はどうでしたか？」

話の接《つ》ぎ穂がなく、山本はどうでもいいことを訊いた。

「湧き水？　あ、おいしかったですよ。氷のように冷たかった」

男は答えたが、本当に飲んだのかどうか、山本には疑わしかった。姫沼の湧き水は旨いことは旨いが、「氷のように」と表現するほど冷たくはない。男はその前にここで、それこそ氷のように冷えたジュースを飲んでいるのだから、そう感激したとも思えない。

「ところで」と、男は思い出したように言った。

「五月に山で死んだ人は、ここに立ち寄っていたのだそうですね」

「ああ、そうでしたけど、よく知っていますな」

「ええ、タクシー会社で聞きました」

人が死んだ話は観光地としてはあまりふさわしくない話題なので、あの事故のことは、島外の人間にはあまり喋《しゃべ》らないように、警察と役場からの「お達し」が出ている。（口の軽いやつは誰だ?――）と、山本はタクシー会社の連中の顔をあれこれ思い浮かべた。

「その人の様子はどんなふうでした?」

「どんなって、べつに……」

「五月の末近くでしたね。その頃はお客さんはあまり多くはないのでしょう」

「そうですなあ」

「その中に、一人だけタクシーで来て、セーターにジャケットという服装は、ちょっと目立ったのじゃないですか」

「まあ、いや、そうでもないけど」

山本は用心深くなっている。

「この管理棟まではタクシーの運転手が一緒だったそうですが、タクシーを待たせてその人は建物の中に入ったのですね?」

「ああ、入りましたよ」

「どんな感じでした」

男はいったん外に出て、演技するように軽く会釈してから、入ってきた。

「こんなふうに入って、それから、どうしましたか?」

「さあ……」

「たとえば、どこかの席に坐るとか、トイレへ行くとか、飲み物を注文するとかしませんでしたか?」

山本の顔を見つめながら言う。表情は穏やかに笑っているのだが、目の奥から全神経が自分に向けられているようで、山本はだんだん催眠術にかけられるような気分になってきた。目の前にいる男が、「あの日」のあの男の記憶とダブッた。

「トイレへ……そうでした、トイレを貸してくれと言って、トイレへ行きました」

指さした方角へ、男は黙って向かった。トイレのドアの音がしたから、中に入ったのだろう。しばらく経って、思案顔で現れた。何も収穫はなかったらしい。

「トイレを出てから、その人はどうしましたか?」

また質問する。

「あの、おたくさん、刑事さんですか?」

山本は恐る恐る訊いた。

「えっ、いや、違いますよ」

男はびっくりしたように目を丸くして笑った。白い歯がこぼれると、いっそう若く見える。テニス帽なのか登山帽なのか、それに着古したようなブルゾンと、身につけている物は大して上等とは思えないけれど、飾り気がなく、清潔そうで、やはり悪い人間ではなさそうだった。

「そしたら、マスコミ関係ですか？」

「まあそんなところですが、いまのことですが、トイレを出てきてから、どうしたか憶えていませんか？」

「帰りましたよ」

「帰った、というと、真っ直ぐですか？　湧き水へも行かずに？」

「行かなかったです」

「妙ですねえ。せっかくここまで来て、トイレだけですか、湖畔にも下りずに」

「嘘《うそ》でないですよ。タクシーの運ちゃんに訊けば分かります」

無意識に、山本は仏頂面になった。

「えっ、嘘だなんて思ってませんが、しかし不思議ですねえ。いったいその人はここに何をしに来たのだろう？　警察はそのこと、何か言ってませんでしたか？」

「べつに何も言ってませんけどな」

「そうですか……」

男は難しい顔になって、「念のため」と言い訳をして、もう一度トイレへ行った。しかし結局、何もなかったのだろう。トイレを出て、テーブルまで歩きながら、建物の内部を睨《ね》め回すようにして、「真っ直ぐ帰ったのですね」と確認した。山本は黙って頷《うなず》いた。

男は「どうもお邪魔しました」と挨拶を残して引き揚げた。自分こそ何をしに来たのだろう——と、山本は坂を下って行く男の後ろ姿を見送った。

3

午後一番に着く便で、中田絵奈は鴛泊《おしどまり》港に降り立った。（寂しいところ——）というのが、絵奈の第一印象だった。船から利尻富士を眺めているときは、なんて美しい島——と思ったけれど、ターミナルビルを出ると、向かい側に土産物店が並び、その後ろに三階建てのホテルらしい建物が見える、ただの殺風景な町であった。

（ここに死にに来るはずがないわ——）

そう思いたかった。しかし、富沢はこの風景を予《あらかじ》め知っていたわけではないのだ。彼は写真やテレビの画面で見た利尻富士の美しさだけに憧れて、終焉《しゅうえん》の地に利尻を選んだのかもしれない。

（嘘よ、自殺なんかじゃない——）

絵奈は胸の内で叫んだ。もう何度となくそう叫びつづけている。その気持ちを誰にも訴えられないもどかしさが、彼女を駆り立て、とうとう利尻まで来てしまった。

絵奈が富沢と最後に会ったのは、彼が死ぬ十日ほど前のことである。いつものように彼女の名前でチェックインしたホテルの部屋に、いつもどおり七時ちょうど、富沢はやって来た。しかし、そのときからどことなく、いつもとは彼の様子の違うことに、絵奈は気づいていた。何となく不吉な予感を抱きながら、素知らぬふりを装ったのは、それを確かめるのが怖かったからである。

富沢とは絵奈が高校生のときに知り合った。学校がパソコンを導入する際、業者の営業マンを連れてやって来たのが富沢だった。富沢がメーカーのエリートだという話は、そのときに聞いた。その日、富沢は飛び入りでサークルの講師を務め、受験勉強のテクニックを披露した。何しろ現役で東大に入り、一部上場企業のエリート社員となった経歴の持ち主だ。絵奈ばかりでなく、全員の憧れの的であった。

たまたま、帰りの方角が同じで、乗った電車の中でバッタリ、富沢と出会った。その偶然が転機となった。運命の出会いというのはあるものかもしれない。富沢が「また会いましょう」と言ったのは、深い意味があったわけではないのだろう。確かに、憧れのひとからそう言われて、絵奈の胸がちょっとときめいたことは否定しない。しかし、十六歳も年長の富沢は、彼女にとって恋愛の対象どころか、友人関係になることさえ思いもよらない遠い存在だった。

それからしばらく経って再会したとき、絵奈は母親との確執に悩んでいた。

父親と離婚したあと、母親が健気《けなげ》に生きてきたことは知っている。しかし、気性の激しい一面のある母親に反発したい気持ちを、絵奈なりに抑えていたことも事実だ。それが爆発した。些細《ささい》なことから口論して、いままでの不満を洗いざらいぶちまけた。どうしてそんなことまで言ってしまったのか、後悔する反面、気がついてみると、所詮《しょせん》は母親との親子ごっこは空疎なもので、孤独な自分が見えていた。父親が去って行った理由の一端が、分かるような気がした。

「どうしたんだい、寂しそうな顔だね」

電車の中でいきなり声をかけられて、それが富沢だと分かったとき、絵奈は彼になら悩みを打ち明けられると思った。富沢の聡明《そうめい》で穏やかな目を見て、そう思った。

富沢とは初め、先輩後輩の仲であり、それから友達に近い付き合いになったが、はっきり恋愛関係に入るまでは三年以上かかった。一浪して大学に入って、二年目の秋、絵奈の二十一歳の誕生日を祝ってくれたその夜、絵奈は富沢に抱かれた。それも、むしろ絵奈のほうから積極的に求めてそうなった。

不倫が罪であることは、絵奈にもよく分かっている。両親の離婚で自分がどれほど苦しんだかを思えば、身の縮む思いがする。けれども、富沢と別れることなど、考えたくもなかった。絵奈としては、このままの不倫の関係でもいいけれど、もし富沢がそうするというのなら、いつでも結婚してもらいたい気持ちだ。しかし富沢は違った。富沢は家族を大切にしたいという。それは狡《ずる》いのではなく、誠実なのだ。

「家族と別れるときは、きみとも別れるときだよ」

真摯《しんし》な顔でそう言った。

五月なかば過ぎのあの夜、富沢はまるで別人のようだった。行為のときも、心ここにあらざるように、ふっと気分の乗らない気配を感じさせた。

「疲れてるんですね」

バスを使って戻ってきた富沢に、絵奈は言った。富沢は頬を歪《ゆが》めて笑った。

「いや、そんなことはないが」

そのくせ、ベッドに横たわると、火のついていない煙草をしばらく弄《もてあそ》んでから、「ふーっ」と大きく吐息をついた。

「バレるかもしれない……」

吐息のあとにそう続けた。絵奈は「えっ」と反応した。（やっぱり――）と、漠然と感じていた不安が的中したことを思った。

「バレるって、私のこと、奥さん、気づいたんですか？」

「ん？……あ、いや、そうじゃない」

富沢は慌てたように首を横に振った。無意識に余計なことを口走った――という悔いが表情に表れていた。「じゃあ、何ですか？」とは、訊ける雰囲気ではなかった。いつも冷徹な富沢を、そこまで追い込んでいる、何かとてつもないストレスのあることを、絵奈は感じた。


タクシーで登山口のキャンプ場まで行き、そこから歩き始めた。タクシーの運転手は、絵奈を降ろしてから、一人客の女性を胡散臭《うさんくさ》そうな目で窺《うかが》って、「山に登るのかね？」と訊いた。

「ええ、途中までね」

「そうかね。道に迷わねえようにしてくださいよ。このあいだも、そこの上のほうで、凍死した人がおったでな」

運転手は富沢のことを言った。絵奈が黙って俯《うつむ》くと、「いや、いまは大丈夫ですよ。そのころは異常に寒かったもんで」と、客に与えたであろう不安を打ち消した。

そこからしばらくは整備された遊歩道だった。本格的な登りにかかる手前に「甘露泉水」と看板のある湧き水があった。「日本名水百選の一つ」という解説が書いてある。ここから先には水場はないらしい。

（彼もここで水を飲んだのかしら——）

いくつも置いてあるプラスチックのカップを取って、絵奈は少し水を飲んだ。驚くほど冷たくはないが、深みのある美味しい水が喉を潤した。

ここが三合目で、やがて岩や樹木の根っこが露出している坂道にかかった。原生林の中を行く登山道ははっきりしていて、あまり迷いそうな気はしないが、五月のシーズン初めの頃はどうだったのだろう。それに、疲労と寒さが人間の心理をおかしくしてしまうということも聞いた。朦朧《もうろう》状態で道を逸《そ》れ、森の中で力尽きたのかもしれない。

（だけど、なぜ一人きりでこんなところに来たのかしら？——）

その疑問は、あれから二カ月も経つというのに、片時も絵奈の頭を離れない。「いま北海道に来ている」という手紙が、札幌時計台の写真を収めた額と一緒に届いたのは、富沢が死んだその日である。それには北海道旅行の目的や理由らしきものは書いてなかった。いずれ仕事目的だとは思っていたけれど、そのときは漠然と、あの富沢がありきたりの写真を送ってきたのを奇妙に思っただけだ。

手紙には「遠くに来ると、きみのことがどれほど大切な存在であるかが、ひしひしと身にしみる。私はきみに会えて幸せだった」と書いてあった。あとになって、「だった」という過去形が気になった。富沢には予感があったのかもしれないと思えてくる。それどころか、警察や新聞なんかが憶測しているらしい「自殺」説の根拠にもなりかねない。だから絵奈は、どんなことがあっても、あの手紙だけは誰にも見せないつもりだ。

もっとも、警察が絵奈の存在に気づく心配はまったくないと思っている。絵奈はもちろんだが、富沢はじつに細心の注意を払って、二人の関係を秘め通した。富沢がどれほど家族を大事にしているかの、それは表れなのだが、絵奈もそれに協力した。世間体などはどうでもいいけれど、富沢を窮地に追い込んだり、彼の家族の幸せを破壊する気はこれっぽっちもなかった。

脚には自信があっても、山歩きに慣れない絵奈は、三十分も登らないうちに顔からも背中からも汗が噴き出してきた。着ていた薄手のジャンパーを脱ぐと、風が肌に心地よい。一時間ほど行ったところで視界が開け、礼文島やサハリンとおぼしき島影が見えた。

そこが五合目で、富沢が死んだ六合目の少し先までは、あと、四、五十分と聞いている。休む間も惜しんで、絵奈は歩きつづけた。

六合目の見晴台を過ぎて間もなく、道端にいくつもの花が供えられていた。まだ新しいのもあるけれど、中には枯れきってしまって、そのまま土に還《かえ》ろうとしているのもある。「事件」以来、島の人たちや登山者が、花を献じてくれているのだろう。

（ここなのね――）

絵奈は足を停め、しゃがみ込んだ。リュックからミニボトルを出して、富沢の好きだったワインを花に注ぎ、少し残したのを、自分も飲んだ。手を合わせて頭を垂れると、急に涙がこみ上げてきた。悲しさ、悔しさ――さまざまな想いが、嗚咽《おえつ》となって口から零《こぼ》れ出た。

「お身内ですか」

突然、森の中から声が聞こえた。背筋を貫く恐怖を覚えて、絵奈は弾かれたように立ち上がった。まったく気づかなかったのだが、大きなエゾマツの幹を四、五本隔てたところに男が立っていた。

「あ、驚かしちゃいましたか。どうもすみません」

男は頭を掻《か》きながら、ブッシュを踏み分けるようにして近づいて来た。三十歳ぐらいだろうか。白っぽいテニス帽をかぶり、白いスポーツシャツを着て、手には無造作にブルゾンを摑《つか》んでいる。わりと長身でハンサムで、悪い感じはしないのだが、自分の仕種の一部始終を盗み見られた屈辱で、絵奈は反射的に敵意を抱いてしまった。

「富沢さんが亡くなっていたのは、そこのようです。お花が供えられた跡があります」

男はまったくこだわりなく、自分が佇んでいた場所の方角を指さした。

「富沢さんのお身内ですか？」

振り返って、また同じ質問をした。絵奈は黙って首を横に振った。身体を固くして、いつでも逃げ出せる心の準備をしていた。

「そうですか……」

男はちょっと考える風情を見せたが、それ以上の追及をするつもりはないらしい。ブルゾンを小脇に挟むと、両手を合わせて森の奥に向かって一礼した。恋人の終焉の地を蹂躙《じゅうりん》しただけではないことを知って、絵奈の気持ちは少し和んだ。（何者？——）という疑惑が、警戒感と一緒に浮かんだ。

「さあ、行きましょうか」

男は右手の先を麓《ふもと》のほうに向け、「それとも、もう少しここにいて差し上げますか？」と訊いた。「いて差し上げ」る対象が、富沢なのか、それとも絵奈を指しているのか、そのどちらとも取れる言い方だった。

「私はもう少しここにいます」

「そうですか。しかし、あまり長居しないほうがいいかもしれませんよ」

「どうしてですか？」

絵奈は空を見上げた。青空に白い雲が浮かんではいるが、にわかに天気が崩れる様子には見えない。

「登山者に警察官が混じっていますから、不審尋問を受ける可能性があります」

「えっ、そうなんですか……」

絵奈は急に追い立てられるような気分になった。リュックを背負うと、その場を離れて歩きだした。男は当然のように絵奈の後からついて来る。そうなってから、絵奈は（どうしてこんなふうに逃げださなければならないのよ――）と思った。

「やっぱり、もう少しここにいます」

足を停め、さっきまでいた場所を振り返った。

「そうですか、そうしますか」

男は逆らわない。

「あなたの気がすむなら、そうして差し上げたほうがいいでしょう。富沢さんの死の真相が見えてくるかもしれませんしね」

「えっ、それって、どういう意味ですか」

「警察は事故死と発表する一方で、自殺を疑っていますが、本当にそうなのか、あなたなら分かるのではありませんか？」

絵奈は無意識に後ずさりした。

「あの、私のこと知ってるんですか？」

「いえ、知りませんよ。富沢さんの恋人であること以外はね」

「どうして?……」

絵奈は右手で口許《くちもと》を覆った。

「さっき、ブランデーのミニボトルからワインを上げていたでしょう。お酒なら何でもいいのではなく、わざわざ中身を入れ換えてまでして、富沢さんが好きだったワインを上げたかったという気持ちは、恋人のものです。それに、それほど親しいお身内の方なら、当然、警察の事情聴取があってしかるべきなのに、あなたは調査リストから洩《も》れているらしい。おそらく、富沢さんの秘められた恋のお相手ではないかと思いました。だからあなたは、警察の名を聞いたとたん、逃げだしたのです。違いますか?」

絵奈は黙ってうなだれて道を下り始めた。下のほうから賑やかな話し声が登ってきた。船で一緒だった女性を中心にしたグループだった。絵奈は三合目近くまで車で来たが、彼らは麓からずっと歩いて来たのだろう。その一群と擦れ違うまで、二人の会話は中断した。

「富沢さんの死は事故死でも自殺でもないのかもしれません」

荒い息づかいの中で、男はポツリと呟《つぶや》くように言った。「えっ」と、絵奈は足を停めて振り返った。その脇を抜けて、男は先に立って歩いて行く。絵奈は慌てて後に続いた。

「現場を見ると、道を逸れて迷い込んだという仮定は、ちょっと無理がありますね。だから警察は自殺説を有力視するのでしょう。ところが富沢さんには、自殺を仄《ほの》めかすような言動はなかった。むろん遺書もです。かりに自殺だとしても、なぜ利尻で？　という疑問があります。それとも、富沢さんには何か、利尻に対する憧れや思い入れのようなものがあったのでしょうか？　あなたは何か聞いたことがありますか？」

「いいえ、一度も」

思わず答えて、それがこの男の言った「恋のお相手」という憶測を肯定することに気づいた。

「あの、あなたはマスコミの人ですか？」

絵奈は狼狽《ろうばい》を隠すために、詰問《きつもん》口調になって訊いた。

「いや、違いますよ」

男は振り返り、照れ臭そうに笑った。邪気のない明るい笑顔であった。利尻の空に浮かんだ雲のように、白い歯が印象的だ。

4

絵奈はまた男の脇を抜いて、先に立って山道を下った。一歩一歩、不安定な足元を踏みしめながら、頭の中は後ろからついて来る男のことで一杯だった。

（いったい、何者？——）

刑事でもなければマスコミの人間でもないらしい。だのに、富沢の死になみなみならぬ関心を抱いていることは確かだ。それに、絵奈を富沢の「恋人」と看破した鋭い洞察力にはドキッとさせられた。

富沢の仕事のことだとか、家庭環境のことなどにも通じているのかもしれない。北海道に何をしに来たのか、ひょっとすると、富沢の死の真相についてだって、何か知っているのじゃないかしら――。

絵奈は振り向いて立ち止まった。男は足元にばかり気を取られていたのか、危うく追突しそうになって、「おっと」と、飛び上がるようにして、道端の草地に身を避けた。その瞬間だけは真剣な顔をしたが、すぐに笑顔に戻った。

「どうしたんですか、びっくりしたなあ」

「あの、失礼ですけど、あなたはどういう人なんですか？」

真っ直ぐ相手の目を見ながら、訊いた。

「あ、申し遅れました。こういう者です」

男は几帳面《きちようめん》な口調のわりには、無造作にポケットから名刺を抜き出した。名刺入れなんていうものは持っていないらしい。角が少し曲がった名刺に「浅見光彦」という名前と、東京都北区――の住所が印刷されている。肩書は何もなかった。

「あの、お仕事は？」

「フリーのルポライターみたいなことをやっています」

「じゃあ、やっぱりマスコミの人なんじゃありませんか」

「いや、マスコミというほど、立派なものじゃありませんよ。ちっぽけな雑誌に旅や歴史の話を書かせてもらっているだけです」

「でも、それじゃ、どうして……」

「ここに来ているか、ですか？　利尻には会津藩士の足跡を訪ねる取材でやって来たのです。利尻はかつてはアイヌ語でリイシリと呼ばれて、幕府の直轄地でしてね、会津藩が警備していて……まあ、そんなことはどうでもいいでしょうね。とにかくそういうことで、富沢さんの事件に遭遇したのは偶然のようなものです。ところで、あなたのお名前も聞かせてもらえますか」

　絵奈は少し躊躇《ためら》ったが、答えないわけにもいかない。

「中田です。中田絵奈」

「絵本の絵に奈良の奈ですか」

「ええ、あ、よく分かりますね」

「えっ、そうかなあ、ほかに考えようがないと思いましたが」

　浅見は首を傾げて、「行きましょうか」と絵奈に先に行くよう、道を指し示した。絵奈はふたたび、爪先《つまさき》下がりの荒れた山道を歩きだした。

「僕には悪い癖がありましてね」

　浅見は背後から語りかけた。

「事件に出くわすと、ぜんぜん関係がなくても、つい首を突っ込みたくなるのです。ここに来て、富沢さんが亡くなった話を聞いて、ちょっと変だな——と思いました。島の人たちに訊くと山で迷ったのだろうと言うし、警察はたぶん自殺ではないかって言っているんですけどね。しかし、さっき言ったように、僕はどうも違うような気がしたのです。それで現場を見に来たら、あなたが現れた。そして、どうやらあなたは、警察もまだ気づいていない存在みたいですね」

「ええ、でも、私は関係ありませんもの」

「関係がないとは、つまり、富沢さんが亡くなった事件とは関係がないという意味で、富沢さんとは関係があるでしょう。あ、いや、関係があるといっても、そういう意味ではなくてですよ」

浅見は絵奈が非難めいたことも何も言わないのに、自分でうろたえている。「そういう意味」とは「どういう意味？」と訊いてやりたくなった。（この人、わりとウブでいい人なのかもしれない——）と、絵奈は背中を向けているのをいいことに、頰を緩めた。

「どうですか、中田さんも、富沢さんが自殺したとは思えないんじゃありませんか？」

「ええ、まあ……」

「まあって、そんな消極的な程度ですか。本当はもっと絶対的な確信があるんじゃありませんか？」

「ええ、そうですよ、絶対に自殺なんかじゃありませんよ」

絵奈は足元の悪いことを忘れ、昂然と頭を上げて言い放った。とたんに浮き石を踏んでよろけた。

「あっ、危ない」

浅見はすぐに駆け寄って腕を差し延べたが、絵奈は「平気です」と、逃げるように足を早めた。じつは右足首を少しひねって、痛かったのだが、まだ得体の知れぬ相手の情けを受けるわけにはいかない。

「あなたが自殺ではないとする根拠は何なのですか？」

浅見は訊いた。

「根拠も何も、だって、富沢さんが自殺なんてするはずがないんですもの」

答えになっていないと思ったが、ほかに言いようもない。

「それだけですか。それ以外に、富沢さんが生前、何かあなたに言っていたとか、それらしい素振りを見せたとか、ひょっとして、何らかの事件に巻き込まれそうな気配を、感じさせたようなことはなかったですか」

トントントンと、リズミカルな調子で畳みかける。その言葉の一節ごとに対応して、絵奈は富沢の言葉や、仕種や、そして時折富沢とのあいだに流れた、冷たい空気のようなもののことを思い出した。

富沢には誠実に愛されていたことを疑わないけれど、ふと彼の存在が遠のいたように感じることはあった。そんなときの富沢は、明らかに絵奈の手の届かない別の世界にいた。「何を考えているんですか？」と訊くと、決まって「仕事のことだ」と答えた。たぶんそれは嘘ではないのだろう。眉根《まゆね》を寄せて、ひどく難しそうな顔をして、黙りこくってしまう。何かよほど厄介な仕事に携わっていることを窺わせた。そうしてふいに意味不明のことを呟いたりもした。

「そういえば……」と、絵奈は最後の夜のことを思い出して、もう少しで足を停めそうになった。その足がさっきから、疼《うず》くように痛くなってきていた。

「何かあるんですね？」

浅見は耳聡《みみざと》く、反応した。

「いえ、そういうわけじゃないですけど」

絵奈は口を噤《つぐ》んだ。そのことを話そうとすると、どうしてもあの場の「状況」を話さなければならなくなりそうだった。

それからしばらくは、無言のままで足を運んだ。鳥の声以外には何も聞こえない中で、荒い息遣いと足音が、やけに大きく響く。絵奈は浅見の根気よさに驚いていた。さっき言いかけたことの先を聞きたいはずなのに、問いかけることはしないで、こっちが口を開くまでじっと待つつもりのようだ。

「甘露泉水」を通り過ぎて、キャンプ場の広場まで下りた。

「車、乗りませんか」

そのまま行きかける絵奈を浅見が呼び止めた。広場には車が一台停まっている。レンタカーであることを示す「わ」ナンバーがついていた。

「いいです、帰りは歩くつもりですから」

「無理しないほうがいい。その足で歩けば、だんだんひどくなるばかりです」

分からないように歩いたつもりなのに、ちゃんと見抜かれていたらしい。たしかに彼の言うとおり、足の痛みは堪えきれないほどになってきてはいた。これから町まで、四キロの坂道を下る自信はない。「じゃあ」と、絵奈は強情を張るのを諦《あきら》めた。

「利尻には、きょうですか？」

車が走りだすとすぐ、浅見は言った。

「ええ、さっき着いて、ホテルに荷物だけ置いて、真っ直ぐ山へ向かいました」

「それで、いつまで？」

「明日、帰ります」

「宿はどこですか？」

「港のすぐ近くの、利尻富士ホテルっていうところです。浅見さんは？」

「僕は利尻グランドホテル」

「あ、そこ、満室だったんです」

「そうかもしれませんね。もうシーズンに入っているから。そうだ、中田さん、夕食はホテルでしなきゃいけないんですか？」

「そんなことはないですけど」

「もしよかったら、旨いウニを食わせる店っていうのに行きませんか。一人で行くのもつまらないと思っていたところです」

「そうですね……」

絵奈が思案するのを了解と受け取ったのか、浅見は「それじゃちょうどよかった。あとで迎えに行きます」と独り合点している。

町まではほんの五、六分で着いた。ホテルの前まで送って、浅見はあっさり引き揚げて行った。まだ肝心な話を聞いていないのに、そんなことはすっかり忘れてしまったような顔であった。いや、忘れているはずはない。絵奈が呟きを洩らしたとたんに、パッと猟犬のように素早く反応したあの様子が、関心の強さを物語っている。それなのに、焦って催促する気配をこれっぽっちも見せない。あんなに若々しい風貌《ふうぼう》をしているくせに、柿の実が熟して落ちるのを待っているような、老成したものを感じさせる。

(不思議なひと――)と思い、そう思ったときふと、絵奈は心の揺らぐような感覚を覚えた。

生まれてこの方、淡い初恋みたいなものはべつとして、おとなの恋は富沢とのことが唯一のものだった。それを失ったことで、自分のすべてを喪失したようなショックに襲われたばかりだというのに、その虚《うつ》ろな心の中にスーッと吹き込む隙間《すきま》風に揺れる、一輪挿しの花のような、頼りなく、危なげなものを感じた。

所詮、人の心なんて移ろいやすいものなのかもしれない。それに、死の現場をこの目で見たことで、なんだか富沢とのことはすべて終わったような実感が湧いたことも確かだ。たとえそうであってはいけないとしても、私は私で生きていかなければならないのよ——とも思う。富沢の後を追って自殺でもしないかぎり、これからは別の人生が待っているのだ。

第二章　プロメテウスの火矢

1

夕方、まだ日のあるうちに浅見はやってきた。「夕日を見に行きましょう」と、鴛泊《おしどまり》港から北へ二キロほどのところにある「夕日ケ丘展望台」というのに連れて行ってくれた。ここからは、夏の日の長い時季には、みごとな夕焼けに浮かぶ礼文島のシルエットが見える。いまがまさにそのタイミングだった。浅見はカメラを持っていて、夕日が礼文に没するまで、何度もシャッターを切った。

（私を撮るって言ったら、どうしよう——）

絵奈は警戒したが、浅見はそんな素振りは少しも見せない。落日のあとしばらく、急速に紫色に染まり始めた空を見上げてから、「さあ、行きましょうか」と、満足げな笑顔で振り向いた。こんなふうに身構えるたびにはぐらかされると、なんだか操られているような気分になってくる。

浅見が地元の人に「旨い」と聞いてきた店は、絵奈の感覚からいうと、古びた居酒屋のような造りだった。平仮名で「こぶし」という名は、たぶん春先の山に咲く真っ白な花の木のことなのだろうけれど、どう見てもそんな感じとはほど遠い。入口は軒が低く、時代劇に出てくる茶店を連想させる。店の中は外と同じ程度に暗く、調理の火が明るく見えた。

魚を焼く香ばしい煙が漂う土間には、カウンターと粗末なテーブルが四脚ある。カウンターには馴染み客らしい男が二人で、店のおやじを相手に喋りながら酒を飲んでいる。店はまだ空いていた。観光客らしいカップルと見たのか、おばさんが左手奥にある小上がりの座敷に通してくれた。靴を脱ぐとき、浅見は絵奈を気遣って、「足、大丈夫ですか」と言った。絵奈は「ええ、ぜんぜん平気です」と答えたが、その嘘を見透かされているような気がした。

薄っぺらな座布団に腰を下ろすやいなや、浅見はおばさんに「とにかく、ウニ。そしてビール」と注文した。

「それから、何でもいいからお刺し身の盛り合わせと、何でもいいから焼き魚をください。ほかに何か頼みますか?」

最後に絵奈に訊いた。

「いいえ、お任せします。でも、あまり食べられませんけど」

「じゃあ、どんどん飲んでください。僕は車だから、ちょっとしか飲りません」

「あの、もしかして、奢ってくれるつもりでしたら、私、困りますけど」

絵奈は少し硬い口調で言った。

「あ、それならご心配なく。これは全部取材費で落ちるんです。いつもラーメンかカレーばっかり食ってますからね、たまに豪遊しないとバランスが取れない」

変な理屈——と、絵奈は思わず笑ってしまった。しかし、そんなふうに、細かいことに頓着しない様子に見えるけれど、浅見という男の本質は、じつは繊細なんじゃないかという気もする。もしそうだとすると、何が目的なのだろう。

「とりあえず」と、おばさんがビールとウニのお造りを持ってきた。黄金色に輝くような美しいウニだ。量はそう多くないところを見ると、高価なものなのだろうか。おそるおそる食べてみると、舌の先でとろけるような甘味と、口いっぱいに広がる磯の香りが、やんわりと味蕾《みらい》に吸収されてゆくのが分かる。

浅見は目を丸くして「んー……」と声にもならない呻《うめ》きを洩らした。

「旨いですねえ」

「ええ、とっても。単純な感想ですけど」

「ははは、単純だけど、それで決まりです。利尻は最高に上質の昆布が採れるところで、その昆布を食べるウニも最高級なのだ——というのが、旨さを裏付ける知識としてはあるけれど、味の表現としては、やっぱり『とても旨い』しかないですよ。それ以外のどんな美辞麗句を並べても、なんだか嘘くさい。ツベコベ言わずに食えって、あのおやじさんに怒られそうだ」

本当にそんな雰囲気の店だったので、絵奈は笑った。ウニがビールの味を一段と引き立てる。食べて飲んで、それと同時に気持ちがどんどんほぐれていった。

「僕は、不条理が許せない体質なんです」

浅見はいきなり言い出した。

「亡くなった富沢さんは、西嶺《せいれい》通信機のエリート社員だったそうですね。将来もあるし、ご本人を含めてご家族やそのほか、大勢の幸せに関わっていた人生だったのでしょう。その富沢さんに突然、死が与えられた。こんな不条理は絶対に許せませんよ。ね、そう思いませんか」

絵奈は黙って頷いた。「そのほか大勢」の中に、自分も含まれていることを思い、頬の辺りから酔いと一緒に血が抜けてゆく感覚であった。浅見の口調が富沢の死を「他殺」と断定しているのにも、異論を唱えるつもりはなかった。

「放っておけば、たぶんこの事件はせいぜい自殺で片づけられてしまいそうです。警察だってそれなりの調査はしているはずだけど、残念ながら限界がある。たとえば、あなたの存在についてだって、まだキャッチしていないのですからね」

「えっ」と、絵奈は上体を斜めに引いた。

「私のこと、警察に言うんですか？」

「いや、そんなことはしません。しない代わりに、僕はあなたに協力します」

「私に協力、ですか？」

「そう、だからあなたは真相を究明しなければならない。そのために僕という頼もしい道具を使う義務があるのです」

浅見は奇妙な三段論法を言って、ニッコリと笑った。

「協力する」と言われても、絵奈には事件の真相を突き止める方法など見当もつかない。いや、それ以前にいまのいままで、そんなことをする気持ちは、さらさら持ち合わせていなかった。

だのに、この浅見という男から「あなたは真相を究明しなければならない」と、当然のように言われると、ふいに（そうなんだ、私にはそれをする義務があるのかも——）と思えてきた。

「でも、私みたいな何も知らない女に、何が出来るのかしら？」

「何も知らないなんて、とんでもない」

浅見は真面目な顔で首を横に振った。

「あなたほど富沢さんのことを知っている人はいませんよ」

「まさか、そんなことはないですよ。私なんかより富沢さんの……」

絵奈が言い淀《よど》むのを、浅見はスッと受けて言った。

「もちろん、富沢さんの奥さんやお子さんたち、それに会社の同僚も、富沢さんのことをよく知っているでしょう。だから警察はその人たちに熱心に事情聴取しているのです。

しかし奥さんやお子さんに対しても、同僚たちに対しても、富沢さんは一面だけしか見せていなかったにちがいない。たとえばよき夫として、よき父親として、あるいはよき組織人としての面をです。それぞれの人たちに合わせて、自分自身を演出して見せていたのだと思いますよ」

　絵奈は驚いてしまった。浅見は的確に富沢の人物像を把握している——と思った。

「そういう演出や演技抜きで、富沢さんが接していたのは、中田さんに対してだけだったのじゃないかな。裸のままの自分をさらけ出し……あ、いや、そういう意味ではなくてですね……」

　浅見はビールのせいばかりではなく、赤くなった。

「いやだなあ。そんなふうにいちいちこだわらないでください」

　むしろ絵奈のほうは白けて、少しつっけんどんな言い方をした。

「たしかに、彼は私には、会社の人たちや奥さんには言わないようなことを話していたと思います。でも、悪口や愚痴なんかはほとんど言わない人でしたよ。自分の子供時代の夢だとか、いまの世の中のこと、将来の日本のことが心配だとか。学生みたいというより、ちょっと少年ぽいところがあって、私はそういうのがとても好きでした」

「分かる分かる、分かる、分かりますよ」

　浅見は眩《まぶ》しそうに、目を瞬《しばたた》いた。

「だからきっと、富沢さんはあなたにだけは何か、この事件に関することを言っていたのではないかと思ったんです」

「それはありませんけど」

「もちろん、事件そのもののことや、事件を暗示することは言ってないでしょう。かといって、警察が考えているような、自殺を匂わすことも言わなかったはずです。警察はそれで苦慮しているんですからね」

絵奈は黙って頷いた。

「だけど、中田さんにだけは、何か言い残している。あるいは気配のようなものかもしれない。とにかく、あなたは何か感じるか、不審に思ったことがあるに違いない。さっき山で言いかけたのも、ひょっとするとそれじゃなかったんですか？」

微笑しながら、じっとこっちを見つめる浅見の視線を、絵奈は堪えきれなくなって、はずした。（やっぱり、あのときこの人は、こっちの心の動きを察知していたんだ――）

と、少し怖いような気がした。

「ちょっと気になることはありました」

「………」

「富沢さん、こう言ったんです。『バレるかもしれない』って」

「ほう……それは、いつのことですか？」

「亡くなる十日ばかり前です」

「どこで？」

「どこでって……つまり、デートしてるときです。場所も言わなきゃだめですか？」

「あ、いや、それはいいんですが、どんなふうにですか。その言い方で、どういう意味だったのか分かるかもしれません」

「煙草をくわえながら、ぼんやりしていて、ふいに、独り言のようにそう言ったんです。でも、私のことが奥さんにバレるっていう意味じゃないことは確かです。それは聞きましたから。たぶん、仕事関係のことじゃないかしら。それも、すごいストレスのある」

「そうですか……『バレるかもしれない』と言ったんですね」

浅見は煙草を出して、口にくわえ、火をつけないで考え込んだ。しばらくそうしていてから、煙草を指に挟んで、「バレるかもしれない」と呟いた。

「あっ、そうです、そんな感じです」

絵奈は思わず言った。浅見は宙に置いた視線を絵奈に向け、無言で頷いた。

会話を交わしているあいだも、店のおばさんが料理を運んできていた。この付近でとれる何とかいう魚の焼いたのとか、タコの刺し身など、日頃はあまりお目にかかれないようなものが、素朴に料理されて出てくる。

浅見は新しい料理を見るたびに目を輝かせて、絵奈に勧め、自分も箸《はし》をつけた。そのためにときどき話が中断したけれど、浅見の頭の中はつねに「事件」で占められていることを、絵奈は感じた。料理とは無縁の何かを見つめている思索的な目が、それを物語っていた。

「自殺っていうことは、絶対にありえないと思うんですけど」

絵奈は相手の熱意にほだされるように、自分から言い出した。

「富沢さんが亡くなったその日に、富沢さんから北海道のお土産が届いたんです。そこに一緒に入っていた手紙に、いま思うと、ちょっと気になることが書いてありました。といっても、自殺とか、そういう具体的なことじゃないですけどね」

「何て書いてあったのですか？」

「きみに会えて幸せだった——とか、そういうことです。その『幸せだった』と過去形で書かれていたのが、あとで読むと、何となく気になるっていうだけです」

「何となくですか？　いや、大いに気になるなあ」

浅見は眉をひそめた。

「警察がそれを知ったら、ますます自殺の心証を深めるでしょうね」

「そうですよね。だから警察には絶対に見せまいと思いました」

「それは賢明な判断です。とはいっても、それじゃ富沢さんはなぜそう書いたのか、それは考えなければなりませんけどね」

「意味があるのかしら？」

「もちろんあるに決まってます。『幸せだ』と『幸せだった』とでは、天地の開きがあるじゃないですか。富沢さんともあろう人が、何の意味もなくそんな書き方をするとは考えられないでしょう」

まるで富沢の代弁者ででもあるかのような口ぶりだ。

「富沢さんにあなたと別れるつもりがあったというのでもなければ、やはりその手紙は死を予感させますね」

「じゃあ、やっぱり自殺ってことになるじゃないですか」

「死の予感は、何も自殺だけとは限りませんよ。富沢さんはたぶん、もしかすると殺されるかもしれないという不安を感じていたのだと、僕は思います」

「えっ……」

叫びそうになって、絵奈は慌てて、手で口を覆った。

「さっきあなたが言った『ストレス』というのは、死の予感に繋《つな》がるほどのものだったのでしょうね」

「だけど、そんな、殺されるなんて……まるでヤクザ映画みたいじゃないですか。富沢さんがそういう危ない世界と関係があったとは考えられませんよ」

「べつに危ない世界じゃなくても、この頃は何でもないような顔をした隣人に、殺されかねない時代です」

「それはそうだけど……でも、誰に、どうしてですか？」

「ははは、それが分かれば何も悩むことはないですよ」

深刻な話題だというのに、呑気《のんき》そうに笑う浅見を、絵奈は少しきつい目で睨《にら》んだ。それを無視するように、浅見は淡々とした口調で話しだした。

「人が人を殺す動機はいろいろですが、その中から喧嘩《けんか》のような衝動的なものは除くとして、一つは憎悪から来る殺意、もう一つは自分の利益に関係した殺意、この二つに分類されると考えていいでしょう。たとえば変質者による殺人も、犯人自身の心理的な欲求を満足させるという意味では、ひとつの利益追求型と考えられます。今度のケースはそれとは違いますけどね」

「どうして違うって言えるんですか？」

「それは警察に確かめないと詳しいことは分かりませんが、たとえば外傷がないとか、そういうところから判断できたのでしょう。富沢さんの死を事故かあるいは覚悟の自殺であると、早い時点で警察が認定したのは、第一に、死因に繋がるような外傷がなかったことによるものだと思います。ただし、もし別の見方——つまり殺人と見るなら、きわめて巧妙かつ計画的な犯行であるということになるのですが」

　絵奈は深く頷いた。

「警察の判断を誘導したもう一つの要因は、現場の状況です。あの場所は事故や自殺の現場としてはぴったりだけど、殺人事件を連想させにくかったのでしょう。あんな場所で、ひと目でそれと分かるような痕跡《こんせき》を残さずに殺人を犯すというのは、ちょっと考えにくい。それと、富沢さんがなぜあの場所に来たのかが問題です。あなたへの手紙に『幸せだった』と過去形で書いたように、もし殺されるような気配を感じていたとするなら、なおさら、犯人に誘い出されるような危険を冒すはずはないですしね」

「じゃあ、やっぱり自殺なんですか？」

「また振出しに戻る」

浅見は小さく笑った。

「だめだめ、あくまでも殺人事件であるという前提は動かしてはいけないんですよ。その上で、いま言ったようなもろもろの疑問を考えてみることです。そうすれば、富沢さんがあの場所に行ったのは、何か目的があったからだということになるし、その現場には富沢さん以外の、ひょっとすると複数かもしれない人物——犯人がいたことにもなる。犯人はどうやって富沢さんと接触できたのか、どこからやって来たのか、そして殺害の動機は何なのか、いろいろ解決しなければならない命題がはっきりしてきます」

絵奈は「ふーっ」とため息をついた。

「疑問がそんなに沢山あって、それがどれも見当もつかない難問なんでしょう。それなのに、どうやって……ぜんぜん無理じゃありませんか。それとも、浅見さんには何か名案があるんですか？」

「いや、ありませんよ」

浅見はいともあっさり言った。

「えーっ、そんな……」

「いまはありません。しかし、いつか必ず何かが見えてきますよ。たとえば、あなたとこうして知り合ったのだって、ついさっきのことじゃないですか。それなのにもう、富沢さんの『バレるかもしれない』という言葉や、手紙に『幸せだった』と書いてあったことも掘り出せた。いままで警察が何も摑めてなかったのに較べれば、飛躍的な発見です」

「そうでしょうか。そんなことなら、前から私は知っていたのに、でも、何も思い浮ばなかったんですよ」

「それはね、当事者は気がつかなくても、第三者には見えることってあるものです。灯台もと暗しっていうじゃないですか。いや、冗談でなく、あなたが意識していないことで、まだまだほかにも手掛かりになりそうなことがあるかもしれない」

「そうかなあ……」

絵奈は天井を向いて、自分の内面を見つめ直したが、結局、何も発見できそうになかった。

「だめですよ、もう何もありません」

「ははは、そんなにあっさり諦めないで……そうだ、あれを忘れていた。富沢さんが送ってくれたという、北海道のお土産って、何だったんですか？」

「ああ、あれはただの写真です」

「写真？」

「ええ、札幌の時計台の写真です。額に入っていて、きれいな秋の風景ですけど」

「ふーん……」

浅見は妙な顔をした。いままでの鋭敏な表情からすると、ちょっと間の抜けた印象を与える。その表情のまま、目だけがせわしなく宙を彷徨《さまよ》った。頭の中では何かを模索しているように、絵奈には見えた。

「旅行先からのお土産って、そういう物が多かったんですか?」

「いいえ、そんなの初めてです。お土産自体あまりなかったし……たまに、その土地の珍しい物は戴《いただ》きましたけど」

「たとえば?」

「たとえば……志摩へ行ったときはこれをくれました」

絵奈はパールのピアスを指さした。

「それから、ニューヨークではスカーフ」

「なるほど……そして今回は札幌の時計台ですか。とすると、利尻へ行く前に札幌へ寄ったのかな?　そうだ、その荷物はどこから送られたものですか?」

「えっ、それはもちろん札幌じゃないんですか?　そうだとばかり思ってました」

「伝票は見なかったのですか」

「見ましたけど、でも、送り主のところには『本人』て書いてあっただけですよ。いつもそうしてました」

何か事故でもあって、送り主のところに照会されると困る――という理由で、富沢は必ずそう書いていた。

「その伝票ですが、もう残っていないでしょうね？」

「ええ、残ってませんよ。だって、もう二カ月も前のことですもの」

「でしょうね。しかし、どうして札幌だったのかなあ？……富沢さんは前の日に東京を発って、翌日の昼には利尻に渡っています。その途中、札幌に立ち寄っていたとすると、ずいぶん慌ただしい旅ですね。その慌ただしい中であなたへのお土産を送ったというわけですか。しかも、こんなことを言うと叱《しか》られるかもしれないけど、あまりセンスがいいとも思えない写真でしょう。なんだかおかしいですねえ」

浅見はまるで、「おかしい」ものの正体を見るような目で、絵奈を見つめた。

「ええ、たしかに変ですけど、でも、私には何も分かりませんよ」

絵奈はその視線から逃れるように、急いで首を横に振った。

「もしかすると、その額の中に何か隠されているかもしれないな。額の裏蓋《うらぶた》をはずしてみましたか？」

「いいえ、そんなことしてません」

「じゃあ、東京に帰ったら、すぐに確かめてみてくれませんか」

「ええ、いいですけど、でも、何が隠されているのかしら？」

「さあ、それは開いてみてのお楽しみ。御神籤《おみくじ》みたいなものですね」

そう言って笑いながら、浅見は何かを思い出したように、鋭い光を湛《たた》えた目をまた中空に彷徨わせた。

2

中田絵奈を彼女の宿泊先まで送ってから、浅見光彦はホテルに引き揚げた。フロントに「自宅に電話を」というメッセージが入っていた。部屋に戻って電話すると、いつもどおり、お手伝いの須美子が出て、「旦那様がずいぶんお待ちですよ」と言った。暗に、遅くまでどこへお出かけでしたかという厭味《いやみ》を込めている。

しばらく待たせて、兄の声が聞こえた。

「どうだった」

陽一郎は主語を抜きで、いきなり訊いた。声をひそめるような語調だから、ひょっとすると盗聴を気にしているのかもしれない。いや、冗談でなく、そういうこともあり得るのかな――と、浅見は部屋の中を見渡した。ツインの変哲もない部屋である。盗聴器が仕掛けられているとも思えないが、交換機を通じて傍受する方法もあるのだろう。一応、用心するに越したことはない。

「まだ、さしたる進展はありません」

「しかし、先生にはお会いしたのだろう」

「もちろん会いました」

「だったら報告ぐらいしてくれよ。鉄砲玉みたいに、さっぱり連絡してこないのは、きみの悪い癖だ」

「分かりました」

「それで、先生は何て言ってた？」

「よろしく頼むと」

「それだけか？　わざわざ利尻まで出掛けて行って、たったそれだけということはないだろう」

　警察庁刑事局長は不満そうだ。

「兄さんから聞いたこと以外には、目新しい話は出ませんでしたよ。とはいっても、忙しい日程の中に利尻行きを織り込んだ熱意に対しては、敬意を表していいと思うけど」

「当たり前だ。それだけ先生が重大事と捉《とら》えている証拠だろう。だからきみを送り込んだんじゃないか」

「それは分かってますよ。だけど、それにしても遠かったなあ。こんな辺鄙《へんぴ》なところを会見場所にセッティングしなければならないとは、長官もずいぶん神経質になっているんですね」

「おい、その呼び名を使うのはよせ」

「あ、そうでしたね」

　思わず苦笑した。むろん「長官」とは秋元康博北海道沖縄開発庁長官のことだが、神経質になっているのは長官ばかりでなさそうだ。およそ物に動じないはずの陽一郎が、これほどまで細かいことに気を配るのは珍しい。十四歳年長で、親代わりを務めてくれた兄には、日頃、絶対に頭が上がらない浅見だが、ほんのわずか、優越感を抱いた。

それから浅見はひととおり、姫沼での秋元長官との、少し芝居じみた出会いの経緯を語った。

秋元とは、互いに写真で相手の顔は知っているものの、もちろん初対面であった。先方は浅見の写真の送り先を秘書の葛西の自宅宛にするほど、秘密裡《り》にことを進めたい意向であった。利尻島で密《ひそ》かに会うというのも、秋元側でセッティングされた。

たしかに、防衛庁長官のときから、秋元の周辺には四六時中、報道関係者が張りついていることは事実なのだろう。都内ではどこへ行ってもマスコミの目があって、秘密の会見などできそうにない。彼らの何人かには「浅見光彦」の面も割れている可能性もある。開発庁長官に私立探偵まがいのルポライターが単独で接触するのは、その連中の恰《かっ》好《こう》の餌《え》食《じき》になりかねない。

それにしても「利尻島で」と持ちかけられたときは、浅見はもちろんだが、つねに冷静沈着なはずの陽一郎も面食らったそうだ。

秋元長官が、浅見の兄であり警察庁刑事局長である浅見陽一郎に電話で、「あなたの弟さんにお会いしたい」と言ってきたのは、ごく最近のことである。電話は秋元本人からであり、それは、陽一郎が折り返し開発庁長官室に電話して、すぐに秋元が受話器を取ったことによって確認できた。

「弟さんのことは、ある筋から聞いておりますよ」と秋元は言った。「ある筋」でなくても、近頃は弟の名前がかなり浸透していることを、陽一郎も知らないわけではない。

「困ったやつで」と、電話のこっち側で刑事局長は頭を下げた。

「何か長官にご迷惑をおかけしたのでしょうか」

「とんでもない。ご迷惑をかけようとしているのは、当方でしてな」

笑いを含んだ声だったが、すぐに真面目な口調で、「じつは、弟さんにお願いしたいことがあって、ぜひ、なるべく早い機会に、それも秘密裡に会えるよう、お手配願いたいのだが」と言った。そして「できれば」という希望つきで、七月下旬の日にちと、利尻島という場所を指定した。

「利尻島というと、北海道の……」

小学生でも知ってることを、秀才の誉れ高い刑事局長が思わず訊き返した。

「そうです。利尻は私の生まれ故郷でもありましてな」

「あ、そうでしたか」

「久しぶりにちょっと寄ってみたいと思っておるのです。それに、あそこなら誰にも邪魔されずに会うことができる」

「なるほど……分かりました。早急に弟の意向を確かめてみます」

「いや、浅見さん、弟さんの意向はどうであっても、ぜひとも会っていただけるよう、説得してもらわないと困るのですがね」

　政治家らしい押しの強い言い方だったが、秋元自身、さすがに気がさしたのか、「なんとかわがままをお聞き届けいただきたい」と、低姿勢に付け加えた。

　ともかく返事を保留して、刑事局長は部下に命じ、利尻島で何か起きていないかを調べさせた。長官の利尻行きが、単に「ついで」や人目を避けるためばかりではなく、何かの事件がらみではないかと思ったからである。しかし、部下からの報告によると、利尻ではここしばらく、さしたる事件は発生していないということであった。

　利尻、礼文沖から北方四島周辺にかけての海域は、領海侵犯と違法操業の常習地帯である。しかし、このところ、ロシア船の稚内への寄港が頻繁になるにつれて、日ロ関係は友好ムードが高まっている。よほどひどい違法操業でもしないかぎり、かつてのように拿捕《だほ》が頻発することはなくなった。

　かりに、そういった問題に絡んだ「事件」が起きていたとしても、開発庁長官が弟に会いたい理由にはなりそうにない。あの浅見家の「問題児」が関わりそうなことといえば、ごく個人的な事件に決まっている。

「ほかに何か、たとえば殺人事件のようなものはないのかな」

　刑事局長は重ねて訊ねた。

「殺人事件は起きていませんが、利尻富士登山道付近での遭難死亡事故が、五月に発生しております。稚内署の調べでは、自殺の疑いが濃厚ということで」

（それかな――）と陽一郎は勘が働いた。

死んだのは東京都文京区在住の富沢春之（三十八歳）。勤務先の西嶺通信機というのは日本有数の通信機メーカーとして、経済界に疎《うと》い浅見でも知っている。富沢は東大卒で、その会社のエリート幹部社員ということだ。

上司、同僚、家族、友人を含め、関係者の話によると、自殺する原因や理由に思い当たらないらしい。しかし所轄の稚内署ではすでに「自殺」として処理する意向を固めているという。そのことで何か手抜かりでもあったのだろうか。

とはいえ、その人物の死と開発庁長官が結びつくとも考えられない。利尻行きはやはりその事件とは関係ないということか。いずれにしても、秋元の求めに応じるよう、弟を説得するほかはなさそうだった。しかし、利尻と聞いて、弟は尻込みした。

「なにも、利尻くんだりまで行って会わなくても、電話で用件を聞けばすむことじゃないんですかね。遠いのもさることながら、飛行機に乗らなければならないことが問題だなあ。中身ががらんどうの鉄の塊が、大雪山の上空を越えてゆくありさまを想像しただけで、僕は背中のあたりがゾクゾクしてくるんですよ」

「しかし、長官ご自身がどうしても利尻できみと会いたいとおっしゃるのだ。それにはそれなりの理由がおありなのだろう」

「妙ですね。なぜ利尻にこだわるんだろう？　もしかすると、利尻で何か事件でも起きているんじゃないかなあ？」

「私もそう思って、一応、調べてはある」

刑事局長は利尻富士で死亡した会社員の話をした。

「それですね、きっと」

「うん、私もそう思った」

弟が自分と同じ反応を示したことに、陽一郎は満足した。

「といっても、現時点ではその男の死が長官と結びつく要素は何もないのだがね」

参考のために——と、陽一郎は富沢春之のデータを弟に渡した。子細に目を通してみても、一部上場企業のエリート社員という以外に、これといった特徴のない人物だ。

「ふーん、そんな事件に秋元長官自ら乗り出したんですか……そのことも不可解だけど、それよりなぜ利尻なんですかねえ？　かりに自殺するにしても、日本中、どこへ行っても、利尻より自殺に適した場所はいくらでもありそうなものなのに」

「おいおい、自殺に適した場所などというのは、私の立場として認めるわけにいかないよ。しかし、正直な感想としては光彦の言うとおりだな。なぜ利尻にこだわったのか、大いに不思議ではあるね」

陽一郎は弟の好奇心を煽《あお》るように言った。富沢春之が死に場所として、それに長官が会見場所として、なぜ利尻島を選んだのか、考えれば考えるほど不可解なことだ。弟の詮索癖がじっとしているはずはない——と確信している。

結局、兄の思惑どおり、弟は秋元の要望に従って、利尻島の姫沼という場所と、おおよその時刻を設定して、そこで落ち合うことになった。

「あの先生は、いまどきの人にしては、尊敬に値する立派な人物のようですね」

結論のように、浅見はそう言った。

「うん……」と、陽一郎は同意してから笑った。

「きみみたいな若造に『いまどきの人』などと言われては、先生もさぞかし喜ばれるだろうな」

「あはは、それはそうだけど、しかし政……いや、あの仕事をしている人たちの中では、傑出して人格者なんじゃないですか」

「ああ、それは私も同感だね。それはともかく、話のほうは了解できたのか？」

「ええ、了解しました。やはり兄さんが推測したとおり、利尻富士の登山道で死亡した人物と関係がありましたよ。自殺や事故死ではなく、背景に何かあるのじゃないかというのが、あの先生の考えのようです」

「ふーん、やっぱりそうだったのか……しかし、その根拠は？　いや、その前に、その富沢という人物と先生とは、どこでどう結びつくのかな？」

「姻戚関係などの直接の結びつきはないみたいですよ。ただ『昔サハリンにいた頃、お世話になった人のゆかりの人』ということは言ってました」

「サハリン？」

「ええ、『樺太《からふと》』と言いかけて『サハリン』と言い直しましたから、終戦前のことでしょうけどね」

「ふーん、おそろしく古い因縁だね。ずいぶん義理堅いな」

日本がサハリンを領土にしていた終戦以前といえば、いまから五十数年も昔のことだ。浅見の感覚としては、歴史の中の一ページというイメージしか湧いてこない。

「古い話だけど、恩義に感じるような何かがあるみたいですね。はっきりした理由はどうしても話してもらえなかったけれど、そうでもなければ、山で死んだ一市民のために、先生みたいな立場の人が自ら乗り出して、しかも秘密裡に調べようなんてことをするはずがないでしょう」

「うん、それは何か、だな」

「先生はしきりに事件の背景といったようなことを口にしてました。背景というと、まず考えられるのは仕事関係ですが、その人物の勤務先である西嶺通信機というのは……」

「あ、待て。その話はきみが帰ってきてからか、あるいは別の方法で聞かせてくれ」

刑事局長は用心深く制止した。別の方法とは公衆電話でという意味だ。やはりフロントでの盗み聴きを警戒しているのだろう。

「それにしても、先生はなぜウチに調べを指示しないで、きみのような人間に頼もうとするのかな？　きみはどう思う？」

陽一郎の言う「ウチ」とは、むろん警察のことを指している。

「それが問題ですね。公式には動きたくないわけがあるのだろうけど、それにしては、刑事局長の弟だと承知の上で依頼するのも不可解だし。よほど警察を信用していないということなのかなあ」

「おい、それが警察の幹部に向かって言う言葉かね」

「だけど、現に稚内警察署は自殺と断定したんですからね、いくら先生でも、それを引っ繰り返すような圧力をかけるわけにはいかないでしょう。僕に頼めば、とりあえずオープンにしなくてすむし、それに兄さんだって知らん顔はできないだろうと思っているんじゃないのかな」

「そればかりじゃないかもしれない」

刑事局長は厳かに言った。

「先生はきみの一風変わった捜査能力を信頼しているのだと思うよ。それはある面で警察組織には欠けているものだ」

「まさか」

「ふん、心にもない謙遜《けんそん》をするな。光彦自身、それなりの自信はあるくせに」

浅見は兄の言葉を否定しなかった。自信と言えるのかどうかはともかく、他人が思いつかないことを思いつく、陽一郎が言ったとおり、ある意味では屈折したような感覚が自分にあることを、浅見は自覚している。

「とにかく、できる限りデータを拾い集めてきてくれ。むろん費用は出るそうだ。それから、本間にはきみのことを伝えてある。何かの場合には便宜を図ってくれるよ」

陽一郎の言う「本間」とは、北海道警察の本間本部長のことで、陽一郎とは東大の同期である。

「ただしそれは最悪の場合に限る。本件はあくまでもきみの個人的な取材活動という建前でいってもらいたい。必要な情報は私のほうで用意する。いいね」

「分かってます」

電話を切ったあと、浅見は仰向けにベッドに寝ころんで、焦点の定まらない目を天井に向けながら、ぼんやりと「事件」の全体像を眺めた。

3

翌朝、浅見はカルチャーセンターを訪れた。むろんお目当ては女性職員である。チケット売りの窓口にいる彼女に「やあ」と声をかけると、「あらっ」と目を丸くした。こんなちっぽけなミュージアムに、また現れるとは思っていなかったのだろう。驚いた表情から「あっ」と口を開いた。

「あの、昨夜、『こぶし』へ行きませんでしたか？」

「うん、行きましたよ。あなたが言ったとおり、ウニが旨かったなあ」

「じゃあ、やっぱりそうだったんですね」

「えっ、やっぱりって？」

「父がそう言ってました。東京から来た男の人が、『こぶし』に来ておったって。だもんで、たぶんお客さんのことじゃないかって思ったんです」

「お父さんが？……どういうことかな？」

さすがの浅見も、どうしてそうなるのか見当がつかなかった。ひょっとして、このカルチャーセンターのどこかに、彼女の父親がいるのかと、思わず周囲を見回した。

「あそこに勤めているんです。姫沼の管理事務所に」

「ああ、あの方があなたのお父さんですか。驚いたなあ、狭いんですねえ」

「それで、山で亡くなった人のことをいろいろ訊いて、管理事務所のトイレの中まで調べていたっていうし、夜、父が『こぶし』に飲みに行ったら、そこにいたっていうし、きっとお客さんのことだと思いました」

「なるほど、鋭いなあ。そのとおり、『こぶし』へ行きましたよ。だけどお父さんがいたのは気がつかなかった」

「カウンターの端っこのほうで飲んでいるから、分からなかったんだと思います。あの、お連れさんと一緒だったとか」

「お連れさん？……ああ、彼女は山で亡くなった人の知り合いです」

「そうなんですか」

「あははは、上手い上手い」

「は？……」

ちよえは「そうなんですか」と「遭難」の関係を、意識して言ったわけではないらしい。こういう下らない駄洒落《だじゃれ》を面白がるのは、都会人の軽薄なところだ。浅見は急いで笑いを引っ込めた。

「僕がちょうど現場で調べているところに、彼女も来あわせて、それから最後は『こぶし』まで行って、いろいろ話を聞きました。亡くなった人の高校の後輩だそうです。この事件のことを、事故や自殺なんかではないと信じているんですよ。彼女はさっきのフェリーで帰って行きましたが、ずいぶん心残りだったんじゃないかなあ」

話しながら、浅見は名刺を出して、「浅見といいます、フリーのルポライターをやっています」と自己紹介をした。

「失礼ですが、あなたのお名前は？」

「山本です、山本ちよえです。すみません、名刺はないんですけど」

山本ちよえはピョコンと頭を下げた。浅見は彼女の名前とカルチャーセンターの電話番号を手帳に書いた。ちよえはその手元を、心配そうに覗き込んでいる。浅見のような好奇心旺盛《おうせい》な人間は別として、「事件」に関わりたくない——というのは、ごく庶民的な感覚だ。

「じつは、あれから富沢さん——亡くなった人の利尻での行動を調べてみたのだけど、タクシーの運転手の話によると、富沢さんはここと姫沼と、それ以外は登山道にしか行っていないらしいのです。その二箇所で彼を目撃したのが、たまたま、あなたとあなたのお父さんだったというのは、なんだか、ただの偶然とも思えない。運命的な出来事のような気がしませんか」

「さあ……」

「まあ、それはともかく、僕は富沢さんが死ぬ前になぜ、この二箇所を訪ねたのか、考えてみたのです。もちろんこの場合、事故死というのはないことにしてですけどね。自殺にせよ殺人にせよ、もし彼が死ぬことを予感していたとすると、最後に何かメッセージを残そうとするのじゃないだろうか。その場合には姫沼の管理事務所かここしかなかったことになる。しかし、姫沼のほうには何もなかった。だとすると、唯一そのチャンスがあったのは、このカルチャーセンターの中だけだ――とね。そして、もし僕が富沢さんだとしたらと思った瞬間、頭の中にあの御神籤《おみくじ》が浮かびました」

浅見はホールにある「運だめしタンス」を指さした。

とたんに山本ちよえの顔色が変わった。

「やっぱりそうでしたか」

浅見はちよえの様子を見て、優しい微笑を浮かべながら言った。

「一昨日、あなたと話しているとき、あなたが何か知っているなっていう気がしたんだけど、確信はなかった。だけど考えてみると、あのタンスは物を隠すにはうってつけですよね。それに管理はあなたがやっていて、たぶん定期的に引出しを入れ換えるのでしょう。そのときには必ず発見してもらえる。利害関係のない、純粋に善意の第三者であるあなたにです」

浅見は「純粋」「善意」という部分を、とくに強調した。そのつど、ちよえの表情には明らかに緊張の色が強まった。託された物に対する責任の重さを感じるのだろう。

「でも……」と、ちよえはその重圧に抵抗するように言った。

「あれは、いろんなお客さんが見ますから、私が発見するとは限らないですけど」

「そうですね、百分の一の確率でね。ところで、五月のその頃、お客さんはどのくらい来ましたか？」

自分のほかには、入館者が一人もいないホールを見渡して言った。

「それは、あんまり多くは……」

「そうでしょうね。利尻の五月はまだ寒いから、観光客は少ないのでしょう。何人かのお客さんが来たとしても、運だめしタンスで百分の一の確率を引き当てる人は、限りなくゼロに近いはずです。かりにもしそのメッセージを引き当てても、必ずあなたに『これは何？』って訊くでしょうしね。しかし、結局はそういうこともなく、あなたが発見することになった。そうですね？」

ちよえは悪魔にみいられたような顔で、コクリと頷いた。

「それで、あの引出しには何が入っていたのですか？」

「メモです。フェリーの切符の裏に書いてありました」

「どんなメッセージが書かれてあったのですか？」

「あれはメッセージっていえるかどうか……おかしなフレーズでした」

ちよえは記憶を確かめるように、視線を天井に向けた。浅見は催促の言葉を挟まずに、じっと待った。

「プロメテウスの火矢は氷雪を溶かさない、です」

一語一語、区切るような口調で言った。

浅見はそのフレーズを手帳に書き取って、復唱した。

「プロメテウスの火矢は氷雪——氷の雪ですね。氷雪を溶かさない、ですか」

「ええ、何のことか分かりませんけど」

「それが書いてあった切符は捨てちゃったんでしょうね」

「ええ、捨てました」

悪いことをしたように、ちよえは肩を竦《すく》めた。

「でも、書いてあったことはちゃんと記憶しています。ヘンな文句ですから、それ以来、頭から離れません」

浅見は手帳の文字を眺めて首をひねった。

「どういう意味ですか？」

山本ちよえは、試すような目を浅見に向けている。彼女自身、さんざん考え抜いたあげくにサジを投げたものなのだろう。

「さあ、分かりませんね」

浅見はあっさりと兜《かぶと》を脱いだ。

プロメテウスはギリシャ神話に出てくる英雄の一人で、天を支える巨人、アトラスの兄弟である。天上の火を人間に与えたためにゼウスの怒りを買い、コーカサス山の岩に鎖で繋がれ大鷲《おおわし》に肝臓を食われるが、後にヘラクレスに助けられる——という話がある。ギリシャ神話では、プロメテウスが水と泥から人間を創造し、他の獣たちの全能力を人間に与えたとされている。

（そのプロメテウスがどうしたというのだろう？——）

プロメテウスと火矢は何となく関係がありそうだが、それが「氷雪を溶かさない」というのは何のことか分からない。かといって、富沢がただのいたずらや面白半分で、こんなものをわざわざあの「タンス」の中に隠して行くとも思えない。

現在は噴火していないが、利尻富士はコニーデ型火山である。そのことと「プロメテウスの火矢」と関係があるのだろうか。

（何かの暗号かな——）とも思う。しかし、ここでいくら考えてみても、何の結論も出そうになかった。

「ありがとうございました」

浅見は手帳をポケットに仕舞った。「これで、いいんですか？」と、山本ちよえはかえって心残りのような口ぶりである。

「いや、ぜんぜんよくないけど、今日のところはひとまず引き揚げます。次のフェリーの出港時刻が近づいてますから。しかし、いずれまた来ることになると思います。そのときもよろしく。あ、それから、もし何か思い出したことがあったら、その名刺のところに連絡していただけませんか」

「はい、分かりました」

ちよえはほっとしたような、それでいて、どことなく別れがたいものを感じさせる目をこっちに向けて、小さくお辞儀をした。


フェリーはノシャップ岬を回って、真北から宗谷湾に入る。この感覚は小樽《おたる》港に入ってゆくときと似ている――と浅見は思った。背後に山を控えた港の遠景も似た雰囲気だ。北の海、北の港に漂う、独特のもの寂しさが共通しているのかもしれない。

稚内の地名の由来は、アイヌ語の「ヤム・ワッカ・ナイ」から来ている。「ヤム＝冷たい」「ワッカ＝水」「ナイ＝沢」、つまり「冷たい水のある沢」の意味である。それを象徴するように、稚内市郊外には「大沼」という湖がある。稚内の人口は四万五千足らず、主たる産業は水産業――これが浅見の仕入れてきた予備知識である。

稚内港に隣接して、まだ新しい十二階建ての全日空ホテルが建っている。富沢春之は死の前日、ここに泊った。このホテル以外は丈の低い建物ばかりが並ぶ街だ。観光シーズンを迎え、港は利尻や礼文へ向かう客で賑わっていた。船から下りた客のグループが、港に近い大きな土産物店にゾロゾロと歩いていく。海産物専門の店で、最後の買い物をしようというのだろう。

その賑わいを抜けた、全日空ホテル周辺の市街は対照的に閑散としている。湾に沿って半円を描くように走る道路は広く、北海道の土地の広さを象徴しているようだ。湾のノシャップ岬寄り、宗谷本線の稚内駅近くには古い建物が目立つ。これより東、「大黒」という町名の一帯が稚内の現在の中心街らしい。稚内警察署もそこにあった。

受付で「五月に利尻富士で起きた、富沢という人の死亡事件についてお話を聞きたいのですが」というと、若い巡査が「ああ、あれですか」と、浅見の名刺を見直した。今頃になって——と言いたげな顔だ。それでも一応は上司にお伺いをたてて、「どうぞ」と奥へ案内してくれた。

粗末な応接セットに坐ってしばらく待っていると、警部補の制服を着た警官が現れた。交換した名刺には「刑事防犯課捜査係　石崎光一」とあった。

「東京から見えたのですか。ご苦労様です。自分で分かることならお話ししますが、何かあの件で問題でもあるのですか」

石崎警部補は用心深く切り出した。すでに片づいた事件を、わざわざ東京からやって来て、またぞろ掘り返すつもりなのか、と警戒している。

「あの事件の捜査は、すでに終了したのでしょうか？」

浅見は素朴に訊いた。

「終了しておりますよ。もっとも、あの件については当初から事件性がないものと考えておりました。自殺の疑いはあるにはあったのですが、遺書その他、自殺を示唆するようなものは所持してなかったし、自宅や勤め先からも発見されなかったです。いずれにしても事件性はないと判断しました」

「所持品が盗まれていたとか、そういうこともなかったのですね」

「もちろんです。もしそんなことがあれば、当然、強盗殺人事件の疑いがありますよ。服装に乱れはなく、争った形跡もないし、財布も免許証もカード類も、それに携帯電話も洋服のポケットにありました」

「手帳はどうでしたか？」

「手帳？……いや、手帳は所持していなかったですね。手帳は会社のデスクの中にありました」

「その手帳には、今回の事件を匂わせるような内容のメモか何か、書いてなかったのでしょうね」

「もちろんなかったですよ。自分もこの目で確かめましたが、ごく通常の社内業務に関係するような記述ばかりでした」

石崎警部補は言いながら、明らかに辟易《へきえき》した様子を示している。何か用事がありそうな顔で腰を浮かせた。

4

「ところで、富沢さんは、東京から真っ直ぐ稚内に来たのでしょうか」

浅見が訊くと、石崎はキョトンとした目をして、「当然でしょう」と言った。驚いたことに、警察は富沢が東京から直接、稚内に来たものと信じて疑わなかったらしい。もっとも、意外に思うのは浅見に予備知識があるからなのであって、何も知らなければ当然と思うほうが普通かもしれない。

「それとも、あなたはどこか他の所から来たとでも思っているのですか？」

逆に訊かれた。

「いえ、そういうわけではないですが、ひょっとして、札幌辺りに寄り道なんかしたんじゃないかと思ったものですから」

「札幌？　稚内に来るのに、何で札幌に寄り道しなきゃならないのです？」

確かに、そう言われればそのとおりだ。浅見は「そうですね」と頭を下げるほかはなかった。「札幌の時計台の写真を送っている」と喉まで出かかったが、それは言ってはならないのが、中田絵奈との約束だ。まったく、制約の多い仕事はやりにくい。

それにしても、稚内での富沢の行動について、警察がさっぱり関心を抱かなかったのには呆《あき》れるばかりだ。富沢はホテルにチェックインしたあと、間もなく外出して、夜八時過ぎまで戻ってこなかったのだが、その間の行動は、フロントにロープウェー乗り場へ行く道順を訊いて出掛けたことと、ホテルに戻って、フロントでキーを受け取った際に、翌日の利尻行きフェリーの時刻を確かめたこと以外は、まったく解明されていないという。

石崎警部補の話では、ロープウェーで稚内公園を見て、それから市内観光に歩き、どこかで夕食をとったものだろうという。

稚内市の観光というと、宗谷岬とノシャップ岬以外は稚内公園が大きな目玉だそうだ。五月なかばまでなら、大沼に白鳥見物に行く人も多いが、富沢が来た頃はすでに白鳥は北へ帰ったあとだ。警察は富沢がロープウェーで稚内公園へ行ったことはほぼ間違いないと見ている。公園はかなり広く、時間をかけて見るつもりなら、二時間ぐらいはすぐ経ってしまうらしい。それから街に下りて散策したり食事をしたりして過ごせば、ちょうどホテルに戻った頃合いになる——というのが、警察の推測だ。

ホテルのフロントの話によると、戻ってきたときの富沢の様子には、とくに変わったところは見られなかったということである。とはいえ、フロント係の眼力があてになるかどうかは、かなり疑わしい。現実に翌日、富沢は「自殺」しているのだから、その時点ではかなり落ち込んでいたはずだ——と警察は考えている。

いずれにしても、富沢の死には事件性がないと判断したことによって、稚内市内での富沢の行動には格別の関心を抱かないという警察の方針が決まったわけだ。

しかし、もしこれが「殺人事件」だとしたら、この日の富沢の行動には重大な意味があることになる。

警察を引き揚げ、全日空ホテルにチェックイン。駐車場に車を置いて、ともかく富沢が辿《たど》った道筋を追ってみることにした。

ホテルからロープウェー乗り場までは十分もかからない距離だ。北門神社というのがあって、そこの境内のようなところからロープウェーが発着している。全長百三十メートル強で日本最短というのが売り物（？）になっているそうだ。乗ればほんの二分ばかりで山頂駅に着いてしまうのだが、そこからの眺めは一転してすばらしい。稚内市街と宗谷湾が広がり、宗谷岬の先には晴れていればサハリンも望めるにちがいない。しかしこの日は海上がガスっていて、かすかに島影らしきものが見える程度だった。

視線を転じると、丘の上に二本の純白の塔が建っている。塔というよりも巨大な柱といったほうが当たっているかもしれない。水晶の結晶のように鋭角的に天を衝《つ》いてそそり立つ。周辺には観光客が群れ、なおもロープウェー駅からそこへ向かう人の群れがつづく。何かのモニュメントで、どうやら観光の目玉にもなっているらしい。

近づいて行くと、二本の柱のあいだに女性像が立っているのが見えてきた。天を仰ぎ、虚空を捧げ持つようなポーズである。近くの碑に「氷雪の門」と記されていた。

浅見は「氷雪」の二文字を見て、ギクリと足が停まった。山本ちよえに聞いた「プロメテウスの火矢は氷雪を溶かさない」のフレーズが脳裏に浮かんだ。

碑文には「氷雪の門」の由来が書かれている。一九四五年八月二十日――終戦の五日後にサハリン（当時樺太）はソ連軍の攻撃を受け、占領された。在住の日本人は多くの死者を出し、生き残った者すべてが本土に逐《お》われた。「氷雪の門」はこの悲劇への追悼と、望郷の想いを込めて建てられたものだ。

「氷雪の門」の隣には、女性像のレリーフが埋め込まれた「九人の乙女の碑」というのも建っている。碑の中央には「皆さん　これが最後です　さようなら　さようなら」と大きな文字が刻まれ、その脇には碑の趣旨が書かれてあった。

――八月二十日ソ連軍が樺太真岡《まおか》上陸を開始しようとした　その時突如日本軍との戦いが始まった　戦火と化した真岡の町　その中で交換台に向かった九人の乙女等は死を以って己の職場を守った　窓越しにみる砲弾のさく烈　刻々迫る身の危険　今はこれまでと死の交換台に向かい「皆さんこれが最後ですさようならさようなら」の言葉を残して静かに青酸苛里をのみ　夢多き若き花の命を絶ち職に殉じた――

この「悲話」は、戦争のことを知らない浅見にもかすかな記憶があった。「氷雪の門」というタイトルで、たしか映画にもなったはずである。（ああ、これがそうなのか――）と、浅見は新たな感慨を込めた目で、碑を眺め、「氷雪の門」を仰いだ。

水晶の結晶のように見える二本の柱は、おそらく「氷雪」を表しているのだろう。そう思って見ると、その真ん中に立つ女性は、祈りを込めて、固く閉ざされた氷の門を開け放とうとしているかのようだ。

「氷雪の門」はサハリンの悲劇すべてに向けられたモニュメントのはずだが、「九人の乙女」の悲劇が、あたかもその象徴のように受け取れる。浅見の貧弱な知識にも、漠然とだけれど、そう刻みこまれていた。しかしじつはそうではなく、はるかに大きな規模で、多くの人命を失った「悲劇」が、あの敗戦の混乱の最中にはあったのだ。

富沢春之もここにこうして佇み、「氷雪の門」を仰ぎ見たのだろうか。

富沢は浅見より年長だが、戦後ずいぶん経って生まれたことに変わりはない。しかし、秋元康博の言葉によると、富沢には何らかの形で「サハリンにゆかり」があるらしい。親戚《しんせき》か知り合いかにサハリンゆかりの人がいるのだろう。

そういう背景があって眺めるのと、浅見のようにまったくの第三者的な目で見るのとでは、胸に去来する感慨も大きく異なるにちがいない。

ロープウェーを利用して稚内公園に登れば、いやでもこの「氷雪の門」を仰ぎ見ることになる。それだからといって、富沢の目的がここだけとは限らない。公園内にはほかにも見るべきものはある。その一つ、ここから少し離れた丘の頂上には「開基百年記念塔」というのがそそり立つ。矢印で「徒歩15分」と示した道標があった。塔の高さは八十メートルだそうだから、展望室からの見晴らしはさぞかし――と思わせる。

浅見は車で来なかったことを後悔した。歩く労力はともかく、時間がなかった。辿り着いてすぐに閉館ということになりかねない時刻であった。

浅見は諦めて、ロープウェーで街に下りた。しかし、収穫がまるでなかったというわけではない。富沢が「氷雪の門」を見たことと、彼が利尻のカルチャーセンターに意味不明のメッセージを残したこととは、ひょっとすると関係があるのかもしれない。

この「氷雪の門」にメッセージの意味を求めるなら、「氷雪を溶かさない」の「氷雪」とは、ロシアの頑《かたくな》な心を意味しているとも考えられる。「プロメテウスの火矢」が何なのかは分からないが、神話のプロメテウスが盗んだのは天上の火――禁断の火――という連想から、雷火、あるいは原子の火のようなものが浮かぶ。それは何となく未来戦の兵器を連想させはしないだろうか。

ロープウェーの中で、浅見はそんなことをぼんやり考えていた。

街を歩いてみると、ロシア人の姿が意外に多いことに気づく。ほとんどは船員らしい頑丈そうな男たちだが、中には少女といっていい若い女性もいる。浅見のすぐ脇を、男が自転車に乗り、片手でハンドル、片手でもう一台の自転車を操作しながら走って行った。

ロシアの船員たちが日本で中古の自動車を買い、帰国して高く売りさばくという話を聞いたことがある。自動車ばかりでなく、自転車も扱う商品の一つにちがいない。日本では軒先や道路に平気で自転車を放置しておくが、ロシア人の感覚だと、そんなふうに放置してある自転車は、捨ててあるものと見なすそうだ。テレビをはじめ洗濯機や冷蔵庫など、まだ使える品をどんどん捨てる日本の粗大ゴミ捨て場は、彼らにとっては中古商品の宝庫に見えるのかもしれない。

少し早い夕食にラーメン屋に入ると、そこにいる二十人ほどの客の九割近くがロシア人であった。中央付近のテーブルに陣取って、楽しそうにビールを飲み、ラーメンを啜《すす》っている。女性も四、五人混じった陽気な連中である。中にたどたどしい日本語を喋る男がいて、ラーメン屋の店員に何か注文している。店員のほうも慣れた様子で応対し、ちゃんと注文どおりの品を出している。

浅見はちょっとしたカルチャーショックを受けた。考えてみると、東京の人間にとっては、ロシアはいまだ遠い国なのだが、稚内は目の前にサハリンを望む。東京どころか札幌へ行くより近い、文字通りの「隣人」であることはたしかだ。

冷戦が終わって久しい。日ロ間の国交はほぼ正常化したとはいっても、北方四島の問題やロシアの国内事情もあって、必ずしも円満にいっているわけではない。しかし、稚内に限っていえば、かつての長崎平戸が外国に門戸を開いていたように、ロシア人を比較的自由に入港上陸させ、市民レベルでの交流を深めているようだ。

ロシア人のグループが賑やかに引き揚げると、店の客は浅見一人になった。テーブルの後片付けをする店員に、「ロシア人のお客は多いんですか?」と訊くと、「ああ、沢山来ますよ」と答えた。

「ラーメンが好きっていうか、安いからかもしらないねえ」

「商用で来るんですか」

「そうですね、観光客は少ないんでないかい。真っ黒なオンボロ船だけど、景気はいいみたいだな。大抵はカニなんかを積んだ貨物船ですよ。向こうの漁場はよくとれるからねえ。ときどきトカレフ入りのカニも来るっていうけどね」

　店員は「ははは」と笑った。

「へえー、トカレフの密輸なんかもあるんですか」

「見たわけではないけど、あるって噂《うわさ》ですよ。日本で中古車が安くて余っているのと同じで、ロシアじゃトカレフが安くて余っているんだから、お互いけっこう商売になるっていうことでないかい」

　面白半分の噂にせよ、トカレフの密輸入が何でもないことのように語られると、むしろ信憑性《しんぴょうせい》がありそうに聞こえる。何しろサハリンと稚内は指呼の距離だ。トカレフどころか、手榴弾《しゅりゅうだん》だってバズーカ砲だって入ってきても不思議ではない。まさか自衛隊が買うわけはないから、商売の相手は暴力団に決まっている。ということは、稚内の街には暴力団の連中も入ってきているのだろうか。

　富沢の「事件」が暴力団絡みだった可能性もあるのか――という連想が走った。武器絡みとなると、秋元康博の「元防衛庁長官」という肩書も気にかかる。といっても、死んだ富沢は「西嶺通信機」という民間会社の人間である。暴力団や武器商人と接点があったり、まして生命まで狙《ねら》われるような危険な「仕事」に関わるとは考えられない。第一、もしあれが暴力団の犯行だとしたら、わざわざ利尻まで出掛けて行って、自殺に見せかけるなどという面倒なことはせずに、もっと荒っぽい手口で殺すだろう。

ホテルに戻ると、浅見はフロントに、事件前日、富沢春之がどこかに電話していなかったかどうかを訊いてみた。富沢の友人であると名乗ったのだが、しかし予想したとおり、ホテル側は慇懃《いんぎん》に回答を拒否した。

「警察には話したのでしょう？」

「はい、それはお話ししました」

警察はそれなりに手順を踏んではいるようだ。しかしそれでも事件性があるとは認められなかったということか。

「外線からの電話はありましたか？」

「はい、何本かお繋ぎいたしましたが、先方様がどちら様であるかは、当方には分かりかねます」

それも当然のことだ。

夜遅くになって自宅に電話を入れ、兄にこれまでの経過を報告した。ただし、中田絵奈のことに関しては触れるのを避けている。富沢が残した「プロメテウスの火矢」というメッセージには、陽一郎もかなり興味を惹かれた様子だ。冷徹の塊のような刑事局長が、「ふーん、面白いねえ、小説みたいな話だな」と言った。

「ところで、富沢氏がホテルからどこかに連絡したはずなのだけど、その相手先を調べてもらえませんか。警察ではすでに聴取したそうです」

「よし分かった、すぐにやってみよう」

その陽一郎からの回答は翌朝の九時前、浅見がまだベッドにいるときに入った。さすがに警察組織のやることは早い。

「富沢が外線にかけた電話は二本、いずれも自宅の番号が記録されている。自宅には夫人がいて電話を受けたが、そのときの富沢には特別に変わった様子はなかったと、夫人は言っていたそうだ。ちなみに、所持していた携帯電話は通信履歴がまったく残っていなかった。富沢はそのつど、記録を消去する習慣だったらしいね。念のために調べたが、NTTのデータにも当日分の通信履歴は何もなかった」

「ふーん、ほかにはぜんぜん電話もしなかったというのは妙ですね。その割には外線から何本か入っているらしい。要するに連絡相手の素性が知れることを警戒していたってことでしょう」

「ああ、そうだろうね。ちなみに、夫人のほうからは一度も電話していないそうだ」

外線からの電話は、すべて夫人以外の人間だったということだ。いったい誰が、どこから、何の用件で電話したのか。その電話が翌日の「事件」に結びついているのか。

警察のあの対応を見ると、夫人への事情聴取が、ホテルに対するのと同様、通り一遍のものだった可能性はある。電話の内容についても、自殺を仄めかすようなものではなかったか——と、そればかりを追及したのではないだろうか。夫の死について、夫人には何か心当たりがあるかもしれない。ひょっとすると、知っていて隠していることがないとも限らない。

浅見は兄にそのことを言い、「明日、東京へ帰ります」と宣言するように言った。

「そうか……しかし、やり過ぎることのないようにな」

陽一郎は弟の気負った様子に、いくぶん気掛かりそうな口ぶりで言った。


稚内を去る前に、浅見はロシア船を見に行ってみた。港湾施設のはずれの、貯木場の先の埠頭《ふとう》に二隻の貨物船が係留されていた。どちらも錆《さび》の上からペンキを塗りたくったように真っ黒で、日本ならどう見ても廃船だ。

そのうち一隻が動きだした。甲板の上には中古車が数台、積まれていた。ヨタヨタしたような感じだが、それでもちゃんと走ってゆく。日本海を往復しているぶんには、あれで十分こと足りるのだろう。

飛行機に乗って空中から見下ろすと、宗谷岬とサハリンがくっつきそうに近いのがよく分かる。文字どおりの一衣帯水だ。この近さなら、カニと一緒にトカレフを積んできても不思議でないような気になる。この感覚は、東京人である浅見はもちろん、日本中のほとんどの人間には理解できないことかもしれない。理解以前に関心もないだろう。

しかし、その最北の国境で、何かが動いているのだ。利尻島のあの「事件」も、そのことと関係する可能性がある。秋元開発庁長官が、富沢春之がサハリンにゆかりのあることを言っていたのは、単なる感傷論ではなかったのかもしれない。飛行機が旋回し、窓から消えるサハリンの先端を眺めながら、浅見はあらためて興味を惹かれた。

第三章 「九人の乙女」の悲劇

1

帰宅時間を知らせてあったわけでもないのに、玄関のドアを開けるキーの音を聞きつけたのか、須美子が三和土《たたき》まで下りて出迎えてくれた。バッグを受け取りながら「奥様がご心配なさってましたよ」と言う。

「まさか、小学生の遠足じゃあるまいし」

浅見が笑うと、

「そんな……だって、利尻島はロシアのすぐ近くなんでしょう」と、恨めしそうな目で睨《にら》んだ。

「あ、それから、ついさっき、中田さんておっしゃる女性の方からお電話がありました。お若くて、おきれいな方ですね」

「そう……え？　若いのはともかく、どうしてきれいだって分かるのさ？」

「それは、いまの坊っちゃまの嬉しそうなお顔を見れば分かりますよ」

何か反論しようとしたときには、須美子はさっさと奥へ向かっていた。次男坊が土産に買ってきた利尻のとろろ昆布を、雪江はことのほか喜んだ。

「光彦にしては気がきいているわね、安いお土産だけれど」

「安い」は余計だが、まずまず母親が満足してくれればいうことはない。

「ところで光彦、今度の北海道出張は、何のお仕事？」

肺腑《はいふ》を抉《えぐ》るような質問だ。

「例の『旅と歴史』の仕事です。今回は最北の町や島を取材してきました。とくにロシアとの交流が面白かったなあ」

サハリンのことや「氷雪の門」の話をすると、雪江は戦前の「樺太」当時のことを語った。その頃のサハリンは島の南半分が日本、北半分がソビエトに領有されていて、地図上では「樺太」と呼ばれた南半分の部分が、日本本土と同じに赤く塗られていたそうだ。

「樺太も千島列島も北方四島も朝鮮半島も、それに台湾もみんな赤だったわね。満州（中国東北部）とサイパン、グアム島なんかはピンクだったのじゃないかしら」

雪江は懐かしそうな目になった。

（やれやれ――）と浅見は苦笑した。

「サハリンはともかく、朝鮮半島も台湾も、もともと他人の国だったのを赤く染めちゃったんだから、考えてみるとひどい話ですね。おまけに満州もピンクですか。これじゃ、覇権主義だ侵略だって言われても、仕方がありません」

「そんなことは承知してますよ」

母親は憎らしげに次男坊を睨んだ。

「そういう時代を肯定したり弁護したりする気は、これっぽっちもありません。でもね、正直なことを言うと、気持ちのどこかに、ほんのちょっぴり、あの頃を懐かしむ思いが残っているの。愚かな感傷って言われるかもしれないけれど。それに光彦、侵略っていうことなら、それ以前の欧米諸国のアフリカやアジアに対する侵略のほうがよっぽどひどかったのよ。現に日本だって、いつまで経っても北方四島をロシアに取られっぱなしじゃありませんか。謝ってばかりいないで、早くそれを取り戻しなさい」

なんだか、北方四島が取られっぱなしなのは、次男坊に責任がありそうな、怪しい雲行きになってきた。浅見は急いで抵抗の旗を降ろし、迎合する方針に切り換えた。

「たしかに母さんの言うとおりですね。われわれも無関心でいないで、国民挙げて北方四島の返還を叫ぶべきです。それにしても、ソ連からロシアに変わっても、あの国の体質はなかなか変わりそうにないなあ」

「そうですよ。ロシア人は狡猾《こうかつ》で冷酷なところがありますからね。お人好しで単純な日本人は太刀打ちできないの」

「ははは、母さんはよっぽどロシアが嫌いなんですね」

「笑っている場合じゃありませんよ。いまは平和だけれど、油断しちゃだめ。世界中から借りた借金だって、お金がないから債務は繰り延べするなんて、一方的に身勝手なことを言って、平気な顔をしてるんだから。それならせめて、北方領土を早く返しなさいって言いたいわね」

雪江のロシア不信は止まるところがないらしい。いや、雪江にかぎらず、日本人の多くがロシアに対して抱いているイメージは、似たりよったりなのだろう。

冷戦が終わり、「鉄のカーテン」がうち払われ、開放経済に向かい始めてからずいぶん経つが、あの巨大な国の中で何が起きているのか、かの国の人々が何を考えているのか、よく分からない。分かっているのは、二万数千発という核弾頭つきミサイルを保有していることと、武器輸出を有力な外貨獲得の手段としていることぐらいだ。

浅見は稚内のラーメン屋で会った、陽気なロシア人たちを思い出した。オンボロ船でカニを積んでやってきて、使い古した車や自転車を仕込んで帰るという、あの人たちの屈託のない笑顔を見ていると、うまく付き合っていけそうな気がする。

しかしそれも母親に言わせれば、末端の民間人のごく限られた人たちに垣間見る、ほんの束の間の友好ムードでしかないということになるのかもしれなかった。そういえば、ラーメン屋の店員の説によれば、カニの中にトカレフが入っているというのであった。

「氷雪の門」を押し開こうとする女性の願いは、当分、稔《みの》ることはないのだろうか。

ひとしきりして、浅見は中田絵奈に電話してみた。電話には絵奈の母親らしい女性が出て、落ち着いた上品な声で「絵奈は留守でございます」と言った。戻りましたらご連絡をと言うのを、また後刻電話することにして、浅見は家を出た。

富沢春之の家は文京区千石——浅見家から車で十五、六分、浅見の母校である小石川高校に近いマンションの五階であった。表札に「富沢春之」と並んで「幸恵《ゆきえ》」「悠《はるか》」「歩《あゆみ》」と書いてある。絵奈が言っていたように、家庭を大事にする真面目な性格が窺える。そういう富沢であっても、絵奈とのことはどうしようもなかったということか。

チャイムボタンを押すとき、浅見は少し気後れがした。立場だとか年齢差だとかいう、世間体を慮《おもんぱか》る物差しを超えてしまわずにはいられない、人間の愛憎や男と女の問題は、浅見にとってもっとも踏み込みにくい世界ではある。

インターホンで「以前、富沢さんにお世話になった浅見という者です」と名乗った。夫人はしばらく間を置いてから、「どうぞ」とドアを開けてくれた。

富沢幸恵はいかにも聡明そうな女性であった。美人だが、絵奈の愛らしさとは異質の、物事を筋道立てて判断するような、理知的なタイプだ。富沢が妻や家庭を愛しながら、絵奈を求めた気持ちが、浅見にも理解できる気がする。

浅見は名刺を出して、あらためてルポライターであると名乗った。幸恵の表情がかすかに曇ったのを見て、浅見は真摯な思いを込めた口調で、一気に喋った。

「以前、富沢さんの会社に取材に伺ったことがありまして、その際、富沢さんにいろいろお話ししていただきました。今度、たまたま仕事で利尻島へ行って、現地で偶然、富沢さんが亡くなったことを知り、驚きました。警察は富沢さんが自殺されたと言っているのですが、あの方にかぎってと、僕には信じられない気がするのです。警察の調べは間違いないのか、いったい何があったのか、本当のところを知りたいと思ってお邪魔しました。奥さんもやはり、ご主人のことは自殺だとお考えですか？」

半分は嘘だが、半分は真実である。とりわけ、真相を知りたい気持ちには一片の嘘も、不純な気持ちもなかった。それは相手にも通じたにちがいない。

「ここではなんですから、どうぞお上がりになって」

幸恵はスリッパを揃えてくれた。

マンションとしては広いスペースといっていいだろう。応接間兼用のリビングは二十畳分は十分ありそうだ。そのほかにいくつ部屋があるのか分からないが、部屋の中がきれいに片づいているところを見ると、少なくとも子供部屋は別にあるらしい。

サイドボードの上に富沢の写真が置かれ、脇の花瓶に純白のカサブランカが活けてある。浅見は利尻の現場に落ちていた花を思い出した。枯れてしまった花々の中に、たしかカサブランカが混じっていた。その花たちの上に、絵奈がワインを注いだのだった。

「そのお花、主人が好きでしたの」

写真の前に佇む浅見に、背後から幸恵が言った。

テーブルの上に紅茶とケーキを出して、どうぞと勧めた。

「浅見さんのお名前、存じあげておりますのよ」

幸恵は微笑を浮かべながら言った。これには浅見は「えっ」と驚いた。

「探偵をなさっておいでてでしょう」

「いや、僕はルポライターで、それに関連して、多少の……」

「それも存じております。私はつい最近まで北区役所の広報課に、嘱託として勤めておりましたから、浅見さんのご活躍は、いろいろとお聞きしてました。そうでなければ、見ず知らずの男の方をお上げするはずがありませんでしょう」

「そうだったんですか……」

浅見はいたずらがバレたガキのように、頭を掻いた。

「べつに隠すつもりはないのですが、本業はあくまでもルポライターでして、家の者からは探偵まがいのことは、きつく禁じられていまして」

「その浅見さんがわざわざ訪ねていらしたのは、やはり主人の死には何か疑問が残っているのでしょうか？」

射るような目が、真っ直ぐこっちを見つめている。

「それはむしろ、僕が奥さんにお訊きしたいことです。奥さんは警察が自殺と断定していることについて、疑問を感じてはいらっしゃらないのですか？」

「疑問だらけです」

幸恵は鋭い口調で言った。

「あの主人が、私や子供たちを残して死んでしまうなどということが、あっていいはずはありませんもの。それはたしかに、何かで悩んでいたことは事実です。私にも言えないような、深刻な悩みだったことも分かっています。でも、どんな悩みがあったにしても、自殺だなんて、そんなこと……」

充血した目で正面を見据えながらそこまで喋って、ちょっと間を置いて、「許せませんよ」と言った。

許せない対象が、死んだ夫なのか、それとも自殺などと断定した警察なのか、そのどちらも指しているように聞き取れる。夫人にしてみれば、二人の子供と一緒に、まるで置き去りにされたような境遇が、悲しみを通り越して腹立たしいのかもしれない。その上に、信じていた夫が「無断で」自殺したなどと、どうして認めることができようか。

「僕は、ご主人は、殺されたのだと思っています」

浅見はなるべく感情を抑えて言った。

「そうですとも……えっ、浅見さんもそう思ってくださるんですか？」

幸恵は、それまでずっと保ってきた気位の高さを誇示するような語調を忘れて、初めてふつうの言葉を発した。

「ええ、僕はそう信じています。いろいろな角度から検討して、富沢さんは自殺するはずがないと考えました」

「そう、そうですよね。絶対そうに決まってますよ。だのに警察はちっとも分かってくれようとしないんですから。警察ばかりか、会社だって頭から自殺だと決めつけて、こっちの言うことなど聞こうともしないんですからね。だけど、ああよかった。浅見さんが私と同じように思ってくださるなんて……」

険しかった表情が緩み、幸恵の目から大粒の涙がポロリと落ちた。

「浅見さんならきっと、事件を解明して、真犯人を見つけ出してくれますよね。でも、浅見さんが自殺じゃないってお思いになったのは、どうしてなんですか？」

「それはいまの段階では言えません。それよりもむしろ、会社が自殺だと思い込んだのはなぜなのか、そっちのほうの理由を知りたいですね。警察がいち早く自殺と断定した背景には、会社側に対する事情聴取でそういう結果が出たためだと考えられますからね。それについて、奥さんは何かお聞きになってはいないのでしょうか？」

「それは……」と、幸恵の表情が曇った。それを見て浅見は「なるほど」と言った。

「何か、ご主人に、仕事上の不正があったということですね」

浅見を見る幸恵の目に驚きの色が広がり、「ええ」と力なく頷いた。

「会社は詳しいことは説明してくれなかったのですけど、主人が仕事上、何か不都合をしでかしたという話をしていました。ただ、自殺ということで、それは不問にして、退職金に見舞金をプラスして支給されました。なんだか恩着せがましくて、とても悔しかったんですけど、でも、どうすることもできなくて……お金の問題よりも、主人の名誉のほうが大事だと思ったんです。子供たちのためにもそう思ったんです」

「分かります。その意味も含めて、ご主人の無念を晴らさなければなりません」

「ええ、そうですわね……でも、どうして浅見さんは、そんなふうに主人や私たちのためにしてくださるのかしら？」

　不思議そうな目に見つめられて、浅見は少し照れた。

「どうしてか、僕にもよく分かりません。いつもそうなんです。それで家の連中には叱られてばかりいます」

「そうなんですか。やっぱり噂は本当だったんですね。浅見光彦さんて、何の得にもならないのに事件に首を突っ込む……あ、これは噂で聞いたことですから、お気を悪くしないでくださいね。そうして、ボランティアみたいに事件を解決するんだって聞きました」

「ははは、そんな聖人君子みたいな人間ではありませんよ。単なる野次馬根性かもしれません。それより、さっきおっしゃった、ご主人が悩んでおられた、その悩みとは何か、思い当たることはありませんか」

「一つだけあるにはあるんですけど……」

　幸恵は言い淀んでから、思いきったように「主人には好きな女の人がいたような気がするんです」と言った。

2

　富沢幸恵が「主人には好きな女の人が」と言ったとき、浅見は女性の勘の鋭さにあらためて感心した。須美子が浅見に中田絵奈から電話があったと伝えたときの反応を見ただけで、「若くておきれいな」と看破したのも、それと通じるものがある。

「えっ、そうなんですか?」

そらっとぼけて訊き返すのが精一杯だ。そのとぼけぶりさえも、幸恵未亡人には見破られはしまいか——と思った。

「知っているわけではありませんけど」

幸恵は悩ましげに首を振った。

「でもね、そういうのって、なんとなく分かるものじゃありません?」

「はあ、そういうものでしょうか」

「ええ、そういうものですよ」

幸恵は少し寂しそうに眉をひそめながら、それでも十分すぎるほどの美しさを湛えて、婉然《えんぜん》と笑った。

「ただ、たとえそういうことがあったとしても、主人がそんなことぐらいで自殺するはずはありません。浅見さんがおっしゃったように、やはり主人は誰かに殺されたんです」

「なるほど……」

浅見としては、早いところその話題から離れたかった。

「ところで、ご主人はお出掛けになる前、今回の事件を暗示するようなことを、何かおっしゃっていませんでしたか？」

「いいえ、べつに」

「何かのトラブルに巻き込まれていたような事実はなかったでしょうか？」

「主人がですか？　さあ……そんなことはないと思いますけど。主人の仕事のことはさっぱり分かりませんし、会社で何があったのかなんてこと、あまり話さないほうでしたから……でも、私の口からこんなことを言うのはなんですけど、主人は真面目で、正義感の強いほうでした。そういう性格が、かえって災いするということはありうるのかもしれません」

「なるほど、たしか、ご主人は東大工学部卒のエリート社員でしたね。だとすると、社内にご主人を妬《ねた》んだり恨んだりする人間がいた可能性はあります。そういう点で心当たりはありませんか」

「いいえ、ぜんぜん……」

幸恵未亡人は悲しそうに首を振った。

「たぶん、主人は人付き合いの苦手な人だったと思います。お酒もあまり飲みませんでしたし、同僚や部下の方たちをうちにお連れするようなこともありませんでした。もしかすると、仕事以外のお付き合いはしない主義だったのじゃないかしら」

話しながら、「あ、そういえば……」と思い出した。

「以前、一度だけ、愚痴をこぼしたことがあります。同僚の方とお酒を飲みながら話したことが、上司に筒抜けになって、ひどい目に遭ったとか」

サラリーマンが酒の席で上役をこき下ろすのは、いわばストレス解消のゲームのようなものだ。それをまともにあげつらわれたら、たまったものではない。そんなことがあっては、富沢が社内で孤立していたことも想像に難くない。仕事上の悩みがあったとしても、誰にも打ち明けられず、自分一人で抱え込んでいたのではないだろうか。

「奥さんは、ご主人から『プロメテウスの火矢』という言葉をお聞きになったことはありませんか」

浅見が言うと、幸恵は「は?……」と、幼児のような素朴な目になった。

「プロメテウスって、あのギリシャ神話のですの?」

「ええそうです。『プロメテウスの火矢』、火の矢ですね。ご主人がそういう言葉をおっしゃっていたことはありませんか」

「プロメテウスねえ……あ、そういえば、あれがそうだったのかしら?」

「えっ、そうおっしゃってましたか?」

「いいえ、そんなにはっきりしませんけど。主人がどこかと電話で話しているとき、チラッとそれらしい言葉を聞いたような気がします。でもそれがはたしてプロメテウスだったかどうかは、はっきりしません」

「それはいつ頃のことですか?」

「五月の連休の最中だったかしら。とにかく昼間で家にいるときでした。そこの電話にかかってきたのを主人が取りました」

　幸恵はリビングのサイドボードの上にある電話を指さした。

「子供たちが騒いで、よく聞き取れないからって、主人が珍しく文句を言って、それで私が子供たちを隣の部屋に連れ出しました」

　一家団欒《だんらん》の情景が思い浮かぶのか、未亡人は眉を曇らせた。

「そのとき、チラッと聞こえたのが、そんなような言葉だったと思います。でも、それって、『プロメテウスの火矢』って、何なのですか？」

（どうしようかな――）と迷ったが、話さないわけにもいかない。

「ご主人が利尻島でメモした言葉です」

「えっ、そんなメモがあったんですか？　私はぜんぜん聞いてませんけど。警察も何も言ってませんでしたし」

「いや、警察も知らないことです」

　浅見は利尻のカルチャーセンターの「運だめしタンス」に残された「メッセージ」の話をした。

「それがはたしてご主人の残したメモかどうか、完全に自信があったわけではないのですが、いま奥さんのお話を聞いて、やはり間違いないと確信しました」

「でも、私だって、はっきりそういうふうに聞こえたわけじゃありませんよ」

　にわかに責任を感じたのか、幸恵は自信なげに眉をひそめた。

「そのときの電話ですが、どこからだったのか、分かりませんか？」

「分かりません。あとで主人に聞いたら、仕事の電話だと言ってましたけど」

「相手が男性か女性か、目上か目下か、それはどうでしょう？」

「男性だと思います。最初、受話器から洩れ聞こえた声が男の人のようでした。それから、たぶん主人より目上の人じゃなかったかしら。何を言っていたかなんて、細かいことは分かりませんが、少し丁寧な言葉遣いをしていたような気がします」

「休日に重要な電話をかけてきて、男性で、目上の人――ですか。お子さんを部屋から追い出すくらいですから、相手はやはり会社の上司なのでしょうね」

「ええ、たぶん」

ますます自信がない様子だ。

会社の上司から、休日だというのに、わざわざ電話してきて、「プロメテウスの火矢」などという暗号めいた言葉を交わしていたとなると、それは何やら秘密の新製品か新発明を意味しているような印象だ。

しかも、それからひと月も経たないうちに富沢は殺されている。もしそれが新製品開発にからむ暗号名だとしたら、その事件の背景にはスパイ映画もどきの犯罪が行なわれていたのかもしれない。

富沢家を辞去して帰る道すがら、浅見は事件の奥行きの深さに戸惑いを感じた。もし、浅見の想像どおり、スパイ映画もどきの事件だとしたら、いささか手に負えないことになりそうだ。

　自宅に戻ると早速、パソコンで企業のデータを探しだしてみた。

　富沢春之の勤務先であった「西嶺通信機」というのは、それほど大手ではないが株式一部上場企業である。消費者向けの商品はほとんど作っていないので、一般にはあまり馴染みはないけれど、経済音痴の浅見でさえ名前ぐらいは知っている。データによると、日本を代表する巨大企業「芙蓉重工」の系列下にある、電子部品のトップメーカーだそうだ。

　本社は品川区。神奈川や栃木、福島など、全国に工場や支社、営業所などを展開し、従業員は約四千人。ポケットベル、携帯電話の部品などのほか、駅の自動出改札装置などの「識別システム」を得意分野にしているらしい。最近では「小型電圧制御水晶発振器」なるものの開発で脚光を浴びた――と紹介されている。といっても、浅見にはこれが何なのか理解できない。「伝送系インフラが主用途」と解説が付されているが、そう説明されても、ますますさっぱり分からない。

　しかしまあ、ポケットベルや携帯電話の部品を作っているのだから、時流にマッチした産業であり企業であることだけは、間違いないようだ。新技術の開発や新製品の発明も、当然あるだろうし、企業間のスパイ合戦などというのも、現実にありそうな気がしてくる。

　しかし、それだけのことで、人ひとりの命が奪われるような事件が発生するものかどうかとなると、首をひねらざるをえない。かりにそういう「事件」だったとして、いったい富沢春之は何をしようとし、何のために殺されなければならなかったのだろう。

富沢が新技術を盗み出し、それを相手先に渡す寸前に殺されたのか、それとも、相手側の手によって殺されたのか。それこそスパイ映画なみの空想を広げれば、どちらのケースも考えられそうだが、しかし、どちらもありえないようにも思える。

会社側がいち早く、富沢の死を「自殺」であると判断し、警察がそう断定する根拠となるような示唆を与えたという点も引っ掛かる。自殺の理由を富沢に「不正」があったためと言っているのも、はたして事実なのかどうか、確かめようがないのである。本当に不正があったのであれば、それにも拘《かかわ》らず、退職金や見舞金を支払ったのは腑に落ちない。会社側の寛大な措置というより、むしろ、遺族の追及をかわすためと勘繰れないこともない。

とどのつまりは「プロメテウスの火矢」の謎を解明しないかぎり、どうにも進捗《しんちょく》しないことのようだ。その唯一の手掛かりは、いまのところ中田絵奈に送られた札幌時計台の写真ということになる。

何度目かの電話で、中田絵奈がやっと摑まった。「ごめんなさい、いま帰ってきたところなんです。何度もお電話いただいたんだそうですね」と、息を弾ませて謝った。

「あの写真の額なんですけど、浅見さんが言ったみたいに、裏蓋を外したら、おかしな物が出てきました」

「ほう、やっぱり……」

浅見は息詰まる思いで、絵奈の次の言葉を待った。

「CDです」

「CD……何のCDですか？」

「音楽が入ってました。歌のCDです」

「歌？……」

「ええ、ためしに聴いてみたんですけど、ぜんぜん知らない歌です。CDに『氷雪の門』て書いてあるのが題名かもしれません。こういう歌詞です。『たたかいやぶれて残りし山河　氷雪くだけて　またくる春にも　ふたたびかえらぬ　九人の乙女の　みたまにささげん　北国の花』。三番までありますけど、みんな読みましょうか？」

「いや、いいでしょう。歌詞の感じからいって、たぶんそれは、サハリン……昔の樺太で終戦のときに起きた、悲劇を歌ったものですよ。このあいだ僕も見てきましたが、稚内に氷雪の門というのがあって、その隣に慰霊碑が建っています」

「ああ、そうなんですか。だけど、富沢さんはなんでこんなCDを、わざわざ額の中に入れて送ってきたのかしら？」

絵奈は途方にくれたような声を出した。

「そうですね、なぜですかね」

浅見にも咄嗟《とっさ》にはその答えは思いつかなかった。

「いずれにしても、富沢さんがそうやって送ったからには、それなりの意味や目的があったと思います。とにかく大事に保管しておいてくれませんか。なるべく近いうちに、実物を見せてもらいに行きます」

「だったら早いほうがいいです。なんだかとても不安でしようがないんです」

「不安というと、何か身の危険を感じるようなことが起きているんですか？」

「えっ、まさか、そういうわけじゃないですけど。あんなふうにして亡くなった富沢さんから、こんなわけの分からない物が送られてきているんですもの、不安ですよ……えっ、それとも浅見さん、ほんとに危険なことがありうるんですか？」

「ははは、そういうわけじゃありません」

浅見は笑ったが、またしても女性の勘のよさにドキリとさせられた。

それにしても、またわけの分からないことになった。実物を見ない以上、判断はできないが、いったい富沢はなぜそんな歌のＣＤなんかを、いかにも勿体《もったい》ぶった送り方をしたのだろう。

秋元康博開発庁長官の話だと、富沢は終戦前のサハリンに縁があったそうだが、そのことと「九人の乙女」の悲劇を歌ったＣＤを送ったことと、繋がりがあるといえばある。しかしその目的はとなると、さっぱり見えてこない。

その夜、浅見は帰宅した陽一郎を、彼の書斎に訪問した。

話題は「プロメテウスの火矢」である。

「何を意味するのか、光彦には見当がついているのかね？」

「いいえ、ぜーんぜん」

浅見は面白そうに答えた。

「もしかしたら、富沢の会社、西嶺通信機の新製品か何かの機密に関することかとも考えたけど、そんなことを兄さんに言ったら、映画の見すぎだと笑われそうです」

「いや、一概にそうとばかりは言えないだろう。案外、光彦の直感が当たっていないともかぎらないぞ」

「そうですかねえ。いずれにしても、何のことかさっぱり分からないというのが、いまの状況です。僕個人の力では、西嶺通信機の内部にまで踏み込んで調査するなんてことは及びもつかないし」

「なんだ、あっさりギブアップか。きみらしくもないな」

「そうは言ってませんよ。当面、攻める角度を変えてみようと思ってるだけです。むしろ正攻法と言ったほうがいいかな。警察でも、捜査はつねに現場に戻れって言うじゃないですか。あれですよ」

「現場って、利尻島のことか」

「ええ、富沢氏を殺害した犯人が利尻島の人間でないと仮定すると、当然、島の外から入って行った人間ということになります。事件前後にフェリーを利用した人物を洗ってもらえませんか。そんなのは乗船名簿を調べればわりと簡単に分かるのじゃないかな。

しかし稚内署では、そういう作業はまったくやっていないはずです」

「なるほど、いいだろう。本間に頼んでみよう。なるべくなら道警のスタッフだけで、内偵の形でやってもらったほうがいいな。それと、西嶺通信機の内部事情もいちおう調べさせよう。ついでに『プロメテウスの火矢』が何なのかも訊いてみるか」

「いや、『プロメテウスの火矢』について触れるのは、やめておいたほうがいいですよ。もしそれが暗号名か何かだとしたら、テキは暗号を変更するにちがいない。僕の勘からいうと、しばらくは深く静かに潜行したほうがよさそうです」

「そうか、よし分かった。それじゃ、とりあえず内部事情だけに止めておく。それはそれとして、危ない真似はするなよ」

「分かってますよ、兄さん」

浅見は苦笑して、頷いた。

3

中田絵奈は小田急線の経堂《きょうどう》駅から五分ほどのところにある、わりと古いマンションに住んでいる。

「これが父から母と私に贈られた、唯一最大の慰謝料です」

エレベーターの中で絵奈は笑いながら言った。そう言われてはじめて、浅見は彼女の家の複雑な事情を知った。絵奈にしてみれば、煩わしい詮索を受けたくなかったのかもしれないが、浅見は突然、中田家に土足で踏み込むような気分になった。

玄関先に出迎えた絵奈の母親は、浅見を見て、「あら……」と目をみはった。

「まあまあ、お友達が見えるっていうから、どんな方かと思ったら、とってもすてきな方じゃないの。こんな娘ですけど、どうぞよろしくお願いします」

満面の笑みで、愛想よく言った。絵奈の恋人か何かと勘違いしたらしい。「いまお茶をお持ちしますから」と、リビングルームのソファーを勧めたが、絵奈は少し邪険に聞こえる素っ気なさで、「いいのよ、私の部屋へ行くから」と言った。

絵奈の部屋は浅見の部屋よりはるかに広い、たっぷり十畳ほどはありそうな洋間だった。ひょっとすると、離婚前は、ここが父親の書斎だったのかもしれない。そこにベッドとデスクと書棚、それにテレビ、オーディオセットなどが置いてある。デスクの上にはパソコンの隣に電子ジャーとカップヌードルまで用意してあるから、その気になればここで籠城《ろうじょう》もできそうだ。

個室であることはともかくとして、女性好みの大柄な花模様のカバーで覆われたベッドが目に入って、ドアのところで浅見はしり込みした。

「遠慮しないで入ってください」

絵奈もすぐに気がついたようだ。わざとぶっきらぼうな口調で、「オーディオはここにしかないんです」と言った。たしかにそういうことなのだろう。浅見も腹を据えて、オーディオの前の椅子に腰を下ろした。

絵奈はデスクの引出しから封筒を取り出した。中にCDが入っていて、サインペンか何かで『氷雪の門』と手書きしてある。

「この剝《む》き出しの状態であの額の中に入っていました」

壁の額を指さした。普通サイズの葉書よりはいくぶん大きめの、何の変哲もない札幌時計台の写真である。

絵奈はCDをセットして、スイッチを入れた。やや長めの前奏があって、女性の歌声が流れ出た。浅見は歌謡曲や歌手にはあまり詳しくないが、たしか畠山みどりという、生粋《きっすい》の演歌調で歌うベテラン歌手である。

たたかいやぶれて　残りし山河
氷雪くだけて　またくる春にも
ふたたびかえらぬ　九人の乙女の
みたまにささげん　北国の花

ゆかしきその香も　はこべよ北風
うらみに凍れる　真岡《まおか》のあの空
はるかに仰ぎて　女神の像立つ

ああ稚内　氷雪の門
あの夢この夢　たのしき青春
み国にささげて　九輪の花散る
さよならさよなら　最後の電話の
りりしきあの声　わすれじいまも

曲の長さはせいぜい三分か四分程度だろう。歌と後奏が終わってからも、次の曲が流れるかと思って、そのまま待った。

途中、絵奈の母親がお茶とケーキを運んできた。若い男の客が気になるにちがいない。室内の様子が妙に静かなのを、怪しんだのかもしれない。母親が引き揚げ、お茶も飲み終えたが、結局、ＣＤにはほかに何も録音されていなかった。

シーンと静まり返った室内で、浅見と絵奈は、しばらく無言で互いの顔を見交わした。絵奈はともかく、浅見は狐につままれたような気分だ。

「これだけですか」

「ええ、これだけです」

「これをわざわざ、あの額に入れて送ってきたのですか」

「ええ」

念のために壁の額を外して、裏蓋を取り、子細に調べてみたが、別段、怪しいものは発見できなかった。

「僕も初めて聴く歌ですね。やはりここに書いてある『氷雪の門』というのがたぶん題名だと思います。とにかく氷雪の門の歌であることは間違いないですね」

「ええ、そうみたい。でも、富沢さんが何でこんなものを送ってくれたのか、さっぱり分かりません」

思案してもいい知恵が浮かばない。とりあえずカセットテープにコピーしてもらって、自宅に持ち帰って調べることにした。

「氷雪の門という言葉が入っている点について、富沢さんと関連づけられる理由が二つだけ、考えられるということはあります」

浅見は言った。

「氷雪の門は、終戦当時のサハリンの悲劇を記念する慰霊碑ですが、富沢さんのご両親かご親戚の誰かが、サハリンとゆかりがあるはずです。そのことは富沢さんから聞いていませんか？」

「いいえ、ぜんぜん。だって、富沢さんは東京生まれのはずですよ」

絵奈は無防備な表情で驚いている。

「富沢さん自身は東京生まれでも、ご両親はサハリンだったかもしれない」

「それはそうですけど」

「それと、もう一つの理由ですが、中田さんは『プロメテウスの火矢』っていう言葉を聞いたことがありませんか」

「えっ、プロメ……何ですか、それ？」

富沢未亡人は知っていたが、若い絵奈はギリシャ神話に詳しくないようだ。浅見はまず「プロメテウス」の説明をして、あらためて、富沢がそれらしい言葉を話したことがないか、訊いてみた。しかし絵奈はつまらなそうな顔で首を横に振った。

「じつは、富沢さんが残したと思われるメモが、利尻のカルチャーセンターから見つかりましてね、そこに『プロメテウスの火矢は氷雪を溶かさない』と書いてあったのだそうです」

「ふーん……何なのですか、それ？」

「分かりません。それが百パーセント富沢さんの残したものかどうかも、確かなことではないのですが、ただ、そのメモに『氷雪』と書いてあったのと、いまの歌のテーマが一致するのは、気になりますね」

「ええ、気になるどころか、それ、ぜったい関係がありますよ」

絵奈は急に意気込んで、目が輝いた。

「やっぱり富沢さん、私に何かを伝えたかったんですよ、きっと。このCD、何か意味があるにちがいないわ」

銀色の円盤を、いとおしそうに胸に押し当てた。

「だと思います。そういうわけですから、CDは大切に保管しておいてください。それから、くれぐれも注意しておきますが、このことは誰にも言わないほうがいいですね。むろん、お母さんにもです」

「当たり前ですよ。こんなこと、喋ったりするはずないじゃないですか」

口を尖《とが》らせて、すぐに「すみません」と頭を下げた。

「生意気な口をきいて、ごめんなさい。浅見さんには感謝しているんです」

「ははは、気にしなくていいですよ。僕は好きでやってるだけなんだから」

「いいえ、それだけじゃありません。本気で富沢さんの事件のこと、何とかしようとしてらっしゃるの、すごくよく分かります。それに、警察は何もしてくれないのに、こんな、『プロメテウス』だとか、サハリンのことだとか、どうして調べられたのか、不思議なくらいです。浅見さんて、まるでミステリー小説の名探偵みたい」

憧れの眼差しで見つめられて、浅見は大いに照れた。しかし、そんなふうに言われると悪い気はしない。ことに、絵奈のようなまだ少女の面影を残したような女性の、熱い視線をまともに向けられては——。

そう思ったとき、絵奈が富沢と特別な関係にあったことを思いだした。そういう意味では、彼女のほうが浅見なんかより、はるかに経験豊富なはずである。とたんに、広い部屋が急に息苦しいほど狭く感じられた。

「じゃ、僕はこれで失礼します」

浅見は慌てて立ち上がった。

帰宅して、レコード会社の知り合いに電話で問い合わせると、あのCDの歌の出所はすぐに分かった。やはり『氷雪の門』というタイトルで、昭和四十年代に同じ題名の映画が作られたのに合わせて誕生したものらしい。作詞は星野哲郎、作曲は市川昭介。歌っているのは畠山みどりであった。

ただし、単独でCDとして発売されたことはないはずだという。「おっそろしく古い歌だけど、いまごろどうしたのさ？　浅見さんああいうの好きなの？」と訊かれて、曖昧《あいまい》な返事で電話を切った。

富沢春之の意図が何だったのか、推測するしかないが、いずれにしても、『氷雪の門』か、あるいは「氷雪」にこだわって、誰かに何かを伝えようとしていることだけは間違いないと思う。

「氷雪」の意味するものといえば、固く閉ざされたロシアの外交姿勢を連想させるが、はたしてそうなのかどうか。そのものズバリ、本物の氷雪のことと考えられないこともないが、この場合はやはりロシアの頑《かたく》なな姿勢と思いたい。

だとすると、「プロメテウスの火矢」はそのロシアの鎧《よろい》のような強固な意思や姿勢を和らげるか、あるいは打ち破るようなものを意味するのだろうか。空想を広げれば広げるほど、いよいよミステリーじみてくる。それも国際謀略小説の様相を呈している。

その夜、兄の陽一郎に書斎に呼ばれた。

「富沢春之のサハリンとの関わりがほぼ分かった」

陽一郎はすぐに用件を切り出した。

「富沢の母親――というより、祖父母の一家が、当時の樺太に住んでいたようだ。秋元長官も樺太から引き揚げているから、その頃に富沢家との関係があったということだな。終戦当時の樺太はかなり混乱したそうだ。日ソ不可侵条約を無視してソ連が参戦したことの不当さもあるが、日本側の命令系統も万全ではなかったのかもしれない。終戦の詔勅《みことのり》が出た五日後の八月二十日に到って、ソ連の上陸部隊と日本軍の一部が交戦した。その巻き添えを食うかたちで、現地住民が多数、死傷した。その中でもっとも悲劇的だったのが、例の真岡郵便局勤務の女子職員九名の集団服毒自殺。それが『氷雪の門』という映画になったのは知っているね」

「ええ、知ってますよ。同じ題名で歌も作られてます。じゃあ、その混乱の中で、秋元長官は富沢家の人々に、何らかの恩を受けたということですね」

「おそらくそうだろうな。それがどのようなものかは、ご本人にお聞きするしかないが、富沢の死を放ってはおけないほど、強い恩義を感じておられることは確かだ。だからこそ、自殺で処理されたのには得心がいかないのだろう。かといって、警察の捜査に容喙《ようかい》するほど無神経でもなければ、強引なお人でもない。そこできみに白羽の矢を立てたということだな。それも、警察庁刑事局長の私を通じて依頼の趣《おもむき》を伝えさせるのだから、皮肉な話だよ」

　陽一郎は笑って、「それはそうと」と表情をあらためた。

「きみに頼まれた、フェリーの乗船者名簿だが、早速入手して乗客の追跡調査にかかってもらっている。当日、富沢が犯人と接触したと思われた時刻以降に利尻を出た船は鴛《おし》泊《どまり》港から稚内へ向かう便が二つ、それと沓形《くつがた》港から礼文島へ向かった船が一便あった。合計で二百八十二名の乗客だったそうだ。翌日の分も一応、調べている。住所氏名を詐称していないかぎり、身元の確認にはさほど手間取ることはないだろう。早ければ一両日中にはデータが届くはずだ」

　さすがに刑事局長のやることにはソツがない。浅見は礼を言って部屋を出ようとして、ふと思いついたように振り返った。

「さっき兄さんが言った、秋元長官の依頼の趣旨だけど、恩義に報いるために真相を究明したい――ということでしたね」

「ああ、そういうことだよ」

「それ、違うかもしれませんよ」

「違う？　どうしてだい？　長官が嘘をついたとでもいうのかい」

「いや、たしかに恩義を感じていることはあるのでしょう。しかし、それだけの理由じゃないような気がします」

「ほう……」

陽一郎は眉をひそめた。

「それだけじゃないというと、きみはどう考えているんだい」

「それは分かりません」

浅見はあっさり言った。

「なんだ、分からないでそんな無責任なことを言うなよ」

「むろんこんなこと、余所《よそ》では言いません。兄さんだから言ってるんです。ただし、単なる当てずっぽうというわけではなく、僕なりの考えはありますけどね」

「どんな？」

「長官はおそらく、事件の背景にある何かを知ってるんですよ。それは漠然とした疑惑のようなものかもしれないけど、とにかく、ただの自殺でもなく、盗みや喧嘩といった単純な動機による殺人事件でもないという感触が、長官にはあるのじゃないかな。だからこそ、僕のような人間に非公式な捜査を依頼したのですね、きっと」

「おい、光彦……」

刑事局長は険しい目になった。

「どういう根拠があって、そんなことを言うのか知らないが、やたらに妄言《ぼうげん》を吐くような真似はやめろよ」

「分かってますよ。だから断ってるじゃないですか、兄さんだから言うんだって。しかし兄さんだって、ある程度は、長官の真意が別のところにあると勘繰っていると思うけどなあ。違いますか？」

「ふん、私は勘繰ってなんかいないさ。きみの探偵ごっこに巻き込まれているだけでも、大いに迷惑しているよ」

頬を歪めて笑って、「もういいから、行きたまえ」と、陽一郎は手で犬でも追い払うような仕種をした。浅見はニヤリと笑って、二本の指を眉間《みけん》にかざして敬礼を送ってから、部屋を出た。

ほんのかすかだが、兄が見せた動揺で、浅見は自分の指摘が核心を衝いたことに自信を抱いた。「依頼主」の秋元長官と「仲介役」の兄と「探偵」の自分と、三人がそれぞれ胸に一物を秘めながら、しかし事件の真相究明という目的では一致している。その構図が浅見には面白かった。

4

事件当日、鴛泊港から稚内へフェリーで渡った乗客の洗い出しには三日かかった。むしろ、三日しかかからなかった——というべきだろう。日本の警察組織やデータの収集能力にはあなどりがたいものがあるようだ。

もっとも、それはつまり、市民の個人情報が、かなり管理されていることを意味しているわけで、浅見のように後ろ暗いところのない人間としても、あまりいい気分ではなかった。

「二百八十二名の乗客は、すべてシロというのが結論のようだ」

夜中に帰宅して、弟と顔を合わせるやいなや、陽一郎はいきなりそう言った。いささか疲れていたせいか、早いところ話を切り上げて、風呂に入って眠りたかったのかもしれない。

「ずいぶん早く結果が出ましたね」

「いや私としては、道警が精力的にやれば、もっと早いと思っていた。北海道は夏の繁忙期を迎えて、そう簡単ではなかったということかな。ただし、事件のあったその日は五月のウィークデーで、一般の観光客はまだ少なかったから、捜査自体はそう難しくなかったはずだ。乗客も利尻および稚内周辺の住民がほとんどで、定期乗船客も多かったそうだ。道外から来た客は、ビジネス関係で島に渡った人間が五人。これはすぐに確認ができた。手間どったのは観光目的と見られる乗客の追跡調査だが、これは六グループの三十九人。うち単独行は一人もいなかった」

メモを確かめながら言った。

「意外に思うのは、女性客が七割方占めていることだね。最近の登山ていうのは、そういう傾向なのかな」

「必ずしも登山目的というわけではないでしょう。ウニを食べに行ったお客だっていたかもしれない」

浅見は笑った。兄は何でも知っているようだが、こういう世俗的なことについては、案外疎《うと》い。

「この頃は、観光旅行客の七割以上は女性なんじゃないかなあ。コンサートのお客だって女性のほうが圧倒的に多いし、読書人口だってそうでしょう。スポーツも文化も、少なくとも市民レベルでは、日本はいまや女性が主流ですよ」

「ふーん、そういうものかねえ」

陽一郎は慨嘆するように首を振った。この賢兄の唯一の欠点は、そんなふうに、男である自分たちが、いつまでも「主流」の座を守っていたいという、少し時代遅れのこだわりを持っていることだ。

「しかし」と、浅見は話題を元に戻した。

「その三十九人すべてが、事件と関わりがないと判断できたのですか？」

「ああ、そういうことだ。当日の行動を本人もしくはグループの幹事に確認して出された結論がそれだ」

「大丈夫ですかね」

「大丈夫とは、何が？」

「いや、警察の調査にけちをつける気はないけど、ちゃんと確認が取れたのかどうか」

「もちろん確認は取れているのだろう」

「兄さんが逐一、確かめたわけではないのでしょう？」

「当たり前だ。担当者から上がってくる報告に、刑事局長がいちいち疑いを挟んでどうする」

「それはそうだけど……」

それが組織というものであって、それぞれのセクションを信じないと機能しないことぐらい、組織人間になりきれなかった浅見にだって理解できる。しかし、組織なるがゆえの欠陥もあるはずだ。

弟の不満に気づいたのか、陽一郎は「一つだけ言っておくことがある」と言った。

「稚内署が自殺と認定した理由だが、どうやらホトケさんの解剖をした際、睡眠薬が検出されたためらしい」

「えっ、睡眠薬が出ていたのですか？」

浅見はむしろ緊張した。

「だったら、殺人の疑いが濃厚じゃないですか」

「いや、睡眠薬といっても、ごく微量が血液中に残存していた程度のものだそうだ。むろん致死量なんてものではない。要するに、富沢は死を覚悟した上で睡眠薬を飲み、山中に迷い込んだ――という状況を、所轄では想定したのだな」

「冗談じゃないな。そういうことではなく、犯人が何らかの方法で睡眠薬を飲ませて、眠り込んだ富沢氏を山中に放置した――と考えるべきじゃないですか」

「分かっているさ。だから私は、フェリーの乗客を、その時間帯に絞って調べさせたのだよ。富沢が実際に死亡したのは夜間だが、睡眠薬を服用したのは、薬の残存量や富沢の直前の行動から見て、おそらく午後三時から五時頃のあいだではないかと考えているようだ。もしあれが殺人事件であるなら、犯人はその時刻に富沢と接触したということになる。それ以降に鴛泊港を出るフェリーは午後四時と五時三十分の二便があるから、犯人はそのどちらかに乗って利尻を抜け出したのだろう。しかし、それはあくまでも仮定の話で、自殺とした所轄の判断が間違っていたかどうかは、軽々しくは言えない」

「それは分かりますけどね」

浅見もその点は認めないわけにいかない。富沢の死が他殺であるというのは、依然として仮説の域を出ないのだ。

「なお、引き続き翌日のフェリー利用者および滞在客を調べるよう指示してあるが、まあ、常識的にいって、事件後、犯人がのんびり島内にいたとは考えにくい。利尻島の住人が犯人であるというのなら別だがね」

「いや、それはたぶん違うでしょうね」

浅見も否定した。

「凶器を使って殺すならともかく、富沢氏に接近して、睡眠薬入りの飲み物を飲ませたりすることができる人物は、富沢氏と顔見知りの相手でなければならないと思いますよ。これまでに聞いたところによれば、富沢氏はかなり身辺に不安を感じていた様子だし、死ぬほどの危険を冒して利尻へ行ったような印象さえありますからね」

「ふーん、そうなのか……」

陽一郎はジロリと、弟を睨んだ。

「死ぬほどの危険だなどと、どうしてきみは、そんなことを知っているんだい？」

「それはもちろん、あれですよ、『プロメテウスの火矢』っていう、ダイイングメッセージを残したほどだからですよ」

浅見は少しうろたえながら答えた。

「それだけで、富沢に死の予感や覚悟があったとは言えないだろう。第一、あれがダイイングメッセージであるという確証はないのだしね。書いたのはほぼ富沢に間違いないようだが」

「そうかなあ、僕は立派なダイイングメッセージだと思いますけどね」

「ふん」

陽一郎は気に入らない顔だ。

「本当にそうなのかね。それより、きみはそれ以外にも何か知っていることがあるんじゃないのか？」

「いいや、何もありませんよ」

空っとぼけた。中田絵奈の一件だけは、まだ伏せておくつもりだ。それが彼女に対する信義だと思っている。

浅見は自室に戻って、ワープロの画面にローマ字で「PROMETHEUS」と、縦に打ち出してみた。

「プロメテウスの火矢は氷雪を溶かさない」というフレーズがダイイングメッセージであるとしたら、何を意味するのか、それが分かれば、事件の核心に迫ることになるかもしれない。

暗号――という考え方もできる。しかし浅見は、これはそのままストレートに、富沢が残したメッセージだったような気がしている。「プロメテウスの火矢」などと、第三者には何のことか分からないが、関係者――とりわけ富沢が意図した相手には十分、意味の通じる言葉なのだろう。

最も単純に推測できるのは、「PROMETHEUS」が何かのイニシャルを繋げた合成語であるということである。といっても、たとえば「P」で始まる単語のうちのどれを選べばいいのか、あまり英語が堪能《たんのう》でない浅見にとっては、それを考えただけでも容易な作業ではなさそうだ。

ためしに浅見は、ポケットタイプの英和辞典を繙《ひもと》いてみた。「Pacific（平和な）」「Panic（恐慌）」「Partisan（ゲリラ隊員）」「Pass（通過する）」「Pentagon（米国防総省）」「Perfect（完全な）」等々、国際情勢やロシアとの関係を示唆しそうな、そしてそのイニシャルが熟語や合成語をつくりだしそうな単語が散見する。

浅見はしばらく、単語選びに没頭した。こういう作業に割と抵抗なくのめり込むことができるのが、ほかの人間と少し異質な、彼の性格の特徴だ。

そのうちに「Pr……」の項目にきて、使えそうな単語が続々出てくるのに気がついた。「PROMETHEUS」の最初の「PR」は、その二文字で一つの単語の頭の部分になっているのかもしれない。とくに「Pre」で始まる単語には「前――」という意味を持つものが多い。たとえば「Precaution（警戒、予防策）」「Preparedness（備え、軍備）」などというのがある。

同様に「O」についても考えた。単純に接続詞の「Of」かもしれない。「Objective」には「軍事的目標」の意味があるし「Operation」には「作戦」の意味もある。「Over-seas」もありうる。「海外からの」という意味のほかに、「海を越える」とくれば、大陸間弾道弾を連想させるではないか。

浅見はがぜん、心臓の鼓動が高まった。いよいよスパイ映画もどきになってきた。「プロメテウスの火矢」は新兵器の開発に関係するような造語なのではないか。

考えてみると、西嶺通信機という会社それ自体は武器メーカーではないが、系列トップの、いわば親会社ともいうべき芙蓉重工は、れっきとした兵器製造部門を保有する巨大企業である。その傘下にある西嶺通信機でも、武器の部品や、兵器のための通信機器や電子部品を製造していて不思議はない。むしろ近代戦争においては、電子技術こそが、勝敗を分ける最大の武器といえる。湾岸戦争で米軍のミサイルがイラクの軍事拠点をピンポイント攻撃して成功を収めたことは、記憶に新しい。西嶺通信機がその技術を保有するのであれば、会社の中枢にいた富沢が、機密の一端を握っていた可能性はある。

その線でゆくと「M」は何を意味するのだろう？　単独ではいろいろあるが、「ＭＥＴＨ」まで使うと「Method（組織的方法）」などというのもある。また「ＭＥ」だけならば「Menace（威嚇、脅し）」があった。ロシアの脅威を暗示する言葉といえまいか。

また「E」については、単独で「Everywhere（どこでも）」のほか「Evaporate」があった。これだと「蒸発させる」という、どことなく「氷雪」に繋がるような意味が気になる。さらに「Espionage（スパイ網）」などという、凄《すご》いのもある。

最後の「U」と「S」はあまりに漠然としすぎて見当がつかない。「U」の中の「Unite（結合する、合体させる）」などは常識的だが、「S」の項目で見つけた「Scorch」という単語には「焦がす」「焼く」という、これまた「氷雪」を連想させる意味のほかに、軍事用語として「焦土と化す」という意味もある。「ＵＳ」となるとズバリ「United States」が該当する。なんだか、アメリカの陰謀が絡んでいるような感じもしてきた。

翌朝、ほとんど一睡もせず、明け方近くまでかかっていろいろ模索した結果を、朝食を終えたばかりの兄に披露してみた。出掛ける前の慌ただしい時間だが、目が血走ったような弟の、ただごとでない顔つきを見て、陽一郎は請われるまま、書斎に入った。

「なるほど、そうだね、そういうことかもしれないな」

一通り聞きおわって、陽一郎は、浅見が予想したほどには驚かなかった。

「なんだ、兄さんはもう分かっていたのですか」

「いや、分かっているわけじゃないさ。ただ漠然とそういう意味があると思うだけで、配列された単語の意味が何かを考えたわけではない。きみが考えついたそれらの語彙《ごい》を繫げれば、たしかに特定の意味を持つのだろう」

「じゃあ、富沢氏はその軍事機密を漏洩《ろうえい》しようとして殺されたとか、あるいはスパイか何かに情報を渡す段階で、トラブルがあったとかそういう事件でしょうかねえ」

「ははは、そいつはテレビの見すぎだな」

「いや、笑い事じゃないですよ。現に、稚内辺りではロシアの貨物船がカニと一緒にトカレフを積んでくるという噂があるくらいなんだから。いわゆるレポ船とかいうやつが、利尻のどこかに接岸して、富沢氏とコンタクトを取った可能性だってあるじゃないですか。そういう事実はなかったたか、一応調べてみたらどうかなあ」

「分かった、分かった、やってみよう」

刑事局長はいくぶん辟易したように手を振って、書斎を出て行った。ちょうど和子夫人が時刻を知らせに来たところだった。義弟の顔を見て、「なんだかカラッとしない夏ですわねえ」と言っている。子供たちがプールへ行っても、寒くて泳ぐ気にならないと嘆いているらしい。

八月に入ってからずっと、冷夏が心配になるほど過ごしやすい日が続いていた。まるで冷えきった日本の景気を反映するかのようだ。

景気といえば、公共投資も落ち込んで、ゼネコンをはじめとする建設業界はもちろん、製造業は軒並み不況に喘《あえ》いでいる。為替が不安定で、東南アジアはもちろん、アメリカも景気が後退して、輸出依存型の企業は悲鳴を上げている。都市銀行や証券会社など、金融業界の大手でさえ、絶対安全の神話が崩れ、倒産の危機に瀕《ひん》している。

アメリカから内需拡大をけしかけられ、政府は無定見に赤字国債を発行して、総花的な景気対策を打ち出す姿勢だが、それでこの悲観的な景気の先行きに展望がひらけるものなのか。

（西嶺通信機はどうなのだろう――）

浅見はふと、富沢が勤めていた会社のことを思った。西嶺通信機にしても、ごたぶんに洩れず、深刻な不況に直面しているはずである。そういう中で、富沢のようなエリート社員は、上下からの重圧に苦しんでいたのかもしれない。おそらくそのことも、西嶺通信機側は「自殺」の原因の一つであるかのごとくに言っているのだろう。

それはそれとして、西嶺通信機はどういう方策をもって、この不況を乗り切るつもりなのか。富沢のように、会社の内情をつぶさに知りうる立場にいた人間は、会社が何をしようとしていたか、危機打開のための方針は熟知していたにちがいない。

そうしてまさにその重大局面のさなか、富沢は「死」という方法で戦線を離脱した。企業にとって、彼の死は痛手だったはずだが、現実には「不正」があったとして、冷淡な態度を見せている。しかし、浅見がこれまでに知りえたかぎりでは、富沢という人物は正義感の強い性格としか思えない。

彼が不正を働いたというのは、会社側が一方的にそう言っているだけだ。

もし会社の言う不正などなかったのだとしたら――むしろ、会社の側に何らかの不正行為があったのだとしたら――富沢の死にはまったく別の意味があることになる。

浅見はようやく事件の核心の、かすかな片鱗《へんりん》を見たような気がした。

第四章　防衛産業

1

西嶺通信機本社は、山手線大崎駅から徒歩でも十分程度のところにあった。「セイレイビル」という名称の二十四階建てのビルの、二階から十階までを占めているところを見ると、自社ビルなのだろう。

一階はパブリックスペースになっていて、広いエレベーターホールと各種の商店、ラウンジなどがある。最上階には展望レストランが、地階にもレストラン、喫茶店などがあるようだ。

エスカレーターで二階に上がったところが西嶺通信機の専用ロビーで、ホテルのフロントカウンターのような立派な受付がある。茶系統の渋い色を使った制服の女性が二人、背筋をピンとして客を迎える。受付から少し離れた位置に、警備会社から派遣されているらしいガードマンが佇《たたず》んでいた。

浅見は肩書のない名刺を出して、「広報の方にお目にかかりたい」と告げた。

「どのようなご用件でしょうか?」

女性は愛嬌《あいきょう》のある笑顔で、しかし事務的に訊いた。

「御社の軍需部門における将来性について、お話をお聞かせいただければありがたいのですが」

あくまでも下手に構え、丁寧に頼んだが、アポイントメントを取っていないことが分かると、女性は美しい顔を少し曇らせて、「少々お待ちください」と、電話でどこかに連絡した。カウンターの向こう側に沈み込むようにして話すと、案外、声は聞こえてこないものだ。それでも「フリーの……」という言葉だけはキャッチできた。

断られるかな——と思ったが、間もなく、「ただいま担当の者が参りますので、どうぞ、あちらでしばらくお待ちください」と、女性はロビーの一角を指さした。ホテルのラウンジのような空間に、ゆったりした応接セットがいくつも置かれている。すでに数組の客があって、それぞれのテーブルでひそやかに会話を交わしていた。

浅見はいちばん隅のテーブルを選び、革張りの椅子に腰を下ろした。おそらく外国製なのだろう、このビルのエントランスやロビー同様、すべてが大振りで、椅子にまで威圧され、飲み込まれそうな気分になる。
三、四分待たされただけで、「担当者」はやってきた。浅見より五、六歳は若そうな、背格好はやや小柄だがハンサムな青年だ。受付で客の名刺を受け取り、眼鏡を光らせてこっちを確認すると、大股に近づいた。

「お待たせしました、広報を担当している片山といいます」

渡された名刺には「総務部広報室主任片山誠司」とあった。せいぜい二十七、八歳。まだ若いのに主任の肩書があるくらいだから、優秀な人材なのだろう。

浅見は「週刊B——」という、付き合いのある雑誌の取材であることを告げた。もちろん口から出まかせである。

腰を落ちつけるとすぐ、片山は「軍需部門についてのご質問だそうですが、どういったことを？」と訊いた。態度といい語り口といい、物おじするところは微塵《みじん》もない。西嶺通信機の一員であるという自覚と自信が感じ取れ、浅見のように組織から落ちこぼれた人間には眩《まぶ》しすぎる。

「西嶺通信機というと、電話の中継機器類や通信機器のパーツのメーカーであることぐらいで、一般にはあまり馴染みのない会社というイメージがあるのですが、じつは御社の通信機器、とくに水晶発振器等を活用した電子機器は、いまや軍需産業にとって無くてはならないものだそうですね」

まず、軽くドアをノックするように水を向けてみた。

「はい、おっしゃるとおりですが、軍需部門といっても、日本の防衛予算そのものが大したことはありませんので、わが社の中で防衛用の製品が全体に占めるパーセントはたかが知れていますよ」

「しかし、新製品——言い換えれば新兵器に繋がるような製品の開発能力は、他社に較べて抜きんでてすぐれているそうではありませんか」

「そうお褒めいただくと恐縮です。ただ、わが社は創業以来、本質的にはあくまでも平和産業としてのスタンスを企業理念としております。製品が軍需に適合したのは、あくまでも結果でありまして、たまたま開発した製品を、確立した防衛産業部門を持つ他社さんにご活用いただいたということです」

軍需産業を防衛産業と言い換えているところなど、いかにも企業人らしい気配りだ。

「それはたとえば芙蓉重工とかですね」

「ええ、そのとおりです。よくご存じですね。これを見ていただければお分かりになるとおり……」

片山は用意してきた会社案内のパンフレットと製品カタログを書類入れから出して、テーブルの上に広げた。カラー印刷のきれいで豪華なパンフレットだ。浅見がすでに知っている出改札識別装置やポケットベルを含め、通信機部門、映像・音響部門、航空機部門その他、レーダーや光ファイバーの中心技術などもこの会社が保有しているらしい。

浅見もある程度はにわか仕込みに調べてきたけれど、それをはるかに上回るほどのさまざまな製品があった。

「……ほとんど、わが社独自の完成品というものはありません。各方面のメーカーさんにそれぞれの製品の基盤となるような電子機器を送りだすというのが、わが社のもっとも得意とするところです」

「なるほど」

　素直に感心してみせてから、「とはいっても、やはりこれを拝見すると、どの部門を取ってみても、軍需に転用できるものばかりですねえ。ことに、情報の識別や処理といった近代兵器に欠かせない先端技術を網羅的にお持ちのようじゃありませんか」

「はあ」

　片山は頬に手を当てて苦笑した。そういうポーズを取ると、あどけないような老成したような、曖昧な表情である。

「ですから、それはあくまでも結果でありまして、つまり、本来は平和目的で発明したはずのダイナマイトが、強力な武器として転用されたようなものです」

「分かりますよ。分かりますが、たとえ結果であろうと、やはり兵器に転用される要素は最初から予測されていたこともあると思うのです。いや、べつにそれが悪いと言っているわけではありませんよ。むしろ僕は、結果としてそうなるというのでなく、最初から兵器としての効用を目的として開発したほうがいいのではないかとさえ考えています。そうでないと、開発に携わった技術者はジレンマに陥るのではないでしょうか」

「は？　ジレンマといいますと？」

「たとえば、情報識別を目的としたシステムが、ピンポイント攻撃の頭脳に利用され、人命を殺傷する道具になったときに、なんだか寝覚めの悪い気持ちになるといったことがないともかぎりません」

「ははは、まさか、そんなことはないと思いますけどねえ」

「そうでしょうか。現に僕の知り合いである御社の社員は、そのことで死ぬほど悩んでいたみたいですよ」

「ほう……それは誰ですか？」

「言っていいものかどうか分かりませんが、利尻島で亡くなった富沢春之さんです」

「えっ……」

片山は反射的に周囲を見回した。

「浅見さんは富沢……さんのお知り合いなのですか」

故人となった自社の社員に「さん」をつけるべきか否か迷いながら、いくぶん声をひそめるように言った。

「どういうお知り合いでしょうか？」

「富沢さんの奥さんが以前、北区役所に勤めていらっしゃって、その関係でちょっとお付き合いがあったのです」

「なるほど」

片山はあらためて浅見の名刺の住所を確かめた。

「富沢さんが自殺されたと聞いたとき、僕はあのときの富沢さんの言葉を思い出して、そうか、死ぬほど悩んでいたんだなと思いました」

「富沢さんはどんなことを言ってたんですか？」

それまでの応対とは明らかに異なる、私情のこもった目でこっちを見つめている。浅見は瞬時に、そこに付け入る隙を見つけたと思った。

「片山さんは富沢さんと親しくしておられたのですか？」

試しに聞いてみた。

「えっ？　ええ、まあ……」

もう一度、ゆっくりと周囲の様子に気を配りながら、片山は言った。

「じつは、富沢さんは、高校と大学が私の先輩でして」

「あ、じゃあ、片山さんも東大ですか」

「ええ、そうです。それで、年齢はずっと離れているのですが、入社したときからずいぶん面倒見てもらって、いろいろ迷惑もかけました。ですから、富沢さんが亡くなったときにはびっくりして……何が原因だったのか、私にはさっぱり分からなかったのです。富沢さんは浅見さんにどんなことを言っていたのでしょう？」

「そうですねえ……」

浅見は少し思案するふりをして、この望外の幸運をどう活用するか考えた。ただ、そうするにしては、目の前の生真面目そうな片山青年を騙《だま》すことになるのが後ろめたい。

「いや、やめておきましょう。ひょっとすると、差し障りがあるかもしれません」

「差し障りといいますと？」

片山の目が、食い入るようにこっちに向けられているのを、浅見はじっと見返した。

しばらくその状態をつづけてから、視線を逸《そ》らしたのは浅見の側だった。

「片山さんのように親しい後輩がいたのに、富沢さんはなぜあなたにあの話をしなかったのか、それを考えると、お話ししていいものかどうか迷います」

「ですから、どんなことなのかを……」

「困りましたね、余計なことを口走ってしまったようです。しかし、あなたのように愛社精神が旺盛な方には、やはり言わないほうがいいでしょう」

「それは侮辱ですか」

片山の目が険しくなった。見かけよりは喧嘩っ早い性格なのかもしれない。

「えっ？　とんでもない。そんなつもりはありませんよ」

「しかし、あなたの言い方だと、まるで僕が会社ベッタリの、飼い犬か何かのような人間に聞こえるじゃないですか」

「まさか……いや、そんなふうに聞こえたとしたら謝ります。僕が言いたかったのは、余計な雑音をお耳に入れると、あなたの、会社に対して抱いているイメージが崩れる恐れがあるのでは――という意味です」

「どういうことですか。それじゃ、ますます気になります。富沢さんが言っていたことというのは、何か会社に対する不満とか、悪口だったのですか」

「そうではありません。富沢さんもあなたと同じように会社を愛していましたからね。だからこそ、御社のことを憂いていたのじゃないでしょうか。それがつい愚痴となって出たのかもしれません」

「わが社の何を憂いていたんですか？」

「それは……やはり、いまは言えません。もう少しあなたのことが分かってきたら、あるいはお話しする機会もあるでしょう」

「分かるとは、つまり、信用できるようになったらという意味ですか」

「そんな失礼なことは考えておりません。そうではなく、お互いに気心が知れたらということだとご理解ください。きょうのところはこれで失礼します。あ、そのパンフレットは頂戴《ちょうだい》できますか？」

「は？……ああ、どうぞ」

片山は両手が汗ばむほど強く摑んでいた資料を、浅見のほうへ押しやった。

「一つだけ、ここだけの話として聞いていただけるなら、お話ししますが」

席を立ち上がりかけて、浅見は体を前かがみにした。つられるように、片山もテーブルに手をついた。

「いかがですか？　秘密を守っていただけますか？」

「ええ、いいですよ、守りますよ」

鼻先がくっつきそうな距離に顔を寄せて、二人は睨みあった。今度は浅見も視線を外さずに、言った。

「富沢さんがなぜ亡くなったのか、たぶん片山さんは自殺とお聞きになっていると思いますが」

「え？　ええ、もちろんそう聞いてます」

「それで、あなたは、富沢さんが自殺をするような人だと思いましたか？」

「いや、思いませんよ。だからいったい、富沢さんはどうしたのかと……え？　じゃあ、あれは自殺ではなかったと？……」

片山は黒目が白目の中に浮かぶほど、大きく目を瞠《みひら》いた。それから、疑惑と不信がない交ぜになったような複雑な表情をして、ドスンと腰を下ろした。

「僕の言ったことを信じる必要はありませんが、このことは約束どおり、誰にも言わないほうがいいですよ」

浅見はいっそう声をひそめた。

「とくに会社の中でこういう話をすると、あなたの立場に差し障りますからね。もしどうしても気になって仕方がなければ、その名刺のところに連絡してください。そのときまた、お話ししましょう」

浅見は立ち上がったが、片山はしばらく気がつかなかったように、タイミングが遅れ、慌てて浅見のあとを追ってきた。

後ろから「浅見さん」と呼ぶ片山を振り返って、浅見は笑顔で挨拶を送った。それから受付の美女にも忘れず頭を下げて、下りのエスカレーターに乗った。

建物の外に出てから、冷や汗がドッと出てきた。外気の暑さのせいでなく、これは確かに冷や汗だと思った。なんだか希代の詐欺師を演じてきたように疲れた。

富沢家に電話して、幸恵未亡人に片山誠司のことを聞いてみた。

「ええ、片山さんでしたら、よく存じ上げています。主人がお付き合いしていた、数少ない方のお一人です。とてもいい方で、主人の遺骨を抱いて羽田に着いたとき、出迎えて泣いてくださいました」

浅見が西嶺通信機を訪問し、応対に出たのが片山だったことに、幸恵は因縁のようなものを感じたらしい。「主人の引き合わせかもしれません」と、深刻そうな声で言った。考えてみれば、会社を訪ね、広報の人間を呼び出して、たまたま担当者がそうだったにすぎないのだが、そういうことをあまり信じない浅見も、厳粛なものを感じた。

このぶんだと、予想外の進展があるかもしれない——と思ったが、それを裏書きするように、その二日後、片山から電話が入った。「なるべく近いうちに、浅見さんにお会いしたいのですが」ということであった。

2

片山誠司とは、彼の会社がお盆休みに入る前の晩、新宿の喫茶店「滝沢」で会った。彼が勤める西嶺通信機のある大崎から遠い場所を選んだ。「滝沢」はフロアの大きな店で、テーブルとテーブルのあいだが離れているから、あまり人の耳を気にしなくてすむ。

「あれから、社内の様子をそれとなく探ってみたのです」

片山はのっけから緊張した面持ちで、そう切り出した。

「あらためて関心を持つと、会社側の富沢さんの死に対する対応が、きわめて冷淡であることに気がつきました。まるで疫病神がいなくなったような……富沢さんという人は、もともと存在していなかったかのような雰囲気なんです。社員が富沢さんの話で雑談なんかしていると、上司に注意されるほどです。それに、驚いたことに、富沢さんの自殺の原因というのが、富沢さんの不祥事だったという噂があるのですよ」

「驚きましたねえ」

浅見は片山の真っ正直な顔を見つめて、嘆かわしそうに言った。

「でしょう、驚いたでしょう」

片山が我が意を得たり——というように、大きく頷いた。

「いえ、そうではないんです。僕が驚いたのは、そういう噂——いや、そういう事実のあることを片山さんがいままで知らなかったという、それについてですよ」

「えっ、じゃあ、浅見さんはそれを知っていたんですか？」

「知っていました。片山さんだって、広報というセクションなのですから、当然、知っているものと思っていました。そうすると、会社側は対外的には自殺の原因をどう説明しているのですか？」

「公式には、仕事がうまくいかないことを悩んだのではないか——ということになっています。広報でもマスコミに対して、そのように発表しました」

「それで、片山さんもそう信じていたのでしょうか？」

「いや、丸々は信じてなんかいませんよ。しかし真相が分からない以上、その時点ではそれを信じるか、あるいは信じているふりをするしかないじゃないですか」

「ところが実際は、自殺の原因について、会社側は富沢さんの奥さんに、ご主人には不正があったと告げ、ただし退職金や見舞金は通常どおりに出すと、恩着せがましい説明をしているのですよ」

「というと、それもまた嘘だと？」

「そういうことになるのでしょうね。ひょっとすると、社内に流れている噂の発信元は、会社の上層部かもしれません。それ以前に、会社側が報じた自殺説そのものが、間違っているのですから」

「間違っているとは、つまり、浅見さんは殺人事件だと言いたいのですね？」

「もちろんそのとおりです」

「しかし、それは事実なんですか？　警察もぜんぜん動いている気配はないし、誰もそんなことは言ってないんですが、浅見さんは何か証拠を掴んでいるのでしょうか？」

「もし、はっきりした証拠があれば……」と、浅見は片山の目を睨み返した。

「とっくに警察が動いているはずでしょう」

「じゃあ、証拠はないんですね？　だとしたら、浅見さんはどういう根拠で殺人……というふうに？」

　急に声をひそめた。

「それでは訊きますが」

　浅見も同じように、いくぶん前かがみになって、小声で言った。

「富沢さんの死を自殺であるとする根拠は何ですか？　何もありはしないでしょう。もちろん遺書もなかったのです。もっとも親しかった片山さんでさえ、富沢さんが自殺をするなんて信じられないとおっしゃった。むろん奥さんだって、それに……」

　あやうく「中田絵奈」の名前を出しそうになった。

「……ほかの人だってみんな、口を揃えて自殺だなんてことは考えられないと言ってました。警察に聞いてみても、物的な証拠はもちろん何もない。要するに、他殺と断定する根拠がないから自殺だという、きわめていいかげんなものです。ただ、事情聴取に対して会社側が不正問題を示したことが、唯一の情況証拠といっていいでしょう。しかし、その不正なるものが、具体的にどのようなことだったのか、片山さんがおっしゃったように、マスコミなどに会社側が公式に発表した事由はぜんぜん違うし、警察だってきちんと把握しているかどうか疑わしいのです」

「なるほど……」

　片山はコーヒーと一緒に、浅見の言ったことの意味を飲み込んだ。

「もしそれが本当だとすると、会社はあたかも、富沢さんの死を自殺だと決めつけたがっているように受け取れますね」

「そのとおりです」

「うーん……しかし、なぜなのですかねえ。もし他殺の疑いがあるのなら、警察に対してもそう進言すべきじゃないですか。それはまあ、事なかれ主義であるということは、理解できないわけじゃないですけど」

「もし、警察が介入してきて、事件の背景を探られると、厄介な問題が生じるのかもしれませんね」

「というと、わが社に何か後ろ暗いことがあるとでも？」

「ええ、その可能性はあるでしょうね。どこの会社にしても、多少の不正はあるものですから。西嶺通信機だって、何かあって不思議はないでしょう」

「それはまあ、そうですが……」

言いながら、片山は急に不安がこみ上げてきたのか、狼狽ぎみに浅見を見た。

「まさか浅見さん、うちの社が、富沢さんの事件そのものに関わっているとか、そんなことを思っているのじゃないでしょうね？」

「さあ、それはどうか分かりません」

浅見は軽い微笑を浮かべて、言った。

「分かりませんて……」

片山は絶句した。自分の会社に対する浅見の「不当な」疑惑を怒る気持ちと、自分自身が抱いている疑惑への不安とが、彼の胸の内で葛藤《かっとう》していたにちがいない。

浅見はそういう片山を眺めながら、少し後悔していた。浅見の目から見ても、まだ「青年」と呼べるほど若い彼にとっては、重大すぎる難問をつきつけてしまったのかもしれない。そう思うのと同時に、その若さゆえに、片山が持っているであろう正義感への期待も働いた。

「僕もまさか——とは思いますよ。不正があったとしても、まさか殺人を犯さなければならないほどのことがあるとは、なかなか考えにくいものです。しかし、一方には富沢さんの死という、まぎれもない事実がある。何者かが悪意をもって富沢さんを抹殺したことは事実なのです。もちろん動機など分かっていません。分かっていないということは、つまりはあらゆる可能性が動機になりうるということを意味します。もし会社に重大な不正行為があったとしたら、そして、富沢さんがその不正を内部告発するか、あるいは逆に恐喝に利用する危険性を抱いていたとしたら、企業にとっては抹殺の十分な動機だと考えていいでしょうね」

「恐喝だなんて、冗談じゃない。富沢さんはそんな人じゃないですよ」

片山が食ってかかるのに、浅見は満足して頷いた。

「そうでしょうね。それでいよいよはっきりしました。考えられる動機は、富沢さんに内部告発の危険性があったということです」

「そんな……僕はそんなことは言ってませんよ」

「しかし、二つのうちの一つですから、そう考えるしかありません。もちろん、会社が事件に関わっている場合は――という前提条件がありますけど、事実はともあれ、少なくとも動機としては成立します」

「……」

片山は脇を向いた。そんなことは認めたくない――という、苦渋に満ちた顔だ。

「正直なところ、僕は内部告発という言葉はあまり好きじゃありません」

浅見は言った。

「それは組織に対する裏切り、背信であり、端的にいえば告げ口ですからね。もし告発をするのであれば、その前に組織内部でその意志のあるところを明らかにし、是正を求めて、それでも受け入れられなければ告発に踏み切るということであって欲しいと思います。もちろん、その場合には組織内での自分の立場を失う危険を伴うでしょう。職を失うか、あるいは、生命の危険さえ伴うのかもしれない。富沢さんのケースは、その典型的な例ではないでしょうか」

「……」

「もし僕の推測が間違いでなければ、富沢さんはその勇気ある行動に出て、組織の論理の前に受け入れられず、最悪の結果を招いたのだと思います」

「それじゃ、まるっきり……」と、片山は喘ぐように言った。

「浅見さんは頭からうちの社が犯人であるかのように決めつけているじゃないですか」

「犯人とは言ってません。動機があると言っているのです」

「同じことでしょう」

「同じではありませんよ」

「それは詭弁《きべん》だ……」

囁くような小声だが、内容は激しいストレートの応酬であった。

浅見は沈黙し、片山も口を一文字に結んで黙りこくったまま、睨みあった。

「それで……」

長い沈黙のあと、片山は絞り出すような声で言った。

「このあいだ浅見さんが言いかけた、富沢さんの言葉ですが、それは何だったのか、まだ教えてはもらえませんか」

「そうですね……」

浅見は思案した。いや、思案するふりを装ったというべきだ。富沢が浅見に残した言葉など、最初からありはしないのだ。しかし、片山とのあいだで交わした会話の流れからいえば、「言葉」の性質は決まっている。それに多少の信憑性をプラスして話すしか、この窮地を逃れる術《すべ》はなかった。

「富沢さんはこう言ったのです。『バレるかもしれない』と」

「は？　『バレるかもしれない』って、何がバレるんですか？」

「それは知りません。ただ、富沢さんは会社の経営ポリシーを懸念していたことは確かだと思います。僕には具体的なことは分かりませんが、新技術の開発計画か何かに、目的を糊塗《こと》しているような事実があるのじゃないでしょうか。たとえば軍用目的であるものを、あたかも平和産業向けであるかのように偽装しているのかもしれません」

いうまでもなく、浅見は「プロメテウスの火矢」を意識してカマをかけている。

「富沢さんの言った『バレる』とは、そういう、会社が進めているプロジェクトが、外部に洩れるとか、あるいは監督官庁にキャッチされるとか、その危険性を言ったのじゃないかと、僕は思うのですが。どうでしょう、片山さんは何か、それらしい情報を耳にしたことはありませんか？」

「いや、ぜんぜん……それに、技術開発は企業活動の命題みたいなものですよ。ことに、うちみたいな会社は、たえず新技術を開発していないと、たちまち行き詰まってしまう。かりに新技術が軍事に転用されるようなものだったとしても、そのことで富沢さんが、企業の経営ポリシーを非難したり抵抗したりしたとは、絶対に考えられませんね。そんなことを言うとしたら、企業の存立そのものを否定することになりますよ」

「なるほど……」

片山の自信たっぷりの熱弁を聞きながら、企業だとか組織だとかに疎い浅見も（そうだろうな——）と思えてきた。

「だとすると、『バレるかもしれない』というのは、まったく異質の情報洩れを意味しているることになりますか」

「まあ、そういうこと、でしょうね」

「それはいったい、何だと思いますか?」

「さあ、そんなこと訊かれても、僕には分かりませんよ」

とたんに、片山の口調も力感を失った。

「しかし、新技術開発に関わることでないにしても、富沢さんが会社の経営ポリシーに懸念を抱いていたことは事実です」

浅見は態勢を立て直して言った。

「それはたぶん、富沢さんの正義感というか、道義的な信念みたいなものから発していたのではないかと思います。愛社精神旺盛な富沢さんにしても、なお納得できない何かが、会社内にはあったのでしょう。そのことと、『バレるかも』と懸念したこととのあいだにどのような繋がりがあるのか、それが問題ですね」

「それはそうかも……だけど浅見さん、あなたはそれを調べてどうするつもりですか。何かの雑誌にでも売り込むのですか」

「いいえ、そんなつもりはありませんよ。僕はただ、富沢さんの死がこのまま自殺で片付けられてしまうのが納得できないだけです。会社の都合や警察の無能のせいで、一人の人間の死が、文字通り葬り去られていいはずがないでしょう」

警察の無能――と言ったときは、兄の顔が脳裏に浮かび、浅見は思わず目を瞑《つむ》った。

それからはあまり会話が弾まなくなった。片山はすっかり黙りこくって、眉根を寄せて考え込んでしまった。

最後に浅見の言ったことと、「富沢の正義感、道義的信念」という言葉が、片山の胸にドーンとひびいた感触があった。「滝沢」を出るときの片山の表情は深刻そのものだったといっていい。

新宿駅の改札口を入って、別れ際、片山は浅見に顔を寄せるようにして、「きょうのことは、僕と浅見さんだけの秘密にしておいてくれませんか」と言った。

「もちろんですよ」

浅見もしっかりと約束した。そういう注文を言うというのは、片山の「本気」を示していると思った。

「それから、富沢さんが何を知り、何を考えていたのか、僕なりに社内の情報を集めてみます。いずれご連絡します」

「お願いします」

浅見は心底、嬉しくなって頭を下げた。

いくら東大卒のエリート社員といっても、まだ二十代なかばの若い片山に、会社内で何ほどのことができるものか、未知数以下にちがいない。しかし、浅見は片山の思い詰めたような表情を見て、期待感十分の手応えを感じ取った。彼は必ず、情報のパイプ役になってくれると確信した。

その夜遅くに帰宅した陽一郎が、自室にいる弟に声をかけた。

「ちょっと書斎に来てくれないか」

いつもの兄らしくない、まるで刑事局長そのもののような硬い表情である。「捜査」があまり進展していないことを思わせた。

3

兄の陽一郎は、リビングで寛《くつろ》いでいるときだけは、家族向けの顔を見せるが、少しでも仕事がらみの話となると、もう一枚、べつの皮をかぶったような表情になる。二十五年間もエリート官僚をやっていると、公私の顔の使い分けがだんだん「公」寄りになっていくのではないだろうか——と、浅見は少し寂しい気がする。

陽一郎は事務的な表情の上に、曖昧な微笑を浮かべて、「なかなかうまくいかないようだ」と言った。むろん、話は利尻でのその後の「調査」についての続報であった。

「当日およびその前後に島を出た人間は、ほぼ洗い尽くしたと考えていいだろう」

「不審者は出なかったのですか」

「うん。それから、きみは何も言ってなかったが、利尻島には鴛泊港のほかに沓形という港がある」

「ええ、それは知ってますよ。島の反対側にある港でしょう。だけど、あっちは漁港だと思ってたけど」

「いや、ちゃんとした港だそうだよ。三千トンクラスの船なら接岸できるそうだ。もっとも、沓形港から出る定期船は、隣の礼文島と往復するフェリーしかない。それでも道警としては、念のためにその乗客についても追跡調査を行なった」

「なるほど。さすがは警察ですね」

「ふん、お世辞は無用だ。それに、利尻島への足は飛行機もある。そっちのほうも調査の対象にした。しかしどちらも乗客数は少なく、とくに不審と思われる人物は出なかったと言っている」

「要するに、手掛かりはまったくなしということですか」

「そういうことだね」

「しかし、そんなはずはないけどなあ。それじゃいったい、犯人はどこから来てどこへ消えちまったんですか」

「私にそう言われても困るね」

　刑事局長は苦笑した。

「道警のほうには、殺人事件ではないのでは――という疑念が生じているようだ。やはりあれは自殺だったと思いたがっている気配が感じ取れる」

「警察はすぐそれなんだから。なるべく楽をしよう、楽をしようとする」

「ははは、今度は貶《けな》すほうかい。べつに楽をしようというわけではないさ。いろいろデータを収集した結果、そういう結論しか出ないのであれば仕方がないだろう」

「いや、これは誰が何と言おうと殺人事件ですよ」

「やけに自信があるんだな。それはまた、きみの勘ていうヤツか」

「勘というより、あらゆる情況証拠がそう示しているじゃないですか。むしろ自殺だとする根拠のほうが……」

「分かった分かった、まあいいだろう。道警もサジを投げたわけじゃない。現在もなお利尻島内での聞き込み捜査は継続している。もっとも、いまは観光シーズンの最盛期で、島民の対応はさっぱりらしいがね。ところで、富沢春之が勤めていた西嶺通信機について少し洗ってみた。あそこは地味だが、なかなか堅い、しっかりした企業だね。創業は明治の中頃、電話機の端末や交換機から始まって、現在は電子機器類ではトップクラスのメーカーだ。とくに無線通信の分野で不可欠な、水晶発振器というやつの特許を持っているのが強みなのだそうだ」

「ええ、それはもう調べ済みですよ。芙蓉重工の傘下にあって、防衛産業の一角を担っているのが特徴でもあります」

「なんだ、そうか、知っているのか。じゃあいまさら説明するまでもないが……」

陽一郎は少し口ごもってから、

「じつはね、目下、警視庁の二課がかなりの関心を抱いていることがあるのだそうだ」

「汚職事件ですか」

浅見はピンときた。

「ほうっ……」

打てば響く――というタイミングだったから、兄は弟を見直したように見つめた。

「そういうことだな。まだ事実関係ははっきりしていないが、内偵の手応えは十分あるらしい。しかし、きみはどうして汚職事件だと思ったんだ？」

浅見は躊躇《ちゅうちょ》したが、いつかは話さないわけにはいかないことであった。

「富沢氏は死の直前――といっても一週間か十日ほど前だと思うけど、ある人物に『バレるかもしれない』という言葉を漏らしていたんですよ」

「おい、それは本当か？」

陽一郎は眉をひそめた。

「本当です。その人物が誰なのかは喋るわけにはいきませんけどね。ただ、とにかく女性であることと、富沢氏と愛人関係にあったことだけは言っておきます。それで、彼女としては『バレる』というのは、富沢夫人に不倫関係がバレるという意味だと受け取ったのだけれど、そうではなかったらしい。もし西嶺通信機に汚職事件の疑いがあるとするなら、その言葉の意味がはっきりします」

「どうしてそんな重要なことを、いままで隠していたんだ」

「隠したというと語弊があるけど、伏せていた理由は、一つには情報源を出すわけにいかなかったこと。それに、こんな情報を提供すると、警察は早速、三角関係のもつれ――みたいな動機を想定したがるでしょう。そういう予見を与えないためにも、言うつもりはなかった」

「しかし、三角関係があるのなら、それが動機になりうることは確かだろう」

「一般論としてはそうだけど、この事件の場合は違いますよ。だから、そっちのほうは突っつかないでください。それより、汚職の疑いが出たのなら、富沢氏はその発覚を懸念したのか、あるいは内部告発に踏み切ろうとしていたのかもしれない。それで、いったいどういう汚職なんですか」

「いや、それはいくらきみでも、話すわけにいかないな。まあ、汚職なんてものは、すべての企業で、多かれ少なかれ日常的に行なわれているといってもいいのだから、驚くには当たらないがね」

「だけど、このケースは、もしかすると殺人事件に結びついている可能性があるじゃないですか」

「さあ、それが富沢の事件と結びつくかどうかは分からないだろう。よほど大規模な贈収賄か何かでないかぎり、殺人を犯してまで秘密を守らなければならないということはない。西嶺通信機程度の企業で、そんなでかいことがあるのかどうか疑問だよ」

「単純な贈収賄ではないとしたらどうですかね？」

「というと？」

「たとえば、重要機密の漏洩だとか、かつてのココム違反みたいな——いまは何ていうのでしたっけ」

「ああ、ワッセナー協約のことか」

冷戦時代には、武器および武器の製造・開発に関わる技術等の輸出入を規制する協議機関としてココム（対共産圏輸出統制委員会）があった。冷戦終結後、ココムは自動的に解除されたが、懸念される国際紛争やテロを予防するために、同様の目的で新たに生まれたのが「ワッセナー（新国際輸出管理機構）協約」である。

「そうそう、ワッセナー協約。それに違反するようなことをやったとか、そういう疑いがあるんじゃないですかね」

「いや、それはないね。もともと、西嶺通信機は芙蓉重工の傘下にあって、軍事目的の機器にしても、芙蓉重工に製品のパーツを納入しているにすぎない。かりに外国などから引き合いがあったとしても、芙蓉重工の頭越しに外国と商売をするようなことはしないはずなのだ」

「しないはずのことをやっちまったから、それが重大機密になったんでしょう」

「ははは、きみはよく、そんなふうにいろいろ考えつくね」

「兄さんこそ、よくそんなふうに冷静でいられますねえ。いや、冷静というより冷淡なくらいだ」

浅見としては半分以上、冗談のつもりで言ったのだが、陽一郎は笑いを収め、妙に深刻な顔で「そうか、冷淡か……」と呟いた。弟にそう言われたのが、こたえた様子だ。そのまま黙りこくってしまうのかと思ったが、すぐに思い直したように、

「富沢が服用した——あるいは飲まされた睡眠薬だが、その後の成分分析で、二種類の向精神薬が使われていることが分かった。一つは即効性の強いもの、もう一つは持続性のあるもの。相乗効果もあって、劇的に作用するらしい。しかも、いったん眠りに落ちたが最後、四十八時間は目覚めないというから、そのまま、利尻の山中に放置されたのでは、間違いなく凍死するだろうね」

「ほら、やっぱり他殺じゃないですか」

「そうは言っていない。睡眠薬を飲んで凍死したという事実だけははっきりしているが、自分で飲んだのか、それとも何者かが強要するか、あるいは騙すかして飲ませたのか、それはいぜんとして分からないよ」

「やれやれ……」

浅見は肩をすくめた。

「警察はどうしてそう頑迷なんだろう。早いところ他殺と決めてしまえば、それだけ捜査のスピードも速まるのに」

「まあそう言いなさんな。あくまでも慎重を期しているということだ」

陽一郎は頰を歪めて苦笑し、「以上だ」と言った。これで「伝達事項」はすべて終わったという意味なのだろう。

それから数日は無為に流れた。お盆休みもすぎ、甲子園の野球に決着がつくと、何となく秋風が立ったような気分になる。

利尻島にはもう秋の気配が忍び寄っているにちがいない。風化の進捗《しんちょく》が著しい利尻富士と同じように、富沢の事件も風化して、やがて人々の記憶からも消えてゆくのだろうか。そうさせてはならない――という焦りが、浅見の胸の内に鬱積《うっせき》してきた。

八月二十五日、浅見は富沢未亡人の幸恵を訪ねた。ことしの夏は後半の残暑のほうがきびしい感じだ。日盛りを避けて夕方にしたのだが、それでも、車を出たとたん、湿りけのある熱気で目が眩《くら》むほどだった。

富沢家はクーラーが効いていて、救われる思いがした。夏休みなので、二人の子供がいるかと思ったのだが、幸恵は一人だった。

「牛込のおばあちゃまのところに遊びにいったきり、帰ってこないんですの。きょうで三日になるっていうのに」

困っちゃう――と、幸恵は笑った。無理に快活を装っているというより、夫の死という不幸に襲われたときの落ち込みから、完全に立ち直っているように見える。女性は逞《たくま》しい――と、浅見は感心するのと同時に、少し恐ろしくもあった。

「そのおばあさんというのは、富沢さん――ご主人のほうのお母さんですか？」

「ええ、主人の母ですけど」

「いまおいくつぐらいですか」

「六十七か八じゃなかったかしら。まだ七十にはなっていないと思います」

「とすると、戦争当時は十代のなかばということになりますね」

「戦争って、ああ、太平洋戦争ですね。へえーっ、浅見さんて、そういう古い話題をふつうに喋れるんですね。まだお若いのに」

美人から「お若い」と言われて、浅見は照れた。

「ははは、何しろわが家はおふくろ以下、古い体質ですからね。それはそうと、そのお母さんは昔、サハリンに住んでいらっしゃったのでしょう？」

「あら、よくご存じですわね。私のほうが忘れていたくらい。そういえば、チラッとそんな話を聞いたことがあります」

「えっ、その程度ですか？　サハリン時代の詳しい話は、お聞きになったことがないんですか？」

「ええ、聞いたことがありません。主人も話さなかったけれど……あ、主人はもちろん、サハリンのことなんか知らないわけですよね。義母《はは》もあまりよく憶えていないんじゃないのかしら」

「いや、憶えていらっしゃるでしょう。中国残留孤児ならともかく、十代なかばなら、記憶も確かなはずですよ」

「そうかしら。でも、サハリンのことなんか聞いても、たぶん面白くないし、義母も話したくなかったのかもしれません。だって、その頃って、あまりいい時代じゃなかったのでしょう。思い出したくもないくらい」

「なるほど……」

そういうことかな——と浅見は思った。人間、誰だって、忘れてしまいたいことってあるものだ。稚内の「氷雪の門」に象徴されるように、サハリンで起きた悲劇は、忌まわしい記憶となって、いまだに尾を引いているのかもしれない。

「いちど、富沢さんのお母さんにお目にかかりたいですね」

「義母に、ですか？」

幸恵は怪訝《けげん》そうな顔をした。

「義母に会って、どうなさいますの？　富沢のことでしたら、私に聞いていただければ、何でも分かりますけど」

自分の領域を侵害されるような不安を感じたのか、幸恵は妙に気張って言った。何となく、嫁と姑の確執を連想させる。二人の子供が義母の家に行ったきりになっているのを、「困っちゃう」と言ったのは、存外、本音なのかもしれない。

「いや、ご主人のことではなく、サハリン時代のお話をお聞きしたいのです」

「そうですの……だったら、あとでご一緒しましょうか。晩御飯を頂いたら、子供たちを連れ戻しに行くつもりでいましたから」

幸恵はチラッと時計を見た。

「そうだわ、浅見さん、もしよかったら、うちでお食事なさいません？　一人で食べてもつまらないんですもの」

「は？　いや、そういうわけには……」

「ね、いいでしょう？　そうしましょうよ。腕をふるっておいしいものを作りますから。男の方とご一緒にお食事するなんて、ずいぶん久しぶりだわ」

浮き立つように言われて、浅見はドギマギした。心なしか、幸恵未亡人の目の縁が、ポーッと紅色に染まったように見えた。

「いえ、僕はちょっと、このあと約束がありますので」

「約束って、あ、デートですの？　だったら悪いわね」

「いや、デートじゃありませんよ。仕事の打ち合わせがあるんです」

「まあ、そんなにムキになると、かえって怪しいわ。いいんですよ、隠さなくても。浅見さんはハンサムなんだし、もてて当たり前ですもの。どうぞどうぞ、そちらへいらしてください」

「困ったなあ、そうじゃないんですって。それじゃ、その証拠に——というと変ですが、またあとで、お子さんをお迎えに行く頃を見計らってお邪魔することにします。七時頃でいいですね」

浅見はほうほうの体で退却した。少し残念な気がしないでもなかった。

4

富沢幸恵は「牛込のおばあちゃま」と言っているが、「牛込」という地名は現在は使われていない。「牛込」の名の由来は古代に牛の放牧が行なわれていたことによる。山手線の駅がある「駒込」や、大田区の「馬込」も同様に馬の放牧地だったところだ。牛込はかつて「牛込区」として東京都の区の一つだった。区域内には市ヶ谷、神楽坂、早稲田、大久保、百人町などを含む広大なものだ。一九四七年に四谷区、淀橋区と合併して「新宿区」になり、それと同時に、公式には「牛込」の地名もほとんど消滅した。

公式には消えたけれど、古い人間の中にはまだ「牛込」という地名を使う人がいる。銀座四丁目を「尾張町」、新橋二丁目を「田村町」と呼ぶのと同じで、郷愁を捨てがたいというより、習慣のようなものといっていいかもしれない。現に浅見の母親の雪江も、いまだに古い地名を平気で使っている。浅見が幸恵に「牛込」と言われても、何の違和感も感じないのはそのせいである。

ただし、旧町名を違和感なく口にするというのは、地番変更以前からそこに住んでいたことの証明でもある。富沢家はサハリン（樺太）から引き揚げた戦後間もない時期に、牛込に住み着いたはずである。浅見がそのことを指摘すると、幸恵は「あら、よく分かりますね、そうなんです」と驚いていた。

新潮社のある矢来町も牛込の域内で、富沢春之の母親が住むマンションは、新潮社からそう遠くないところにあった。以前は小さいながら一軒家だったものを、バブルの初期の頃に地上げがあって、十二階のマンションが建った。そのときにマンションの一室を、ほとんどタダ同然、優先的に分譲してもらったのだそうだ。

そういったことを、富沢幸恵は車の中で浅見に話した。「おばあちゃまは一緒に住もうって言ってくれるんですけど、どうしようかと思って」などと、愚痴めいた口調で言う。子供たちは喜ぶが、溺愛《できあい》されておばあちゃん子になったら――と、それがかえって心配だという。

富沢の母親――貴代美は見るからに子供に好かれそうな、ふっくらした顔の、温和な女性だった。ふっくらしていても、それほど太っているわけではない。小紋のような地味な花柄のワンピースを着た全体のイメージは、むしろスマートといっていいほどで、軽い身のこなしなど、若々しい。

ドアの脇に「華道教授」の札がかかっていた。マンションや近所の住人に生け花を教えているのだそうだ。

「年金の足しにしかなりませんけどね」

貴代美は気さくに笑った。

貴代美は浅見のことはすでに嫁の幸恵から聞いていて、「なにぶんよろしくお願いしいます」と頭を下げた。しかし、浅見の若さが頼りなく見えるのか、幸恵ほどには期待していないのが、その表情に表れている。

幸恵は二人の子供を隣室のテレビの前に追いやって、自分はコーヒーをいれにキッチンに行っている。

「富沢さんはたしか、樺太から引き揚げていらっしゃったのですね」

浅見は言った。

「ええ、よくご存じですこと。幸恵がそう申しましたの？」

「いいえ、別の人からお聞きしました」

「あら、どなたかしら？」

「秋元さん——北海道沖縄開発庁長官をしている秋元さんですが、ご存じですね？」

「えっ……」

とたんに貴代美は目を丸くして、キッチンの方角を窺った。秋元のことは嫁に知られたくない、何か理由があるらしい。それを察知して、浅見は急いで付け加えた。

「そのことは、幸恵さんにはお話ししてありません」

「えっ、あ、そうですの……」

明らかにほっとした様子だ。

浅見は「じつは」と、秋元長官から依頼を受けて動いていることを、手短に話した。

秋元の名前が出るたびに、なぜか貴代美の表情が微妙に揺れた。だから浅見は、幸恵がコーヒーを運んで部屋に戻ってきたときには、その話題を切り上げた。

どういうわけかそれ以降、貴代美の浅見に対する態度がガラリと変わった。全幅の信頼を置いて、息子の奇禍について、真相を突き止めてくれるよう、あらためて懇請した。

そのことから、浅見は秋元と貴代美には、単にサハリン時代の結びつき以外の関係があると推測した。だから秋元は、表立って警察の捜査に容喙《ようかい》するわけにはいかなかったのだ。

それがどのような関係であろうと、直接、事件に関わりがないかぎり、浅見には興味がない。ただ、兄だけにはそのことを伝えた。陽一郎は「ああ、そうだろうね」と、ほとんど表情を変えずに言った。

「あまり驚きませんね。兄さんはすでにそのこと、長官から聞いていたんですか？」

「いや、聞いてはいないが、そんなところだろうなとは思っていた」

「なるほど」

浅見は苦笑した。兄のことを（変わってるな――）と思う。

もっとも、その浅見も陽一郎から「きみは変わってるね」と言われることがある。本人はまともだと思っていても、傍目《はため》にはふつうでなく映る。兄ほどの秀才でさえそれなのだから、落ちこぼれの凡才である自分など、第三者の目にはよほどの変人に見えるにちがいない。

金曜日の夜、片山誠司から電話が入った。緊迫した声で「明日、会えますか」と言っている。

「ええ、僕のほうはいいですが、何かあったのですか」

「上のほうで少しおかしな動きがあるのです。詳しいことは明日お話しします」

午前十一時に、また新宿の「滝沢」で——と電話を切った。「おかしな動き」が何を意味するのか問いただす間もなかった。

深夜、帰宅した陽一郎にその話をすると、「そうか」と言ったきりで、それ以上の話には発展しなかった。それでも、書斎に入ったあと、どこかに電話しているらしい、かすかな話し声が洩れていたから、それなりの措置を取ったものと浅見は思った。

「滝沢」には片山のほうが先に着いていた。やけに目玉がギョロギョロして、少し憔悴《しょうすい》した感じがする。「疲れていませんか?」と訊くと、「はあ、ちょっと」と答えた。

「このところ、考えることが多くて」

「あまり無理しないでください」

コーヒーが来るまで、しばらく沈黙がつづいた。

「じつは今日と明日、幹部連中が休日返上で出勤するのです。それがまったくの不意打ちみたいで、ゴルフや家族旅行の予定を立てていた人間がこぼしていました」

「何があるのですか?」

「いや、それがさっぱり分からないのだそうです。招集がかかったこと自体、箝口令《かんこうれい》がしかれていまして、僕がこの情報を知りえたのも僥倖《ぎょうこう》みたいなものでした。幹部といってもまちまちで、うちの室長なんかにはお呼びがかかっていません。その反面、庶務や経理、営業などのセクションからは、ごく一部ですが、ヒラの人間まで動員されているといった具合です」

「はあ……」

どう対応すればいいのか分からない話なので、浅見は曖昧な相槌《あいづち》を打った。

「入社して五年になりますが、こんなことは初めてです。僕にその話を洩らした友人に言わせると、まるで倒産でもするのではないかと思えるような雰囲気だそうです」

「倒産？」

「ええ、上の連中のヒソヒソ話す様子がですね」

「そんなに業績が悪いのですか？」

「いや、そんなはずはありません。まあ、バブル期のような景気のいい話はさっぱりありませんが、それでもうちの社は固い商売をやってますからね。経常でもそこそこの利益は出しているし、配当も継続してます」

「まさか、粉飾決算ということはないでしょうね」

「あるいはそうかもしれません。広報なんかにいると、会社にとって都合のいい話は伝わってきますが、案外、そういった情報に疎いものです。いずれにしても、一昨日、昨日の慌ただしい動きからは、会社ぐるみで何か後ろ暗いことをやっている気配だけは感じられます。富沢さんが『バレるかもしれない』と言ったということと考え併せると、そうなのかな——という気もします」

「しかし、富沢さんは総務とも経理とも営業とも、直接は関係のない、製造関係、それも研究開発のセクションでしょう。たとえ粉飾決算なんかがあったとしても、その情報をキャッチできたものでしょうか?」

「うーん、そうですねえ……そういえば、今日と明日の招集には、製造部門や工場の人間が含まれているのかな……」

そこまでは片山も摑んでいない。

富沢春之は製造部開発室次長として、主に研究・開発のスタッフを統括していた。直属の上司は開発室長だが、室長は管理者にすぎず、技術的な面での事実上の指揮は富沢が行なっていた。さらにその上の製造部長は取締役である。そのラインを見るかぎり、富沢が総務や経理関係と接触するチャンスはなさそうだ。

「ただし、開発室は営業とはわりと密接な関係がありますよ」

片山は言った。

「クライアントから新製品のプランを求められた場合など、開発担当の人間も、営業の者と同行してプレゼンテーションを行なったりします。しかし、経理とは関係ないし、まして粉飾決算なんかとは結びつきそうにありませんね」

「もし、開発室の人が今日と明日の招集に関与していたとすると、問題の所在がはっきりしますか」

浅見は訊いた。

「そうですね、そうかもしれません。少なくとも、単なる経理や財務上のゴタゴタではないと考えていいでしょうね。開発室には同期の人間もおりますから、ちょっと確かめてみます」

「しかし、あまり表立って訊いたりするのはまずいでしょう。あなたの立場が悪くなるようなことはしないでください。それに、僕のような人間が背後で糸を引いているなんてことが分かると、いろいろ差し障りも出てきますし」

「大丈夫ですよ。こっちの動きを悟られるようなことはしません。明日はとぼけて出社して、社内の様子を眺めてきます。もし開発室の連中が出ているようなら、ゴタゴタの中身も推測できるかもしれません」

片山は気負って言うのだが、浅見は彼の若さやファイトが軽はずみに通じるような気がして、不安であった。何しろ、ことの始まりには「富沢春之の死」という事実がある。富沢がどうやら正義感に突き動かされていたような印象があるだけに、片山の真面目さや正義感が危ういものに思えるのだ。

浅見がそのことを言うと、片山は笑った。

「僕はそんな、浅見さんが思っているほど単純な人間じゃありませんよ」

「いや、単純だなんて思いませんが、富沢さんを殺した犯人の素性に見当がつかないでいる以上、敵はどこにいるのか、どこから現れるか、まったく分からないのですよ。くれぐれも油断しないでください」

「大丈夫ですって。僕は浅見さんみたいに、探偵の真似をする気はないです。それに、正直なところ、基本的には、僕は会社が嫌いなわけではないのです。うちの社が不正を働いていたり、いわんや富沢さんの事件に関係していたりして欲しくないですよ。だから、もし会社に不利になるような事実をキャッチした場合、ひょっとすると浅見さんを裏切って頬かぶりしちゃうかもしれない。ははは、まあ、たぶんそんなことはしないでしょうけどね。とにかく任しておいてください」

陽気に言った。

そして翌日、片山は書類を忘れたという口実を作って、出社している。夕方、浅見に電話してきて、まず第一声、「開発室の人間も出ていましたよ」と報告した。

「同期のやつじゃなく、富沢さんの下にいた人間が二人です。そのほかのセクションも、おしなべて中堅どころが出ていました。僕はしばらく社内をウロウロしてみたんですが、僕の顔を見ると、誰もが一様に胡散《うさん》臭い目つきをするんです。じつにいやな感じでしたね。あれはやはり、何かありますよ」

「その人たちは、会社に出て、何をしていたのですか？」

「それがよく分からないのです。デスクワークをしている者もいるし、書類を運んでいる者もいる。みんな不機嫌そうに黙りこくっていたし、いつも付き合っている仲間とは、とても思えませんでした。最後には総務の次長に見つかって、用事もないのに何しに来たんだって怒られました」

電話の向こうで笑っているが、内心は穏やかではないにちがいない。

「明日、もう少し探ってみます。開発室のやつと昼飯でも食いながら、それとなく話を聞いてみますよ」

「くどいようですが、あまり功を焦って、急がないでください」

「はいはい」

屈託のない二つ返事が返ってきた。

翌日、片山からの連絡はなかった。開発室の同期の人間との接触は、うまくいかなかったのだろうか。浅見の胸の内には、黒くモヤモヤした不安が広がった。

八月が終わるこの日は、風もなく、苛立《いらだ》つような蒸し暑さだった。

そしてその日、日本列島の上を、北朝鮮が発射した弾道ミサイルが飛び越えるという、未曾有《みぞう》の大事件が発生した。

第五章　テポドン

1

防衛事務次官の多田明仁のところに、防衛局長の川口元誠から「テポドン」発射の事実が伝えられたのは、八月三十一日午後一時少し前のことである。

「さきほど、米軍からの緊急連絡によりますと、午後〇時七分頃、アメリカの偵察衛星が、北朝鮮東部沿岸のテポドン付近で、弾道ミサイルが発射されたのを確認したとのことであります」

「緊急」と言ったわりには、川口の口調にはさほどの緊迫感はなかった。それは、ある程度予測されていたことであったためだ。アメリカは一カ月近く前から、すでにその付近でミサイルの発射準備が進行している事実を把握し、警戒するとともに、日本政府に対しても警告を発していた。

「そうですか、それで、発射は成功したのですか」

「一応、成功したもののようです。衛星がその瞬間の画像を送っていますから」

「着弾地点はまだ分からないでしょうね」

「その情報はまだ入っておりません。まあ、日本海のどこかということになるのでしょうが、自衛艦および船舶等からの通報も、いまのところないようです」

「その弾道ミサイルの射程はどのくらいですか」

「おそらく三、四百キロ。せいぜい飛んでも五、六百キロ程度と推定しております」

「そうすると、竹島付近までは射程に入ることになりますかね」

多田次官は壁の大地図を見ながら言った。

「だいたいそんなところです。むろん公海上であり、経済水域外なので、漁船の操業もほとんどない辺りかと思います」

「分かりました。引き続き情報が入り次第、連絡してください。当分はここにいます」

電話を切って、長官に連絡すべきか否か、多田は迷った。いつもなら政務次官の伊藤正則にまず一報するところだ。そうしないで直接、長官にコンタクトを取ると機嫌が悪い。しかしその伊藤はオーストラリア出張中であった。

防衛庁長官大脇康雄は今日、軽井沢から戻ってくるはずだ。今頃は渋滞に巻き込まれていらいらしているところかもしれない。あまり気は進まなかったが、長官秘書の携帯に電話した。

大脇は自動車ではなく、長野新幹線の車内にいた。秘書から電話を受けて多田の報告を聞くと、短く「そうか、分かった。また何かあったら電話してくれ」とだけ言った。

車内なので長話ができないのと、多田の話のニュアンスに差し迫ったものを感じなかったせいなのだろう。

　東京に着いて、大脇は自動車電話で連絡してきた。あらためて多田の話を聞いて、官房長官の村松伸一にその旨を伝え、村松から総理へと報告が上がった。

　首相の稲葉秀喜は「昼行灯《ひるあんどん》」というニックネームがある。茫洋《ぼうよう》として捉えどころのない人柄で、マスコミなどには、明らさまに「無能」呼ばわりするむきもあった。

「どうなんですか、それは大事件ですか」

　稲葉は優しい口調で訊いた。村松は、電話の向こうで小首を傾げるようにしている総理の姿を想像した。

「さようですな、弾道ミサイルが成功したとなると、将来的にはわが国への脅威となりうるものですから、もちろん楽観はできませんが、差し当たってはさほど重要視することもないと思います」

「そうですか、分かりました。それでは安全保障会議を招集する必要はありませんね。どうもありがとう」

　安心しきったように、いまにも電話を切りそうな気配だ。

「ただ、総理、一言申し上げておきますが、これはむしろ、ガイドライン見直しに結びつける、絶好の材料になるものですな」

「なるほど、なるほど」

「したがってこの際、政府としては多少、過剰な反応をして、マスコミ各社に伝えたほうがいいかもしれません」

「おっしゃるとおりですね。ぜひとも、その辺のことはよろしくお願いします」

その「政府方針」は村松官房長官から大脇防衛庁長官、多田防衛事務次官へとフィードバックされた。

すでに夕刊締切りには、ギリギリ間に合わない時刻だったので、マスコミの第一報はテレビの三時のニュースで「ただいま入った情報」として、「北朝鮮弾道ミサイル発射、日本海中部に着弾の模様」と報じただけにとどまった。もっとも、新聞各紙にとっては、むしろこれは幸運だったことになる。

テレビのニュースを眺めている多田防衛事務次官に、川口防衛局長からの電話で、思いがけない情報がもたらされた。在日米軍および自衛隊の各地レーダー等を分析した結果、「ミサイルは当初予測よりも遠くへ飛んだ可能性がある」との推測に達したというのである。

「遠くとは、どの辺りですか」

「目下、情報を整理中でありますが」

川口は狼狽ぎみの声を出した。

「たったいま入ったばかりですが、大湊《おおみなと》地方隊所属のイージス艦からの報告によりますと、着弾地点はどうやらその、三陸沖ではないかと……」

「なに？　三陸沖？……」

多田はまた地図に視線を送った。三陸沖とは、いうまでもなく日本列島の東、太平洋上である。

「日本列島を越えたというのですか」

「はあ、未確認情報ではありますが、その可能性があるとのことです」

「しかし、日本列島を越えるとなると、射程は一千キロ以上ということになりませんか？」

「そのとおりです。さらに、着弾地点が三陸沖のどの辺りかにもよりますが、ひょっとすると、射程は一千数百キロに及ぶものと考えられます」

「まさか……」

あの北朝鮮が――と思った。長引く経済封鎖と飢餓に喘いでいるあの小国が、そんな技術力を保有しているとは、信じられない。

「誤報じゃないでしょうね」

「それはないと思いますが、なお確認を急ぎます」

「そうしてください」

ドアをノックして、寺尾秘書官が顔を覗かせた。しばらく前からノックしていたとみえて、電話中の多田を見ると、恐縮したように頭を下げた。

「何かね？」

受話器を置きながら、多田は訊いた。

「はい、最前のテレビニュースに関連しまして、記者さんたちが次官に会見を求めておりますが、いかがいたしましょうか」

「そうだな、受けないわけにはいかないだろうね」

多田が記者会見用の会議室に行くと、いつもの倍ほどの報道陣が詰めかけていた。クーラーも効かないほどの熱気である。

「お待たせしました。北朝鮮――朝鮮民主主義人民共和国の弾道ミサイル発射実験については、先程、発表したとおりで、なお引き続き情報の収集に努めているところでありますが、何かご質問が？」

ふだんどおりの事務的な顔で言った。幹事社の代表質問が、射程や着弾地点、被害の有無などの事実関係を確認してから、各社の任意の質問に入った。

「北朝鮮のミサイルはわが国防衛にとって、重大な脅威だと思いますが、それについて政府および防衛庁として、どう対応するのか、まずその点をお聞かせください」

「そうですね、脅威であることは事実です。しかし、現時点では北朝鮮の真意がどのようなものであるのか、推測の域を出ておりませんので、にわかに対応策をうんぬんすることは控えさせていただきます。ただ、一般論としていえば、北朝鮮の軍事技術のレベルが予想以上であることには、警戒しなければならないと考えております」

「将来、北朝鮮のミサイルが、日本本土に到達する可能性もあるのではありませんか」

「たしかにそれは否定できません。そういう軍事力の拡大に向かわないよう、平和的政治的な交渉を粘り強く行なってゆくのが、わが国の一貫した方針であります」

「しかし、そんな呑気なことでいいのでしょうか。北朝鮮はすでに核弾頭の開発に着手しているという情報もあります。近い将来、核弾頭つきミサイルを保有する可能性もあるのではありませんか」

「ですから、そうならないよう、政治解決を模索しているところです。すでに米国および中国、韓国、北朝鮮の四カ国による定期的な会談が行なわれており、わが国も含め、周辺各国も協調して、北朝鮮問題を可及的速やかに、かつ平和裡に収束したいと考えております」

「わが国自衛隊として、何らかの対抗措置を講じるということはないのでしょうか」

「当面、何か行動を起こすということは考えておりません。しかし、政治的、軍事的な国際情勢の変化に対応して、防衛力の整備を行なうというのは、むしろ当然のことでありまして、とくに日米防衛協力のための指針――いわゆるガイドラインを見直すことにつきましても、そういったことに配慮する必要があろうかとは考えられます」

「日米安保の強化ということですか」

「いや、そうは言っておりません。現在の防衛計画では、弾道ミサイルについての対策が万全とはいえませんので、それに対する配慮が必要となってくるものと考えるのです」

「具体的にはどういうことですか」

「それは現時点では申し上げる段階ではありません」

「たとえば、バッジシステムを再構築するといったことでしょうか？」

「そうですね、あるいはそういうこともあるかもしれません」

「パトリオットのような迎撃ミサイルを設置するといったことはどうでしょう？」

「まだそこまでは検討しておりません。では、この辺でよろしいでしょうか？」

まだ質問し足りない者もいたが、多田は強引に会見を切り上げた。

記者会見が行なわれている裏側では、新たな情報が時々刻々と入ってきて、防衛庁内は混乱を極めていた。

大脇防衛庁長官は午後四時過ぎになって庁内に入った。ただちに長官室に多田事務次官と川口防衛局長、それに熊川防衛審議官を呼び、対応策を講じた。幹部を糾合《きゅうごう》しようとしたのだが、驚いたことに、午後になって、各部局の長クラスがほとんど外出しているという。防衛庁としての対応が遅れた理由の一つには、そのこともあった。

「何をやっているんだ」

大脇長官は苛立った。まだ夏休み気分が抜けないのか——と、怒鳴りつけたいところだが、当の大脇自身がついさっきまで軽井沢で静養していたのだから、あまり強いことも言えない。

「すでに連絡は取りましたので、間もなく集まってくると思います」

多田は脇の下に冷や汗を掻きながら、取りなした。

三々五々、帰庁した幹部連中が会議室に集まって、とにもかくにも事態を把握したのが午後五時。ようやく午後六時になって初めて、大脇長官はマスコミに対し、「北朝鮮弾道ミサイルは太平洋に着水したもよう」と示唆している。

この時点では、マスコミの反応もいま一つ緊迫感に欠けていた。「太平洋に着水」というイメージが、何となくピンとこなかったためかもしれない。

しかし、少なくとも防衛庁当局は「太平洋着水」の持つ意味の重大さを認識している。何しろ、北朝鮮のミサイルが日本国全土を射程内におさめたのである。

大脇防衛庁長官は多田事務次官を伴って首相官邸を訪れた。村松官房長官もすでに待機していた。稲葉首相は相変わらずの笑顔で、「これは大変なことになりましたな」と言っている。

「国民は、その事実を知ったら、かなり動揺するでしょうなあ」

「おっしゃるとおりです」

村松官房長官は陰鬱な顔で頷いた。

「現実にミサイルの弾頭が日本国民の頭上を飛び越えたのですからな。まかり間違えば、領土内に落下したかもしれません。これがもし、本物の核弾頭であったりすれば――と考えると、背筋がゾーッとします。いや、核でないにしても、落下すれば当然、被害が出ることも想定されます」

「太平洋上ということですが、正確な着弾点はまだ分かっていないのですか?」

「はあ、いまだに特定するにいたっておりません」

大脇防衛庁長官が答えた。

「いずれにしても、北朝鮮政府に対して抗議声明を発すべきかと思います。とくに日本列島を飛び越えたとなれば、官房長官が言われたような危険が想定されるわけですから、厳重に抗議をし、何らかの対抗措置を講じるべきかと考えます」

「そうですね。それでは、とりあえず北朝鮮への抗議を発するとして、官房長官、国民に対する発表のほうはどうしますか」

「そうですな、着弾地点が確定するまでは待ったほうがいいでしょう。場所がどこであるかによっては、いたずらに国民の不安を煽り、パニックに陥る結果に繋がりかねませんし、関係省庁間で対応を協議する必要もあろうかと思います」

たしかに、弾頭が日本列島を飛び越えたということは、北朝鮮の指導者がその気になれば、ボタン一つで東京も大阪も沖縄の基地も、ミサイル攻撃にさらされる危険性があると立証されたことを意味する。おまけに、北朝鮮の指導者なるものが、「その気」になる可能性を十分、予感させるキャラクターだけに、その脅威は現実味を帯びている。

それにしても、「ミサイル」問題では国民よりまず、日本政府がパニックに陥ったといったほうが当たっているかもしれない。

結局、防衛庁はすでに「着水地点は三陸沖」という事実を掴みながら、なお公式発表を重ねるばかりで、国民に知らせる作業は放置されたままであった。

そして、その「協議」の最中、隣の韓国のテレビ局が「北朝鮮弾道ミサイルが日本列島を飛び越え、三陸沖に着水」と放送してしまった。おまけに、韓国政府が、着弾地点を「北緯40度11分、東経147度50分」と、きわめて正確に推定し、発表した。日本時間の午後八時のことである。

日本国民はおろか、マスコミにとっても、まさに寝耳に水の衝撃的なニュースであった。防衛庁はその発表を裏付けるために、海上自衛隊の艦艇や航空機を出動させているが、その後の情報の収集、分析、発表も混乱をきわめた印象は否めない。

ミサイル発射から半日経った午後十一時十五分、防衛庁の熊川防衛審議官が記者会見で初めて「真実」を伝えた。そして日本政府を代表する「報道官」である村松官房長官が、国民に向けて正式に、状況を確認した旨を報じたのは、なんと、「事件」から一日置いた九月二日の朝のことである。

マスコミは国内はもちろん、海外の報道機関も、挙げて、日本国政府の対応の鈍さ、危機感の希薄さを批判、あるいは冷笑した。とくに防衛庁の無能ぶりは目を覆うばかり

——と非難の対象になった。

2

西嶺通信機広報室の片山誠司が、出勤直後に室長の佐々木に呼ばれたのは、九月三日のことである。

「バッジシステムの強化をアピールする原稿を、急いで作ってくれ」

佐々木はデスクの上に必要資料をドサッと置いて、言った。

「今度の『せいれい』に間に合わせてもらいたい」

『せいれい』というのは、西嶺通信機がマスコミと顧客用に毎月発行しているPR誌の名前である。

「えっ、今度のといいますと、九月二十日発行の分ですか？　しかし、それはすでに昨日、校了しましたが」

「だから急いでくれと言っている。印刷をストップして、新原稿に差し替える。差し替えが難しければ、増ページしてもいい」

「分かりました。とにかく印刷はストップをかけます」

電話すると、印刷会社は作業日程が狂うと文句を言った。注文順に印刷機のスケジュールを組んでいるのだそうだ。一つ予定が狂うと、やり繰りが面倒くさいらしい。そこをなんとか——と頼み込んで、校了を三日間、延ばしてもらった。

「バッジシステム」というのは「自動警戒管制組織」のことで、外国から飛来する敵機などを監視する「目」と、危険とみれば迎撃する「腕力」から成っている。

監視する「目」の細胞は、陸上にはネットワークで結ばれたレーダーサイトが二十八箇所、海上には、四隻のイージス艦、そして上空には空中警戒管制機のＡＷＡＣＳが展開している。

敵機を撃ち落とす「腕力」のほうは、イージス艦のミサイルのほか、迎撃戦闘機、地対空ミサイルなどを組み合わせて、各部隊が一斉攻撃を加える。

この「目」と「腕力」がリンクして作動することが「バッジシステム」に課せられた使命なのだが、北朝鮮の弾道ミサイル実験に対して、これがまったく役に立たなかった。韓国のテレビ局が、着弾点を放送するまで、その位置を特定できなかったのである。「腕力」を揮《ふる》うどころか、どこに相手がいるのか、さっぱり「目」が見えていないのだから、話にならない。

「今回の弾道ミサイル問題は、バッジシステムを一新すべしという、かねてよりの主張を具現化する、千載一遇のチャンスと受け止める――というのが、防衛庁の見解なのだ」

佐々木室長はそう言った。

冷戦終了後、防衛予算の増額は大義名分を失った感がある。中国と台湾の軋轢《あつれき》も、当面、緊急性はなさそうだ。防衛力の強化どころか、国民やマスコミのあいだでは、沖縄駐留の米軍基地を縮小すべしという声さえ強まっていた。

ところが、幸か不幸か、隣国北朝鮮の脅威が現実のものとなって、新たな緊張状態が生じた。おまけに、成層圏のはるか上空から飛来する弾道ミサイルに対応するには、発射した瞬間を捉え、弾道と着弾点をいち早く計算し、迎撃ミサイルを発射しなければならない。そのためには、従来のバッジシステムにとって代わる、より精緻《せいち》で、より強力な新システムが必要不可欠である。

その防衛庁の意向は、「調本」と略称される防衛庁調達実施本部の谷中隆《やなかたかし》副本部長から、内密に伝えられたものだという。

むろん、西嶺通信機としては、その「チャンス」に便乗するにやぶさかでないどころか、もしバッジシステムを再構築するようなことになれば、関係機器の受注量は膨大なものになる。システムの「目」にあたる部分のほとんどに西嶺通信機の技術と製品が充当されるはずだからだ。

片山はリポートを纏《まと》めるためのレクチャーを、製造部開発室長の藤本茂樹から受けた。いうまでもなく、死んだ富沢春之の上司である。藤本は富沢の葬儀のとき弔辞を読んだが、途中で嗚咽《おえつ》が止まらず、絶句したまま立ち往生した。社内で富沢のために心から泣いた人間は、片山と一部の女子社員を除けば、たぶん藤本ぐらいなものだったろう。

もともと温厚で人当たりがよく、仕事上、ふだんから話をする機会の多い片山には好意的な藤本だが、この日はひどく不機嫌な様子に見えた。しかし、それは疲れのせいであることが分かった。

「二日間の休みを棒に振ったからね」

藤本は苦笑しながらぼやきを言った。週末の土曜、日曜、駆り出されたメンバーの中に入っていたらしい。「きみのところは関係ないからいいよな」とも言った。たしかに、本社内では広報室を除くほとんどのセクションが休日出勤を発動されている。

「何か緊急の仕事でもあったのですか？」

「ああ、まあな。大掃除だよ」

「大掃除……」

年度末でもあるまいし、ただの冗談かと思ったが、藤本の顔は笑っていない。「なるほど」と、片山は頷いて、ズバリ、ヤマをかけてみた。

「つまり、証拠隠滅ですね」

「おいおい」

藤本は頬を歪めて、周囲を見回した。

「人聞きの悪いことを言うなよ。おれの前だからいいが、外部にそんな話を洩らしたら、これもんだぞ」

右手でチョンと首を切る真似をして、クギを刺すように言った。

「無用の書類を焼却したということだ」

「分かっております」

片山は神妙に頭を下げた。

いずれにしても、急遽《きゅうきょ》、「大掃除」をしなければならなくなったというのは、近いうちに、国税庁か警視庁かどこか知らないが、何らかの査察が入るという情報を得たからにちがいない。（何だろう――）と、詮索好きの虫が騒いだが、これ以上の追及は、それこそクビに繫がりかねない。

「ところで、バッジシステムの件ですが」

本題に移った。

「ああ、『せいれい』に出すそうだね。千載一遇のチャンスというやつか。しかし、新システムの話は『テポドン』が上がる以前、大掃除の最中に出ていた。結果的に、休日返上も無駄ではなかったことになるかな」

「あ、そうなのですか。ウチの室長の話ですと、たしか、防衛庁の意向だとか」

「そうだよ。調本の谷中さんからの指示だ。これももちろん、極秘だからそのつもりでいてくれよ」

「大掃除」の最中に、藤本室長が防衛庁調達実施本部の副本部長と密談する機会があったというのは、どういう状況なのか、片山は想像を巡らせた。

（そうか、防衛庁がらみか――）と思い当たった。

日曜日、片山が様子を窺いに会社を覗いたとき、必ずしも休日出勤の全員が社内にいたというわけではなさそうだった。もし防衛庁がらみの書類を処分したのであるなら、社員の一部――とくに幹部クラスは防衛庁へ出向いて、防衛庁との共同作業に従事した可能性がある。

考えてみれば、証拠隠滅を図る場合、一方の西嶺通信機だけが書類を焼却しても意味がない。取引先である防衛庁の書類と相互に関連させて行なわなければ、むしろ証拠隠滅工作があったことを、立証する結果になってしまう。

西嶺の幹部連中はその日、防衛庁に出向いて、先方と協議しながら、書類や帳簿の改《かい》竄《ざん》と焼却を行なったにちがいない。

表面上はさりげなく会話を交わしているものの、片山の内心は極度に緊張した。いったい、彼らはどのような「証拠」を隠滅したのだろう。それが露顕した場合には、どのような波紋が広がるのだろう。

片山の脳裏には、利尻で死んだ富沢春之のことが浮かぶ。富沢はその「証拠」をキャッチしていたのだろうか。

富沢は技術屋であり研究開発セクションの幹部社員であるけれど、広報の片山なんかに較べれば、社内の機密事項に関しては、はるかに精通していたはずだ。防衛庁と西嶺通信機との繋がりの中で、どのような不正が行なわれたのか、富沢の立場なら何かを摑んでいたとしても不思議はない。

藤本開発室長の話はそれなりにメモも取ったが、ほとんど上の空で聞いていたような気分であった。話の内容は「戦域ミサイル防衛（ＴＭＤ）構想」に関するものだ。

「TMDのことは、きみも知ってるだろ」

「はあ、一応、知ってはおりますが、『せいれい』の読者は一般主婦層まで含まれますので、素人に理解できるように解説していただければありがたいです」

「そうか、それじゃ嚙《か》み砕《くだ》いて解説するか。TMDとは『Theater《シアター》 Missile《ミサイル》 Defense《ディフェンス》』の略だ。『劇場《シアター》』というのは、戦争のときの戦場を意味している。つまり、戦闘状態にある地域を、広くミサイルで防御するという戦略のことだな。防衛庁の構想は、従来のバッジシステムをTMDに移行しようというのだが、しかし、これにはバッジシステムとは比較にならない、膨大な経費がかかる。なにしろ、宇宙の彼方のようなところからものすごい速度で飛来する弾道ミサイルを捕捉し、迎撃するシステムだ。金もかかるし、しかも相当に難しい。じつをいうと、現在の技術力では、本家本元のアメリカでさえ困難とされているくらいなものだ。たとえば、敵のミサイルが発射された瞬間を捉える偵察衛星を打ち上げるだけでも、巨額の予算を伴う。しかも、衛星の寿命はわずか四年にすぎない。

　かりに衛星がミサイルの発射をキャッチできたとしても、成層圏の上から、秒速三キロ——時速一万キロでふっ飛んでくるミサイルを、百発百中撃ち落とすことは不可能に近い。アメリカ陸軍でその迎撃システムを実験した結果、五回連続で失敗している。五百人規模の監視部隊を編制し、二兆円の予算をつぎ込み、さらに毎年五千億円をメンテナンスに消費し続けても、その効果は万全とはいえなかったのだ。

　とはいえ、難しかろうが金がかかろうが、弾道ミサイル攻撃から領土を守るためには、国としてはいずれＴＭＤを具現化しなければならない。リポートを書くとしたら、そこのところを骨格にしてもらいたい。国家および国民の安全を保障する新システムとして、ＴＭＤ構想の実現は一刻も早く急がなければならないということだな」

「分かりました。ところで、ＴＭＤ構想を実行に移すことになったと仮定しますと、わが社の受注量は金額にしてどのくらいになるものでしょうか？」

「おいおい、まさか、そんなことまで書くつもりじゃないだろうな」

「もちろんです。あくまでも参考までにお聞きしておこうと思いまして」

「まあ、はっきりした金額までは言えないが、理論上、システムの半分は監視と索敵技術ということだから、その方面を受け持つわが社に対しては、予算面でもそれに近い金額が配分されるのだろう。ＴＭＤは現在のバッジシステムの倍以上の規模といわれる。わが社に限ったことでなく、防衛産業に関わる企業にとっては、正直いって、きわめておいしい話——というのが実感だな」

「なるほど。ということですと、北朝鮮の脅威をより効果的に演出して、防衛力増強への国民のコンセンサス形成を促す、これは絶好のチャンスというわけですね」

「そういうことだ。それについては、わが西嶺通信機の技術力で十分に対応できると、その点を強調してもらいたい」

「すでに技術開発は進んでいるのですか」

「そう考えてもらっていいよ。もちろん極秘事項に属すけれどね。むしろ遅れているのは迎撃ミサイルのほうだ。さっきのアメリカの例でも明らかなように、結局はミサイルでミサイルを撃ち落とすのは不可能なのかもしれない。それよりも、レーザーで敵ミサイルの頭脳を破壊するという方法のほうが、実現性がありそうだね。そうなると、わが社の通信技術にまた新たなチャンスが生まれる」

藤本はSF好きの少年のように、眸《ひとみ》を輝かせた。

この人のいい開発室長には「凡庸」という評価のあることを、いつだったか、片山は小耳に挟んだ。年齢的にいえば、そろそろ取締役の声がかかってもおかしくないのだが、いまだに製造部内の一セクションの長でしかなく、しかも、実際の業務は亡き富沢をはじめとする実力ある若手に委ねて、自分はほとんど判子をつくだけ。

「あのぶんじゃ、早晩、窓際だよな」と、悪意のこもる噂だった。

しかし、富沢が片山に語ったのは、それとはニュアンスが違った。藤本室長は、若手が自由に研究できる環境を作る、有能な管理者だというのである。表面上の性格は温和で正直だが、内に秘めた闘争心や権謀術数は相当なものだと、富沢は言っていた。

話を切り上げるついでのように、片山はさり気なく言った。

「そういえば、富沢さんの事件のほうは、その後、どうなったのでしょうか」

「ん?……」

藤本は怪訝そうな目を片山に向けた。

「どうなったとは？」

「警察の捜査は結論が出たのでしょうか」

「結論？……」

目を点のようにしている藤本の様子を見るかぎり、彼はあの「事件」について、何の疑念も抱いていないらしい。

「あ、室長はご存じなかったですか。富沢さんの死について、警察はまだ捜査を継続しているとか聞いたのですが」

「それは本当かね。あれは自殺ということで決着がついたのじゃないのか」

「ええ、一応そういうことになっていますが、なおも捜査は続いているようです」

「ふーん……きみはそれを誰に聞いた？」

「マスコミ関係の人間です。もっとも、連中の言うことはあてになりませんから、こっちも話半分に聞いてました」

「しかし、ただのでたらめでそんなことを言うとも思えないが……何か根拠のある話なのかな？」

「まさか、今度の大掃除と関係があるなんてことはないでしょうね」

片山は笑いながら言ったが、藤本はそれとは対照的に深刻そうな表情で、キョトキョトと視線を動かし、最後に天井の一角を見据えてから、ジロリと片山を睨んだ。

「おい、そんなことはおくびにも出すな。さっきも言ったとおり、たちまちこれだぞ」

また首を切る仕種をして見せた。片山に大掃除の話をしたことを、強く後悔しているのが、ありありと見えた。

しかし、それと同時に、藤本の表情からは、何かに思い当たった気配が感じ取れた。片山が「大掃除と関係がある」と冗談を言った瞬間に、猛烈なスピードで計算するように、落ちつきなく視線を動かしたのは、記憶の断片を拾い出していたのかもしれない。

「では失礼します」と片山が退出する挨拶を送ったのにも、藤本は一瞬、気づかず、慌ててお辞儀を返した。

3

翌日までに、片山はPR誌『せいれい』のための新原稿を纏《まと》めた。「新ミサイル時代の防衛システム」というタイトルにした。原案では「北朝鮮弾道ミサイルの脅威と防空システム」というセンセーショナルなものだったが、仮想敵国を名指しするのはまずいと、総務からクレームが入ったために、ごく一般的なおとなしい表現にとどめたのだ。

それと、その日になって、北朝鮮当局が表向き、「人工衛星打ち上げ成功」と発表し、国内外にニュースを流していることもある。それを受けて、アメリカ側も「人工衛星の打ち上げ失敗」の可能性を示唆する発表を行なっている。

相手が北朝鮮だから、真相は不明である。しかし、目的が人工衛星であろうとミサイルだろうと、ロケット開発実験であることと、わが国が北朝鮮のミサイルの射程に入ったことに変わりはない。日本政府の論調は「弾道ミサイル」一辺倒。『せいれい』のリポートもそれを丸のまま受けた形で、タイトルどおり、新ミサイル時代の脅威に対応するシステムの開発と整備をテーマにした。

印刷所に入稿して、片山は開発室に藤本室長を訪問した。「取材」のお礼を言い、よければお茶ぐらいご馳走《ちそう》するつもりだった。もっとも、それは口実で、本心はお礼に名をかりて「大掃除」の真相にもう一歩近づきたいということだ。

片山の顔を見ると、藤本のほうから声をかけた。「どうだ、今晩、飯でも食うか」というのである。あまりにも願ったり叶《かな》ったりなので、多少、薄気味悪い気がしながら、片山は二つ返事で受けた。

藤本は池田山の住宅街の中にある、「ヌキテパ」というおかしな名前の、魚介類を中心とする南仏料理の店を奢《おご》ってくれた。店の中がガラスの壁で仕切られて、いくつかのブロックに分かれている。店のあちこちに花が飾られ、女性客に人気がありそうだ。

片山はあらためてリポートの礼を言った。

「なに、役に立てばそれでいい」と藤本は上機嫌でワインを頼み、メニューの中から勝手に料理を選んで注文した。

「ところで、きみが富沢君の事件のことを聞いたという、マスコミ関係の人だけどね」

ウェイターが行ってしまうと、藤本はすぐに話を切り出した。

「どこの社の人間かね？」

「フリーだそうです。いわゆるルポライターという立場じゃないかと思いますが」

「信用できる人物かな」

「さあ、それはどうか分かりませんが、私の感じとしては、その話には信憑性があるような気がしました。根拠もなしに、そんな話をするはずもないと思いますし」

「なるほど……どうだろう、その人にいちど会わせてもらえないかな」

そうか、それが目的のご馳走だったというわけか——。

「いいですよ、先方の都合さえよければ、いつでもご紹介します」

「そうかね、いや、警察がまだ動いているとなると、やはり気になるもんでね」

どことなく言い訳がましい口調で言って、藤本は意味もなく笑った。


浅見光彦が藤本開発室長と会うことになったのは、その二日後である。片山が電話でこっちの意向を訊いてきたときに、すぐに了承した。

「浅見さんの名刺を見せましたが、構わなかったでしょうか」

片山は不安そうに言った。構わないこともなかったが、いずれは分かることだ。

指定された場所は「ヌキテパ」。何度も聞き返して、どういう意味なのか訊いたが、片山も知らないそうだ。

「電話した日に開発室長に初めて連れて行ってもらったんですが、これがなかなか旨い店なんです。もう一度その店の料理を食いたいもんだから、そこにしました」

電話の向こうで、片山は呑気そうに言っていた。

浅見はしかし、浮かれ気分というわけにはいかない。藤本なる人物がどういうキャラクターで、どういう目的で会いたがっているのか、なかば期待し、なかば警戒を要する。とはいえ、片山という唯一の手駒《てごま》が動いて、敵陣の駒――それも金将か銀将か、ひょっとすると飛車角か、かなりの大駒を引き出したことは望外だった。

店の雰囲気のよさも、片山の前宣伝どおりだったが、藤本という人物も聞いていたとおり、風貌も語り口も温和な気のよさそうな印象を受けた。

初対面の挨拶を終えると、藤本はこの店の味自慢など、とりとめもないことを語るばかりで、肝心の用件はなかなか切り出さない。その間に次々と料理が運ばれてきた。

材料のほとんどは、東京湾や相模湾でとれた魚介類という話だ。最初に真っ黒に焼けた大きなハマグリが出た。中身もやや色が変わる程度に火が通っていて、ほどよく味がしみて、香ばしい。それからスープが出て、タイのポアレやらイカのソテー……と、食い気ばかり盛んで、料理の名前に詳しくない浅見を悩ますような料理が少量ずつ出て、いつの間にか満腹状態になった。

それなりにソツなく会話を交わしていながら、デザートが出るまで、結局、藤本は何も用件らしいことは口にしなかった。しかし、最後のコーヒーを飲み終えたとき、片山に向かって、「悪いが、きみは先に帰ってくれ」と言った。

片山は面食らった様子だが、浅見の表情を読むと、すぐに心得顔で「では、お先に」と引き揚げた。

食事を始めた頃はほぼ満員だった店の中は、客の数が疎《まば》らになっていた。

「浅見さんは、富沢君の事件のことに、いろいろ詳しいのだそうですね」

藤本は煙草に火をつけながら言った。

「われわれは自殺だと聞いているし、ニュースなどでもそのように報じていますが、片山から聞いた話ですと、警察はまだ捜査を継続しているとか……それは事実ですか？」

「事実です」

浅見は躊躇《ちゅうちょ》なく認めた。

「というと、具体的には、殺人事件の疑いがあるということですか」

「そうでしょうね。それ以外に捜査を継続する理由は考えられませんから」

「しかし、本当ですかねえ。警察は私のところにも事情聴取にきて、いろいろ話を聞いて行きました。自殺の動機だとか、他人の恨みを受けていたようなことはなかったかとか、しまいには私のアリバイまで訊かれたが、それは単なる形式であって、殺人の可能性があるなどという話はしておりませんでしたよ。マスコミにしたって、どの社もそんなことは言っていないようですが」

「もちろん、警察も公式には自殺と発表しています。現地の稚内署にも捜査本部があるわけでもありませんし、表立って捜査を進めているようにも見えないかと思います。僕はたまたま、ある筋からの情報として、継続捜査が行なわれていることを知りました」

「なるほど、ある筋ですか……それで、容疑者等は浮かんでいるのですか？」

「そこまではまだ行っていないようです」

「ふーん……どうも、そういう状況だと、浅見さんにそう言われても、にわかに信じがたいものがありますけどねえ」

「それは失礼ですが、藤本さんがご存じないのであって、社内の一部の方々はその動きのあることを察知していると思いますよ」

「ほう、そうですかね」

藤本は鼻白んだ様子を見せた。自分だけカヤの外に置かれていると言われては、あまり愉快でないのだろう。もっとも、現実に警視庁の内偵が行なわれているのは経済事犯がらみの容疑についてであって、富沢の「事件」とは無関係だ。その「捜査」に関して開発室長の藤本が知らないのは当然だし、ひょっとすると、総務や経理部内でも、気づいていない人間がいるかもしれない。

「浅見さんにどうしてそんなことが分かるのです？　私でさえ知らないことを、外部の人間であるあなたが、知っているとは思えないですがね」

「それでは逆にお聞きしますが、富沢さんの自殺の原因とされている『不正』とは、いったい何だったのか、直属の上司であるあなたは、当然ご存じなのでしょうね」

「ん？……」

藤本開発室長はグッと言葉に詰まった。

「おそらくその件については、総務部あたりから警察に伝えられた話だと思います。もしそれが事実だとすれば、藤本さんも、管理者としての責任を問われたはずですが、いったい『不正』とはどのような性質のものだったのでしょう。背任ですか横領ですか」

「それは、私が直接、調べたわけではないですが、総務のほうからは、背任だと聞いております」

「具体的には、どのような背任行為があったのでしょう？」

「いや、具体的なことについてまでは聞いておりません」

「なぜお訊きにならなかったのですか？」

「私は訊きましたよ。だが、教えてはもらえなかった。破廉恥罪にあたるものであり、遺族の名誉にも差し障るし、また会社にとってもイメージダウンに繋がるので、極力、事実関係は秘匿するという話でした。その代わりといっちゃなんだが、私の責任についても、罪一等を減ずるということで」

藤本は自嘲《じちょう》するような笑いを浮かべた。

「なるほど。それで内部的には一件落着だったのでしょうね。しかし警察はそれで満足したわけではなかったのです。背任行為が具体的に何なのか、密かに調べを進めていたにちがいありません。ということはつまり、会社側が動機として挙げた『背任行為』それ自体に疑問があるからだと思います」

「じゃあ、背任などなかったと？」

「そうです。僕が調べた限り、富沢さんはそういう不正を働くような人ではないと思うのですが、藤本さんはどうですか？　長年のお付き合いを通して、富沢さんがそんなことをする人物かどうか」

「それは……もちろん、彼はそんな人間ではないと信じていましたよ。しかし……そうですか、背任の事実はなかったか……となると浅見さん、ウチの総務が警察に対して嘘をついたということですか」

　声をひそめ、嚙みつくような顔で言う藤本に、浅見はゆっくり頷いてみせた。

「もちろん、僕がこう言ったからといって、お信じになるならないは藤本さんの自由ですが」

「いや」と、藤本は首を振った。

「信じるつもりで、ここに来ましたよ。浅見さん個人なら一笑に付すところですが、あなたの背後にいる方のことは、信じないわけにいかないでしょうからね」

　意味ありげな微笑を浮かべて、浅見を眺めた。

「そうですか、やはりお調べになったのですか」

　浅見はあっさり認めた。片山からの電話のあと、中一日あれば、浅見が「刑事局長」の係累であることを調べるくらいは、そう難しくなかったにちがいない。

「ただし、僕の背後に何かがあるようにお考えになっているとしたら、それは誤解です。

僕はあくまでも単独で事件の真相を追っているだけですから」

「まあいいじゃないですか。どっちにしたって、あなたの素性の確かさを証明することに変わりはないのですからな」

藤本は年長者の貫禄《かんろく》を誇示するように、心なしか胸を反らせた。

「それと、この件については私だけが知っていることで、会社にはもちろん、片山にも話してはおりませんので、ご心配なく」

浅見は黙って頭を下げた。何はともあれ、そうしてくれたほうがありがたい。そう思いながら、（しかし――）と、奇異な感じがしないでもなかった。片山に対してはともかく、会社に対しても、こういう「怪しい」人物が接触してきていることを隠しておくという、その理由に不審を抱いた。

「かりに富沢君が殺されたのだとして」と藤本は言った。

「その根拠となるものは何なのですか？　それと、警察の捜査の状況はどの程度まで進んでいるのか、殺害の動機だとか、犯人の目処《めど》がついているのかどうか、差し支えなければ教えていただけませんか」

真っ直ぐにこっちを見つめる藤本からは、真摯な気配しか伝わってこない。警察がすでにアリバイ調べまでやっていることからいって、彼が犯人である可能性はまったくないものと仮定しても、どこまで手の内をさらけ出していいものか、浅見は迷った。結局、警察当局が掌握している事実関係だけを伝えることにした。

「僕はそれほど事件に精通しているわけではありません。それに、もし動機が特定されれば、容疑者も浮かんでくるはずですから、その点から見ても、警察の捜査が難航していることだけは確かです」

その「難航」の様子を、稚内と利尻島での捜査状況を明らかにすることで、伝えた。稚内全日空ホテルに宿泊していたときの富沢の様子。利尻富士登山口までタクシーが運んだ以降、目撃情報がまったくないこと。事件当日、島を発着するフェリーの乗客を洗った結果からも、ついに不審者は浮かび上がらなかったこと……。

「そうですか……いや、私も以前、仕事で稚内へ行ったついでに利尻に行きましたが、あの時期はまだ観光シーズンというわけではないにしても、フェリーの乗客の人数は相当なものだと思いますよ。警察はその全員をシロと断定できたのでしょうか？」

たまに相槌を打つ以外は、黙って浅見の話を聞いていた藤本が、そのときは不思議そうに訊いた。

「断定できたと言ってます。かなり時間をかけて、漁船まで調べたそうですから、その点は信じてよさそうです」

「だとすると、外部の人間の犯行ではないということですか」

「かといって、島内の人間の犯行とも考えられないようです。行きずりの犯行だとか、喧嘩による殺人だとかいう性質のものでなく、明らかに計画的な犯行ですからね」

「それじゃ、要するに、手掛かりはまったくないみたいじゃないですか」

「手掛かりと言えるかどうか、一つだけあることはあります」

「ほう……それは？」

どうしようか、浅見は迷った。二つの「ダイイングメッセージ」の内の、どちらを伝えるべきか——。

「富沢さんが利尻へ行く前に、ある人物が聞いた富沢さんの言葉があります。『バレるかもしれない』というのですが、独り言のようなものだったので、それが何を意味しているのかは分からないのだそうです」

「ほうっ……」

藤本は眉をひそめ、口の中でその言葉を反芻《はんすう》した。目に光が宿ったように見えた。

「そのある人物とは誰のことですか？」

「いや、とくに誰というのではなく、たとえば行きつけの店の従業員とか、その手の人が小耳に挟んだ程度のものでしょう」

「ふーん……クラブの女性とか、ですか？」

「分かりません。たとえばの話です」

「そうですか、バレるかもしれないですか。なるほど、そういうことかな……」

何かを思いついたように、独り合点をしている。

「お彼岸が過ぎたら一緒に住まない？」

と貴代美は言う。

「いつまでも春之の思い出に浸っているわけにもいかないでしょう。どこかへ働きに出るにしても、悠《はるか》や歩《あゆみ》のこともあるし。それにね幸恵さん」

貴代美は前かがみになって、真剣な眼差しを向けた。

「あなただって、まだ若いんだし、あなたが望むんなら、春之や私に遠慮しないで、再婚しても構わないのよ」

「そんな……」

幸恵は絶句したが、貴代美のそういう心遣いは嬉しかった。富沢が亡くなってから四カ月になろうとしている。再婚などはもちろん考えもしないが、いつまでも蓄えだけを頼りにしていないで、新しい生計の方途を考えなければならない時期であった。

かといって、この不景気である。北区役所で、以前のように嘱託で雇ってくれるものかどうか分からない。富沢の上司だった藤本開発室長が、「もし困ったことがあれば、いつでも相談にいらっしゃい」と言っていたのを、本気で頼りにしていいものかどうか、思い悩んだ。

4

その矢先、藤本からの電話で、「お彼岸なので、仏様にお線香を上げにお邪魔したいのですが」と言ってきた。幸恵はそのとき、冗談でなく（仏様のお引き合わせ——）と思った。

藤本は泉屋のクッキーを手土産にやって来た。結婚して間もない頃、富沢がときどき泉屋のクッキーを買って帰るのを、藤本は冷やかしたことがあるそうだ。仏壇にお線香を上げてから、そういった幸恵自身が忘れていた思い出話を語った。

それから、その続きのようなさり気ない口調で、「妙なことを訊いて、お気を悪くされると困るのですが、富沢君には浮気のようなものはなかったのでしょうね」と言った。冗談めかした笑顔を見せてはいるけれど、幸恵はその笑顔の裏に、ドキリとするような深刻な気配のあることを感じた。

「いいえ、ぜんぜんそれらしいことはなかったと思いますけど……でも、それは、私が知らないだけで、本当はどうだったのか、分かりません」

その不安は幸恵も漠然と感じていただけに、元の上司がわざわざ出向いて来て、たとえ冗談とはいえ、そう言うからには、やはりあの勘は当たっていたのかもしれない。

「あの、室長さんは何かご存じですの？」

「いや、そういうわけじゃないですがね。富沢君はハンサムだし、東大卒のエリート社員でしたから、女性にもてても不思議はないと思ったのです。しかし、私と違って、富沢君は真面目でしたからなあ。おそらく奥さんひと筋だったのでしょう。それを確かめて安心しましたよ」

　藤本はそう言って笑った。なんとなくそらぞらしく聞こえる笑い声だった。本人は安心したと言っているが、幸恵に対しては安心させるどころか、深刻な疑いを増幅させる効果があった。

「もし、そういう女の方がいらしたら、教えていただけませんか」

　幸恵は努めて平静を装って言った。

「いえ、いらしたからといって、いまさら何とも思いませんけど。ただ、その方ももしかすると、主人のことを悲しんでいてくださるかしらって……なんだか戦友みたいな気持ちと言いましたら、おかしいでしょうか」

「なるほど、戦友ですか……」

　藤本は笑わず、口を窄《すぼ》めるような顔で、テーブルの上のあらぬ一点を見つめた。

「やっぱり、ご存じなんですね？」

「いや、そういうわけではないですがね。ちょっと気になることはありました。といっても、べつに富沢君の女性を知っているとか、そういうことではありませんよ。じつは、あるとき、意外な場所で富沢君を見かけましてね。たまたま、私のほうはタクシーで、他にも同乗者がいたもんで、声も掛けられなかったのですが」

「そのとき、主人はどなたかと一緒だったのですか？」

「いやいや、一人でしたよ。一人だったのですがね、翌日、会社でその話をすると、富沢君は否定したのです。つまり、その場所には行ってないと言いましてね」

「嘘をついたのですか？」

「まあ、そういうことになりますかね。私のほうが見間違いだったかな——と思うほど、はっきり断言してました。しかし、後でいくら思い返してみても、私は確かに見たとしか思えないのですよ。それで、はは一ん、彼としては秘密にしておきたい場所なのだな——と、勝手に想像して、それっきり忘れることにしました」

「場所はどこですの？」

「世田谷の用賀です。住宅街の中にあるマンションの敷地から出てくるところでした。こぢんまりした、なかなかきれいなマンションです。ただし奥さん、そこに富沢君の女性がいたというわけではありませんよ。私の見間違いだった可能性も、絶対にないとは言い切れませんしね」

「用賀のどの辺か、教えてください」

「えっ、場所を聞いて、まさか確かめに行くんじゃないでしょうね。行ったところで、しようがないですよ」

「ええ、それは分かってますけど、でも、ちょっと見るだけでも見ておきたいんです。主人がどういうところに行ったのか」

「いや、ですからね、そこに特定の女性がいたとか、そういうわけでは……」

藤本がうろたえたように言うのも構わず、幸恵は紙と鉛筆を持ってきて、テーブルの上に置いた。

「困りましたねえ……」

　言いながら、藤本は鉛筆を手に執った。紙に地図を描き始めて、「じつはですね」と呟くように言った。

「今日、伺ったのも、マスコミ関係のある人から、妙な話を聞いたもんですからね。つまり、その、富沢君は自殺ではなく、殺害された疑いがあるという……いや、その人の言うことだから、事実かどうかは分かりません。分かりませんが、警察が内々に捜査を継続していると、かなりの信憑性をもって、そう言っているのです」

（浅見さんだわ――）と幸恵は思ったが、黙っていることにした。

「それとですね、富沢君が何かのときに『バレるかもしれない』と言ったのを聞いた人間もいるというのです。それやこれやを思い併せると、もしかすると何かあるのかもしれないと思いましてね」

「じゃあ、その女性が主人を……」

「まさか、そんなことはないと思いますが、ただ、ちょっと気になったもんで……とにかく、なぜ富沢君はあのとき否定したのか、それが気になります」

　地図は完成した。東急新玉川線の用賀駅から国道２４６を越えて、清泉インターナショナルスクールのある高台を少し上がった、住宅街の中だそうだ。

「通りすがりでうろ憶えですが、隣に小さな児童公園があるのですぐ分かります。たしか五階建てのタイル貼りのマンションでした」

地図を幸恵に渡してから、「しかし」と藤本は首を横に振った。

「どう考えても、あの富沢君にそれらしい女性がいたなどということはなさそうですね。やはり何かの間違いか、それとも別の理由があるのか……」

別の理由を模索するように、天井に向けた目をキョトキョトと動かした。

藤本が帰ったあとしばらく、幸恵は放心したような気分でいた。富沢に女性がいたかも——と、そのことは浅見にも言ったけれど、本気でそうは思いたくなかった。いまだって同じ気持ちだ。たぶん何かの間違いだと思うし、藤本もそんなはずはない——と否定していたが、しかし絶対ないとは言えない。

（世田谷の用賀の、こぢんまりしたマンションか——）

テーブルの上の地図を眺めながら思った。その可愛らしい部屋に、（たぶん）若い女性が住んでいて、富沢とのひそやかな愛の暮らしがあったのか——などと、不愉快な空想が次から次へと浮かんでくる。

さんざん迷ったあげく、幸恵は受話器を握った。

「浅見でございます」と、電話にはいつものように若い女性の声が出た。須美子というお手伝いさんで、「美人からの電話だと、すこぶる機嫌が悪い」と、浅見が笑っていたことがある。「電話で美人かどうか、分かるはずがないでしょう」と言うと、「僕の表情をみれば分かるのだそうですよ」とまた笑った。

ほんの少し待たされて、浅見の明るい声が聞こえた。

「しばらくです。例の件は、その後、さしたる進展はありませんが」

申し訳なさそうな口調である。

「ちょっとお話ししたいことがあるのですけど、お会いできませんかしら？」

「いいですよ。じゃあ、お宅のほうへ伺いましょうか」

「いいえ、それでは申し訳ありませんから、平塚亭まで参ります」

北区役所への行き帰りに、時折、寄り道した和菓子の店を指定した。京浜東北線の上中里駅に隣接している『平塚神社』の境内にある。浅見家に近く、浅見にとっても馴染みの店のはずであった。

うっかりしていたけれど、今日はお彼岸の中日で、平塚亭はおはぎや名物の団子を買うお客でごった返していた。浅見は店に入らずに、鳥居の脇に佇んでいて、幸恵の顔を見ると「少し歩きましょうか」と、境内を社殿へ向かって歩きだした。

平塚神社の境内は、東京の市街地には珍しく、二百メートル近い長さがある。樹齢二百年を超える大木が左右から葉を繁らせて、昼なお暗い雰囲気を醸しだしている。

歩きながら幸恵は、藤本室長が来宅したことと、富沢の「女性」のことを話した。

「もしかすると、そのことが富沢の事件に関係しているのじゃないかって、そんなニュアンスに感じ取れました」

「いや、それはたぶん違うでしょう」

浅見は言下に否定した。あまりにもあっさり否定されたので、幸恵はかえって不満だった。

「でも、もしもそういう女の方がいらして、その女性に別の男の人がいたとしたら、いろいろ……つまり、三角関係のもつれだとか……」

自分で言った言葉が情けなく、不覚にも涙が出そうになって、慌ててそっぽを向いた。

「違いますよ。富沢さんの事件はそんな卑俗な動機ではないと思いますよ」

浅見は気の毒そうな口ぶりで言った。

「第一、島へ渡ったフェリーの乗客に、もしそれらしい人物がいれば、警察が見逃すはずはないでしょう。個人の客もグループ客も、しっかり追跡調査しても、不審者は浮かばなかったそうです。犯人はたとえ捜査の網にかかったとしても、怪しまれないような人間だと思います」

「それはたとえば、どういう？」

「さっぱり分かりません」

浅見はあっけらかんと言った。

「分かりませんが、よほど意表をつく人物であることは確かでしょうね。たとえば、フェリーの船員とか」

「あっ……」と幸恵は思わず声を発した。

「そうですよ、それですよきっと。それなら警察にも調べられてないでしょうし、最初から容疑の対象外になってますよ。盲点だわ。やっぱり浅見名探偵ですわねえ」

「ははは、盲点には違いないけれど、ぜんぜんだめですね。動機の説明ができません」

「動機なんて、いくらでもありうるんじゃありません？」

「たとえば？」

「たとえば……」

幸恵は言葉に詰まった。いくらでもあるとは言ったものの、フェリーの船員と富沢とのあいだに接点があったこと自体、考えられなかった。

「犯人は怪しまれずに富沢さんに近づいて、怪しまれることなく睡眠薬——二種類の向精神薬だそうですが、それを飲ませることができた人物でなければなりません。たしかにフェリーの船員は警察の関心を惹かずに、利尻島へ行き来できますが、しかし、その二つの条件を満たすのは難しいでしょう。それ以前に、やはり犯行動機がありそうな感じがしませんね」

「それは調べてみないと、分からないんじゃありません？　たとえば、船員さんが、その女性と関係のある人だったとか」

「うーん……なるほど、どうしてもそこに拘《こだわ》りますか。それはないと思いますけどね。しかし一応、調べてみましょう」

浅見はそう言ったが、なんとなく気乗りしない様子だった。考えてみれば、「名探偵」といっても、浅見にとっては趣味みたいなものだ。こっちの思いつきを押しつけて、気に染まない「捜査」をさせるのは筋違いであるにちがいない。

（いいわ、私が自分で調べる――）

幸恵はそう心に決めた。

翌日、幸恵は地図を頼りに用賀のマンションを探し当てた。途中は下町ふうの町並みだが、清泉インターナショナルスクールを越えると、南向きの高台の、落ちついた住宅街になる。藤本が言ったとおり、隣に児童公園のある瀟洒《しようしや》なマンションだった。五階建てでこぢんまりしているけれど、道路から建物までのあいだに芝生や植え込みがあって、富沢家のマンションよりはるかに高級感がある。

何気ない顔で前を通りすぎて、児童公園に入った。木陰のベンチに坐って様子を窺う。自分で調べる――などと、ムキになってやって来たけれど、マンションの敷地内に入って行くほどの勇気はなかった。たとえ入ってみたところで、どうすればその「女性」のことを確かめられるのか、方法も分からない。

どういう人種が住むのか、子供の騒ぐ声さえしない美しい建物を眺めながら、幸恵はしだいに惨めな思いがしてきた。こんなふうにして、いるのかいないのか分かりもしない、死んだ亭主の「女」を探し歩いている自分が情けなくなった。

「ばかね！」と自分を罵《のの》って、ベンチを離れようとしたとき、マンションの敷地を出てくる男に気がついた。

（藤本さん――）

あやうく声をかけそうになって、顔を背けて滑り台の陰に隠れた。背を丸くして、建物を見上げたり、背後に気を配ったりする藤本の様子が、何やら怪しげに見えた。

藤本は道路に出て、もう一度建物を振り返ると、あとは脇目もふらずに、用賀駅の方角へ早足で歩いて行った。

(何なのかしら?――)

妻である自分はともかく、藤本までがなぜ富沢の「女」のことを調べに来なければならないのか、奇妙に思えた。幸恵は藤本がいた場所まで出て、しばらく逡巡《しゅんじゅん》してから、思い切ってマンションへ入って行った。

ホテルのように立派な玄関を入ると、広々としたホールの奥にオートロックのドアがある。ホールには壁に嵌《は》め込みの郵便受が並んでいる。部屋数が意外なほど少ないのは、それぞれの部屋の規模が広いことを意味している。郵便受に名札は出ているが、苗字だけでは、そのどれが「女性」のものなのか、分かりようがなかった。

藤本はこの郵便受を見ただけで引き揚げたのだろうか。それで何かが分かったのだろうか。幸恵はぼんやりと佇むほかに、何一つ知恵が浮かばなかった。

第六章　第二の犠牲者

1

東富士五湖道路の山中湖インターを一般国道に出たら、すぐに斜め右に入る道がある。その道を進んで間もなく三叉路《さんさろ》を右へ行き、最初の角で右折せよ――と指示されていた。藤本茂樹はそのとおりに走った。

山中湖周辺の別荘建築ブームは、バブルの崩壊とともに去った。広大な富士の裾野一帯に開発された別荘用地には、いたずらに灌木《かんぼく》が生い茂るに任せたところが多い。しかし、それでも建築ラッシュで建てた別荘の数はかなりのもので、いまは誰も手を出しそうにない豪壮な別荘が点々と売れ残っている。持ち主のある別荘も使われないことが多く、とくにこの時季は閑散として、すでに夕景だというのに、明かりを灯した窓はほとんど見当たらない。

最後の角を曲がった辺りが、高級別荘地の真ん中だった。そこに黒塗りの車が停まっていて、藤本の車が近づくと「ついてこい」というようにウインカーを出して走りだした。ものの百メートルばかりで左折、それから先は未舗装の道を少し走って、別荘の敷地に入って停まった。三千坪以上はありそうな敷地に、二階建ての大きな別荘が建っている。

車から降りた相手に、藤本は小走りに近寄って最敬礼した。

「どうも、副本部長じきじきにお出迎えいただいて、恐縮です」

「いや、あんたこそご苦労さま。まあ入ってくださいや」

先導して玄関に入った。玄関ホールも広いが、靴を脱いで上がった正面の、観音開きのガラス戸の向こうは三十畳分ほどもあるリビングであった。豪勢なペルシャ絨毯《じゅうたん》の上に大きな応接セットが置いてある。

「そこに掛けて、ちょっと待っていてくださいよ。なにぶん、誰もいないもんで、わしがなんでもやらにゃならん」

主は言い置いて、奥へつづくドアの向こうに消えた。藤本は革張りの椅子に体を委《ゆだ》ね、しばらく時間が経過した。

香ばしい香りが漂ってくるのと一緒に、ドアが開いて、主がコーヒーを運んできた。

「あっ、申し訳ありません。おっしゃっていただけば、私がやりますものを」

「まあまあ、そう硬くならずに、こんなところにお呼びだてしたのはこっちなんだから。たまたま北富士演習場に用事があって、そのついでと言っちゃなんだが、秘密の会合にはここがうってつけなもんでね」

慣れない手つきで、コーヒーを客と自分のテーブルに載せた。

「ともかく一服やりましょう。それからおいおい話を聞かせてもらいますよ」

自分もカップを口に運び、藤本にも勧めた。喉が渇いているせいか、コーヒーがやけに旨く感じる。そのことを言うと、「なに、インスタントですよ」と軽く笑われた。

当たり障りのない雑談をしながらコーヒーを飲み終え、さて本題に入ろうかと思ったとき、遠くで電話のベルが鳴った。

「ちょっと失礼しますよ」

席を立って奥へ引っ込んだ。ベルの音がやみ、かすかな話し声が聞こえてくる。ずいぶん長い話だった。話し声がやんだあとは、柱時計の振り子が刻む単調な音だけが残った。それ以外はしんと静まりかえり、ねぐらに急ぐ鳥の鳴き音も遠のいた。窓の外の夕闇が濃くなってゆく。眠気が垂れ込めそうな黄昏《たそがれ》どきであった。

いや、比喩《ひゆ》でなく、藤本はふっと睡魔に襲われそうな予感がした。腰から下が、柔らかな椅子のクッションに沈み込むような感覚である。頭の芯《しん》にポカッと空洞ができたような解放感でもあった。

（どうしたんだ？――）

自分に問いかけるのも物憂くなった。長時間、車を運転して疲れたせいだろうか。それにしても、こんなに急速に眠気がやってくるのは異常だ――そう思ったとき、藤本はようやく自分の迂闊《うかつ》さを悟った。

（しまった――）

立ち上がろうとして、体が思うように動かないことに気づいた。

朦朧とした視野の中で、ドアが開くのが見えた。人影が現れ、こっちに近づいてくる。その顔に焦点が定まったとき、藤本は信じられないものを見たと思った。

「あ、あなたは、房総に……」

もつれる舌で驚きを声に出した。ここにいるはずがない人物だった。だからこそ、安心してここに来たのだ。

（はめられた――）

そう自分に言い聞かせるのが精一杯の理性だった。それを最後に、知覚のすべてがぐんぐん遠ざかった。そうして藤本は、はっきりと死を予感した。


高原の自然は季節のうつろいに敏感である。彼岸が過ぎると急に残暑が遠のき、十月の声を聞くと、ススキ原を渡る風にも、さやかな秋の気配が流れ込む。快晴の空には、富士山と伊豆の山々を仕切るように、西から東へ高々と、一条の鰯雲《いわしぐも》が横たわった。

静岡県小山《おやま》町は県の北東端にある、人口約二万三千の高原の町である。人口の規模は大したことはないが、町域は百三十四平方キロとかなり広い。特徴的なのは、富士山頂から真東に十度ほどの角度で広がる裾野一帯が、ほぼ町域であることだ。このうち、富士山頂から五合目付近まで、北側の山梨県と接する境界線は、どういうわけかいまだに定まっていない。

元来は山紫水明の地であるほかは、火山灰地で農作物にもそれほど恵まれなかった土地柄で、むしろ須走《すばしり》登山道や富士浅間神社、それに、お伽話《とぎばなし》の「金太郎」の足柄山や金時山などで知られていたところだ。しかし、現在では陸上自衛隊富士学校、富士スピードウェイ、富士霊園などで脚光を浴び、また、南に隣接する御殿場市とともに、「ゴルフ場銀座」と呼んでもいいゴルフ場のメッカとして賑わっている。

十月三日の朝、小山町本村の山林で、男の変死体が発見された。富士霊園の南側を走る県道から北へ折れる山道を三百メートルほど入ったところである。この道はかつては「杣道《そまみち》」と呼ばれたような細い林道で、途中までは舗装されているけれど、およそ二キロ先で舗装が途切れ、砂利道となって、やがて山林の中で消滅する。

土曜、日曜のスピードウェイでレースがある日と、お彼岸当日の富士霊園などは混雑するが、平日のこの辺りの県道は、夜間はもちろん、日中でもあまり車の往来はない。まして行き止まりの林道は、地元の作業員など以外に入ることはない。

それにもかかわらず、幸運にも死体が発見されたのは、たまたまこの日が土曜日で、オフロードを楽しむ車がこの道に紛れ込んだためだ。車を運転していたのは地元の電機メーカーに勤務する上田順太という青年で、助手席にも同僚が乗っていた。

死体を発見したのは上田であった。目的にしていた道と違うことに気づいて、周囲の風景を確かめながら走っていて、雑木林の茂みの底に倒れている人間が視野に入った。

そこは道路より三メートルほど下がった窪地《くぼち》で、夏草がかなり濃密に繁っていたのだが、死体がその草むらを薙《な》ぎ倒したために、ほとんど露出した恰好で目にとまった。夜の闇の中だと、そこは窪地でなく、深い谷に見えそうな場所だ。死体を遺棄した犯人は、おそらくこういう結果になることを想像はしていなかったにちがいない。

通報で駆けつけた御殿場警察署の捜査員が検視を行ない死体を収容した。死因は「絞殺」によるものであった。死後およそ十時間乃至《ないし》十二時間——死亡時刻は十月二日の午後十時から十二時までのあいだと推定された。

解剖の結果、コーヒーの成分と睡眠薬が検出された。被害者はおそらくコーヒーと一緒に睡眠薬を飲まされ、睡眠中にロープ状のもので絞殺されたものと推測された。警察は殺人死体遺棄事件と見て、御殿場署内に捜査本部を設置、捜査を開始した。

遺体の身元はしばらくは不明だった。所持していたと思われる物があらかた持ち去られていたからである。ただし、背広のネーム刺繍《ししゅう》は切り取られていなかったから、犯人に身元を隠す意図はなかったかもしれない。

ネームは「藤本」であった。それだけが当面、身元調べの手掛かりになった。警察はマスコミを通じて「藤本」の名を発表した。それに対する反応は、一日置いた翌週の月曜日にあった。

東京都八王子市に住む藤本茂樹という人物の夫人から、「主人ではないか」という問い合わせがあった。金曜日の朝に出勤してから以降、連絡がないまま帰宅していないというのである。
着衣や身体的な特徴——とくに耳の後ろにホクロがある点などが一致したために、急遽、夫人を御殿場市まで呼び寄せ、身元確認をしてもらった結果、間違いなく当人であることが判明した。

西嶺通信機の開発室長藤本茂樹の奇禍を浅見光彦が知ったのは、その日の夕刻、片山誠司からの電話による。片山の話によると、藤本が死体で発見された——という噂が社内に流れたのは、午後二時過ぎになってからだそうだ。

朝のテレビニュースと新聞記事を見た藤本夫人は、まず会社の総務部に連絡して、それから警察に問い合わせたものらしい。

夫人と一緒に御殿場へ出向いた総務部次長が、昼過ぎに会社に報告をしてくるまで、総務部では箝口令《かんこうれい》をしいていたが、事実関係が明らかになると同時に、噂はいっきに社内に広まった。

「浅見さん、これはいったい、どういうことでしょうか」

相当なショックだったのだろう。電話の向こうで、片山は声を震わせていた。

衝撃は浅見も同じようなものだ。ほんのひと月前、食事をご馳走になり、長い時間をかけて会話を交わした。その藤本茂樹が、すでにこの世にいないとは——。

ただ、浅見の気持ちのどこかには、（そういうこともありうるか——）という予感めいたものがあった。

藤本は動いたのだ――と、浅見は思った。

「ヌキテパ」で食事をしたとき、藤本は富沢の「事件」のことを根掘り葉掘り聞きたがっていた。食事の終わり近く、浅見の話を聞いて藤本が見せた表情は、明らかに何か察知するものがあった気配を感じさせた。藤本には浅見の知らないデータがある。富沢の死が他殺であるという前提を通して見ると、そのデータに意味が生じるのかもしれない。

その後、お彼岸に富沢幸恵を訪ねて、富沢が浮気をしていたかどうか、確かめるようなことをしている。藤本が実際に行動を起こしたのはそれ以降と考えられる。

それにしても、それからわずか十日足らずで殺害されたのは、その間に藤本が想像以上に犯人側を追い詰めたということか。

富沢のケースもそうだが、危険と見ればただちに抹殺するやり方は、まさに容赦ない冷酷さであり、果断の措置というべきなのかもしれないが、それよりもむしろ、犯人側に躊躇《ちゅうちょ》することが許されないという、切羽つまったものがあったことの証左《しょうさ》とも思える。

夜のニュースの直後、富沢幸恵から電話が入った。思い余ったような声で、「至急、お目にかかれませんか」と言っている。

「何かあったのですか？」

「何かって……だって、藤本さんが殺されたっていうんですよ。浅見さんはご存じないんですか？」

「もちろん知ってますが」

「だったら……もう、怖くて……どうしたらいいのか、分からなくて……」

「分かりました、これからすぐ伺います」

何をそんなに怖がっているのか分からないが、とにかく詳しい話を電話でできる状態ではなさそうだ。

浅見はすぐにソアラを駆って、文京区千石の富沢家へ向かった。マンション脇の道路は無論、駐車禁止だが、夜間は比較的取締りが緩やかなはずだ。どっちにしても、そんなことを斟酌《しんしゃく》している余裕はなかった。

夕方から、子供たちは牛込のおばあちゃまのところへ行っていて、幸恵未亡人は独りだった。玄関ドアを開けたときは怯えた顔をしていたが、それでも浅見を迎えて、ほっとした様子だ。

お茶の支度をしかけるので、浅見はそれより話のほうを――と催促した。

「藤本さんが殺されたのは、やっぱり、富沢の事件と関係があるのでしょう？」

幸恵は青い顔で言った。

「現段階ではまだ断定はできませんが、たぶん関係があると考えていいでしょう」

「そうですよね、やっぱり……」

吐息をついて、しばらく間を置いてから、

「じつは」と言った。

「このあいだ、世田谷の用賀へ行ってみたんです。藤本さんから教わった、主人の女のマンションを確かめに。そしたら、そこで藤本さんを見かけました」

「ほう……」

「藤本さんも、富沢の女のことを探りに来ていたんです」

「そう言ったんですか？」

「えっ？　いいえ、藤本さんとは顔は合わせませんでしたわ。隠れて見てましたから。でも、富沢の浮気のことをおっしゃってた藤本さんが、あのマンションへ行ったということは、その女性のことを調べるために決まっているでしょう」

「なるほど。それで？」

「それでって……だから、やっぱりその女性とか、女性の愛人とかが犯人ではないのかしらって思ったんです。つまり、富沢の事件もその人たちの犯行っていうことですよ。そりゃ、浅見さんはきっとまた、そうじゃないっておっしゃるかもしれませんけど。でも、現実にこの目で、藤本さんが女性のマンションへ行ったのを見ているんですから。それに、あのときの藤本さんの様子はただごとじゃなかったんです。何度も玄関を振り返って、びっくりしたような顔で……ですから、藤本さんが殺されたって聞いたとき、すぐにそのときのことを思い出して、あ、これはもう間違いないなって……」

よほどいろいろな思いが胸の内に溜《た》まりに溜まっていたのだろう。幸恵は興奮ぎみに、上擦《うわず》った声で喋った。

「なるほど」と、浅見は三たび頷いた。

「そうすると、奥さんはその女性を見たのですね?」

「えっ? まさか、見てませんよ」

「じゃあ、名前は?」

「分かるはずないじゃないですか。マンションの玄関ホールには入りましたけど、郵便受には苗字だけで、女性なのかどうかさえ分からないんですから」

「驚きましたねえ……」

浅見はあぜんとして、幸恵の顔をマジマジと眺めた。

「それじゃ、奥さんは女性の名前も顔も知らずに、いまの事件ストーリーを考えだしたんですか? そのマンションに富沢さんの愛人が住んでいて、彼女にはもう一人の愛人がいて、その二人が富沢さんを殺害し、それを調べに来た藤本さんも殺した——という。それはすごい推理と空想力です」

「それって、皮肉ですの?」

幸恵は悔しそうに唇を嚙みしめて、浅見の顔を睨んだ。「名探偵」に激賞されても、手放しでは喜べない。

「いや、皮肉だなんて、とんでもない。たったそれだけの材料から、そういう結論を導き出すっていうのは、すごい才能だと思いますよ。僕なんかには、絶対そんな飛躍的な発想は生まれっこありません」

「それじゃ、浅見さんはどう考えるんですか？　用賀のマンションの女性は、事件にも富沢にも関係がないっていうんですか？」

「それはその女性次第ですね。とにかく会ってみないことには何とも言えません」

「だったら会ってみてください。いいえ、私が会いに行ってもいいんです」

「誰かも分からずに、ですか？」

「それは……そんなのは、マンションの住人の名簿を調べて、一軒一軒、片っ端から当たれば分かりますよ。たぶん独身の、きっと銀座かどこかのクラブのママとか、そういう女性です」

「それはやめたほうがいいですね。相手はすでに二つの殺人事件を経験して、歯止めが利かなくなっている人物です。藤本さんの二の舞を演じることになりかねません」

「じゃあ、浅見さんが行ってくださるんですね？」

「その前に、警察に知らせてやるべきではありませんか」

「だめ、だめですよ、警察は」

幸恵は激しく拒絶した。

「警察に言えば、また私のところに刑事が来て、ああでもない、こうでもないって、まるでこっちが加害者みたいにつついて、そのくせ肝心なことは何一つ聞いてくれようとしないんですから」

夫の死は自殺ではない――と頑強に主張したのが、まったく聞き入れられなかったことで、彼女の警察不信は決定的なものになったらしい。

「それに、マスコミだってやって来るでしょう。富沢の不倫だとか、三角関係だとか、その結果起きた殺人事件だなんて、ハイエナみたいなあの人たちにとっては、恰好の餌食でしかないわ」

その大嫌いな警察の幹部を兄に持ち、ハイエナみたいな——というマスコミの端くれとしてメシを食っている浅見としては、耳の痛い話であった。

ともかく、用賀のマンションの「女性」を突き止める約束をしたものの、浅見には真剣にその作業に取り組む気はサラサラ起きなかった。なぜなら、幸恵が考えているような「女性」がそこにいるはずはないからだ。

富沢春之に中田絵奈以外にも愛人がいたとは、とても考えられない。男と女の関係は当人同士にしか分からないとしても、これまでに知りえた富沢のイメージからいって、絶対にそういうことはありえない——と浅見は信じた。

そうはいっても約束は約束だ。浅見はほんの形式のつもりで、用賀のマンションとやらに出掛けて行った。

なるほど、幸恵の言ったとおり、高台の閑静な住宅街の中にある、高級なマンションであった。タイル貼《ば》りの壁面も美しいが、道路から玄関までの敷石も、けっこうなものを使っている。こんなところに住むのはどんな人種なのか——と羨《うらや》ましくは思うが、敵意を抱くところまではいかない。

玄関ホールに入ると、やはり幸恵の話したとおり、壁に嵌め込みの郵便受が並ぶ。全部で二十三個。それぞれの扉は縦二十センチ、横四十センチほどの、真鍮《しんちゅう》の縁取りのある木製で、厳《いか》めしい感じだ。扉の真ん中にやはり真鍮のネームプレートが嵌め込んである。当然のことながら、ネームはすべて苗字ばかりで、中にはローマ字のものもあった。

眺めてみても、どれがどうと判断する根拠はまるっきり、ない。わりとありふれた名前もあれば、珍しい名前もある。ひととおり見渡した中に、浅見はふと、気になる名前を発見した。

「秋元」

そう多い名前ではないが、さりとて、ごく珍しいとも言えない。ただ、開発庁長官の秋元康博と同姓であるという、それだけのことで気になった。むろん、同じだからといって意味があるわけではない。

しかし、いったん気になりだすと、頭から離れなくなった。それに、秋元が前の防衛庁長官であったことに、何となくこだわるものを感じた。しだいに胸騒ぎのようなものが突き上げてきた。

2

用賀のマンションの住人、「秋元」という人物のフルネームは、電話帳で調べて分かった。ここの住所に該当する「秋元直樹《なおき》」がそれらしい。

用賀からの帰路、浅見は牛込の富沢貴代美を訪問した。この日は孫たちの姿はなく、客を迎える彼女の様子は、心なしか寂しげに見える。しかし、そのことを言うと貴代美は笑って、「幸恵と孫たちは、もうじき、ここで一緒に住むことになりましたのよ」と嬉しそうに言った。

「秋元長官のことですが」

浅見はなるべくさり気なく聞こえるように言った。

「たしか、息子さんがいますね」

「ええ、お二人いらっしゃいますよ。それにお嬢様がお一人」

お茶を出しながら、貴代美の表情は微妙に揺れる。

「名前はご存じですか」

「ええ、上の方《かた》が……あら、どうして私が知っているとお思いですの？」

「秋元さんが富沢春之さんのことを知っているのですから、たぶんあなたもご存じではないかと思いまして」

「そう……まあ、それはそうなんですけど、でも、親しいお付き合いをしているというわけではありませんのよ」

「それにも拘らず、秋元さんが春之さんの事件になみなみならぬ関心を抱いているというのはなぜなのでしょうか。以前、サハリンでお世話になったと、秋元さんからはお聞きしましたが、ただのお知り合いにすぎないとは思えません。差し支えない程度で結構ですが、教えていただけませんか」

「そんな、差し支えるようなことはありませんけれど……でも、古い話ですから」

言い淀みながら、気のせいか羞《は》じらいを含んだような視線を、窓の外の遠くへ向けた。

「あれは終戦の年の八月二十日でした。私の家は樺太の真岡という町で西洋料理のお店を開いてましたの」

「あ、真岡というと、九人の乙女の悲劇があった町ですね」

「そう、ご存じなのね」

「ええ、この夏に、稚内の『氷雪の門』を見に行ったとき、『九人の乙女の碑』の碑文を読みました。終戦が告げられた五日も後に、ソ連軍がなぜ攻撃してきたのか、その理由については、書いてありませんでしたが」

「私も詳しいことは知りませんけど、平和裡に占領したときは、私有財産などは保証されるけれど、戦闘状態で占領した場合は、財産は没収されるとかいう、国際法があったのだそうです。それで、ソ連軍は最初から攻撃するつもりで来て、日本の守備隊がその挑発に乗せられて反撃したとか聞きました」

「そうだったんですか。ひどい話ですね」

「ほんと、ひどい話。でもね、日本軍も中国ではひどいことをしていたようですし、アメリカだって、瀕死の状態の日本に対して、二発も原爆を落として、一瞬で何十万もの人を殺傷しているんですもの、あっちもこっちも褒められませんわね」

　穏やかな笑顔で言っているのだが、貴代美の胸の内には、そのときの怒りや恨みが澱《よど》んでいないはずはないだろう。だのに、あからさまな感情を表すことをしない。

　一人息子の死に対しても、同じように、抑えきれないほど痛恨の思いがありながら、うわべは孫を相手にのんびり暮らしている様子に見える。そうやって、じっと耐えることに慣らされたのは、彼女の生きた時代を象徴するものかもしれない。

「真岡の電話局で自決なさった九人の女性の方々の中には、私が通っていた真岡高等女学校の先輩の方もいらして、とても他人《ひと》ごととは思えませんでした」

　貴代美は痛恨の思いを捨てるように、首をひと振りした。

「その攻撃のとき、私の家に逃げ込んできたのが秋元さんでしたの。秋元さんはその頃、親元を離れて、一人で樺太に来て、真岡中学の寮生でした。十七か八か、金ボタンの学生服でしたけど、ソ連軍から見れば軍服と見分けがつかないし、少年兵っていうより、もう立派な戦闘員に見えたでしょうね。見つかれば連行されて、ひょっとしたら殺されていたかもしれません。

　それで父が、すぐにコックさんの恰好をさせて、匿《かくま》って差し上げましたの。ソ連兵が来て、危ない目にも遭いましたけど、うちのお店がソ連軍の将校たちの溜まり場になって、秋元さんは父の見習いのように働いて、難を逃れました。

　それからしばらく経って、日本人は全員、樺太から追い出されることになって、本土へ引き揚げるとき、秋元さんとはご一緒の船で帰りました。それから、いろいろありましたけど……」

その「いろいろ」の細かい事情までは、浅見は聞くつもりはない。ただ、貴代美がときどき見せる、あの羞じらうような風情が、問わず語りに、少女と青年の仄《ほの》かなロマンスを偲《しの》ばせる。ことによると、それは「仄か」の枠を超えたものだったのかもしれないが、そのこと自体が今度の事件の遠因だとは考えられなかった。

「じゃあ、秋元さんにとって、富沢さんのご一家は命の恩人というわけですね」

「ええ、そのときはね。でも、日本に帰ってからは、むしろ秋元さんにお世話になることのほうが多かったのですよ。秋元さんのご実家は、もともとは利尻島の網元さんだったのですけど、昭和の初め頃、ニシン漁に見切りをつけ、島を離れて、横浜に移住したのだそうです。そこで貿易商をなさって成功して、東京にもあちこちに土地や家作を持ってました。終戦後も、ずいぶん手広く不動産業を営まれていたそうです。じつを言いますと、ここのマンションも、元の家は土地ごと、秋元さんに戴いたようなものでしたの」

「えっ、ここの土地をですか……」

浅見は思わず部屋の中を見回した。銀座や新宿とは較べようもないが、この辺りは東京の一等地といってもいいほどのところだ。その土地を「戴いた」というのだから、おそろしく気前がいい。

「ほほほ、不思議に思ってらっしゃる」

貴代美はいたずらっぽい目で、おかしそうに笑った。老境といっていい年齢だが、そうやって身をよじるようにして笑うと、婉然《えんぜん》とした雰囲気があった。女性とは不可解な存在だと思わせる。

「浅見さんですから、洗いざらい申し上げてしまいますけど、康博さんは秋元家のご長男、それも一人息子でしたのよ」

一瞬、自分がアホではないかと思うほど、彼女の言った言葉の意味を理解するのに手間取ったが、すぐに浅見は「なるほど……」と頷いた。

いろいろあったという「事情」が、いっぺんで呑み込めた。秋元長官がなぜ警察の手に委ねることをせず、ひそかに、浅見のような個人に真相究明を依頼したのかも含めて――である。

(要するに、手切れ金ですか――)と、浅見は訊きそうになって、やめた。その延長線上にある「事実」に思い到ったからだ。ひょっとすると、富沢春之は秋元康博の子だったかもしれない――。

その着想は瞬く間に確信へと昇華した。

そういえば、これまで富沢家と付き合った中で交わした会話には、いちども貴代美の夫――春之の父親の話は出てきていないことに気がついた。入り婿であったり、早世したにしても、どこかに存在を感じさせる匂いのようなものがありそうなものだが、この家には「彼」がいたことを思わせる気配は、まったくない。

「そういうことでしたか」

「ええ、そういうことでしたのよ」

貴代美は、若い客の呑み込みの早さに、満足そうに言った。

「秋元さんは本当に誠意のある方でした。秋元さんが三十歳そこそこで初めて国政選挙にお出になって、いきなり当選なさったのですけど、その次の選挙を前にして、こちらからお付き合いをご遠慮させていただきました。でも、それ以後もきっと、どこかでご覧になっていて、あれこれとお気遣いしてくださっていたに違いありません」

ご遠慮させていただいた――という言葉で彼女なりに、何があったのか、その関係を伝えたつもりなのだろう。たしかにそれで十分だし、それ以上の説明は無用だった。

「ところで、さっきおっしゃりかけた、秋元さんのご子息の名前ですが」

「ご長男が克次《かつじ》さん、下の方が……あらいやだ、度忘れして……もうすっかりボケてしまって、ごめんなさい。えーと、なんておっしゃったかしら……」

「直樹さんではありませんか？」

「あ、そうです、直樹さん……あら、ご存じですの？」

目を大きく見開いた。

もっとも、彼女の驚きと同程度に、浅見も内心で驚いていた。偶然もいいところ、まったくのヤマカンで言ってみたことが図星になった。

「ええ、たまたま知っていただけですが」

「そうでしたの。でも、秋元さんのような方なら、ご家族のことがオープンになっていても、不思議はありませんわね」

たぶん、貴代美の言うとおりだろう。週刊誌のグラビアなどに、よく有名人の家族の写真が載ったりする。

「念のためにお訊きするのですが、春之さんは秋元さんのことは、ご存じなかったことになりますか」

「もちろんですわ。とんでもありません。春之が生まれて間もなくから、秋元さんとはいっさい、お付き合いをいたしておりません。いまお話ししたようなことは、春之はおろか誰一人、絶対に知らないはずです」

貴代美は呆れたように声を大きくして言ったが、ふと気づいて、怪訝そうに訊いた。

「でも、浅見さん、どうしてそんなことをおっしゃるの？」

「じつは……」

浅見は少し躊躇《ためら》った。

「秋元直樹さんは、世田谷の用賀のマンションに住んでいるのですが、そのマンションを春之さんが訪ねられた形跡があるのです」

「まさか……」

貴代美は絶句した。顔いっぱいに狼狽の色が広がった。知らないはずと思ってはいるけれど、わが子が秋元とのことを尋ね当てた可能性がまったくないとは言いきれない――と、にわかに自信を失った様子だ。

「それ、ほんとですの？」

「いえ、春之さんが、本当に秋元さんのお宅を訪ねたのかどうかまでは、確かめていません。ただ、春之さんがマンションから出て来るところを目撃したという、ある人物の話をまた聞きしただけです」

「春之がそこへ行ったことは間違いないのですか？」

「ええ、それは確かなようです。春之さんをよく知っている人物の話ですから」

「どなたですの？」

浅見の脳裏に藤本の顔と同時に、なぜか幸恵の顔が浮かんだ。

「いや、それはいまの段階では申し上げられません」

「そうですの……でも、春之は何をしに行ったのかしら？」

「さあ……」

浅見は首をひねって、曖昧に笑ってみせたが、貴代美が恐ろしい目でこっちを睨んでいるのに気づいて、思わず顔がこわばった。貴代美の考えていることが、ビンビンと伝わってきた。当然のことながら、貴代美は息子の事件に秋元直樹の関わりのあることを懸念しているのだ。

「浅見さんは、直樹さんのこと、お調べになるおつもりですの？」

不安そうに、哀願するように言われて、浅見は「そうですね、そのつもりです」と答えるほかはなかった。

浅見にしたって、もし、富沢家と秋元家との複雑な関係を知らなければ、かりに藤本のように、富沢春之が秋元直樹の住むマンションを訪問した現場を目撃したとしても、何の疑問も興味も抱かなかっただろう。しかし、こうして、埋もれていた「秘話」を聞いた以上、見過ごすわけにはいかない。

秋元直樹のことは、それから二、三日のあいだに調べがついた。

秋元直樹は秋元康博の次男で三十二歳。妻と二人の息子がいる。慶大を卒業して「明《めい》亜《あ》産業」という会社に入り、現在は総務関係のセクションに勤務しているらしい。明亜産業は元々は商社としてスタートした会社だが、その後、鉱工業の中堅どころを次々に傘下に収めて、いまや日本を代表する企業の一つになっている。

そのデータを調べていて、浅見は興味深い事実を発見した。明亜産業も、西嶺通信機やその親会社である芙蓉重工と同様に、防衛産業の分野で押しも押されもしない存在なのだ。傘下には、はっきり西嶺通信機のライバル会社と目される電子機器系統の企業もある。これで、秋元直樹と富沢春之との繋がりに、一つの可能性が見えてきた。

じつは、富沢貴代美が「絶対に誰も知らない」と強調したことからいって、藤本開発室長が富沢と秋元直樹の、プライベートな部分での関係を知りえたとは考えられなかったのだが、そうではなく、仕事上の結びつきがあったと分かれば、説明がつく。おまけに、仕事上といっても、ライバル会社同士の相手と特別な関係を結ぶというのは、背任の疑いを持たれても仕方がない。

富沢がなぜそのライバル会社の社員である秋元直樹を訪ねたのか――と、藤本は怪しんだのではないだろうか。富沢と秋元直樹とのあいだに秘密の関係があるなら、会社から富沢に与えられた「背任」というレッテルの意味も説明がつく。

富沢と秋元の関係を探って、藤本は富沢が殺された事件の真相に、何らかのヒントを得たのかもしれない。もちろん、事件に秋元直樹が関係していると考えたのだろう。そう考えるのは、ごく自然な思考の流れだ。ひょっとすると、彼の背後には明亜産業が介在した可能性だってある。

そうして藤本は動き、消された――。

浅見はここにきて、ハタと困惑した。思いもよらぬ事態に立ち到ったものである。事件調査を依頼してきた秋元康博に、よもやわが息子が殺人事件に関与しているなどという認識があったとは考えられない。

しかし、いまは一歩一歩、事実関係を調べてゆくよりほかはない。浅見は思いきって、秋元康博の直通番号に電話してみた。秋元は「やあ、浅見さんですか、その後、お元気かな」と、上機嫌で挨拶した。

「西嶺通信機を別の角度から調べたいので、ライバル会社である明亜産業を訪ねたいのですが、紹介していただけませんか」

「お安い御用ですよ。あそこの総務にはわしの息子が勤めておるので、何なりと申しつけてください。便宜を図ってくれますよ」

何の疑いもなく、そう言ってくれた。予想はしていた展開だが、浅見は秋元を騙すようで、内心、忸怩《じくじ》たるものがあった。

3

明亜産業本社は大手町にある。二十四階建ての褐色のビルが、企業の巨大さを誇示するようにそそり立っている。

秋元直樹は小応接室に浅見を招き入れた。一つ年下だが、浅見としては自分よりかなり年長に見えた。顎《あご》の張った、どちらかといえばいかつい顔の父親とは、あまり似ていない。むしろ線の細い秀才型で、表情も話し方も温和だった。

「父から浅見さんのこと、優秀なジャーナリストだから、間抜けなことを言うなとクギを刺されています」

真顔で言うので、浅見は苦笑して頭を掻いた。

「優秀だなんて、とんでもない。実態はただのしがないフリーターのようなものです」

「ははは、まさか……何か、防衛産業界の現状を取材しておられるとか」

そういう触れ込みになっているらしい。

「ええ、明亜産業さんは防衛産業の最大手とお聞きしました」

「さあ、それはどうですかね。うちよりはむしろ、芙蓉重工のほうが大きいでしょう。あちらは元っからの製造業で、商社上がりのうちとは格が違います。会社全体の売上高はたしかにうちのほうが上ですが、追い上げて、かなり接近したといっても、防衛関係の部門では芙蓉さんに敵《かな》いませんよ。とくに、芙蓉グループの西嶺通信機など、電子機器関係は強いですからね」

それからしばらく、浅見は「取材」を続けた。さいわい、これまでの経緯で防衛産業についての予備知識は豊富だった。かなり専門的な面にわたっての質問もできたし、相手の言うことに調子を合わせることもできた。この分なら、秋元直樹は浅見の真意に気づくことはなさそうだ。

「秋元長官――お父さんは戦時中、サハリンに住んでいらっしゃったことがあるのだそうですね」

取材を終え、手帳を仕舞いながら、さり気なく訊いた。

「ええ、父は利尻島の出身でして、その後、学生時代の一時期、サハリン――当時の樺太に行っていたのだそうです」

「ほう、利尻島のご出身ですか。じゃあ、あなたも利尻へ行ったことがおありですか」

「ええ、ありますよ」

相手はあっさりと肯定したが、浅見は心臓がドキリと高鳴った。

「いつごろですか」

「もうずいぶん昔です。中学時代に父に連れて行ってもらいました。しかし、父がいた当時の面影はほとんどないそうです。利尻富士は相変わらず美しいと言ってましたが」

「最近はいかがですか。お仕事の関係で、北海道へのご出張もかなりあるのではありませんか？」

「ええ、しかし利尻は遠いですからね。稚内までは何度か行って、利尻富士を眺めましたが、さすがに利尻まで渡る時間的な余裕はありません。浅見さんは、利尻へは？」

「行きました、この夏に。ウニが旨《うま》かったですね。感動的でした」

「ああ、ウニですか。利尻のウニは旨いそうですね。しかし、私はウニを食べた記憶がないのです。中学生には味が分からなかったのかもしれません」

浅見はどうやって核心を衝く質問を持ち出すか、苦慮していた。ところが、こっちの魂胆を見透かしたように、秋元直樹のほうからその話題に触れてきた。

「そうそう、そういえば五月頃、利尻富士の山中で、西嶺通信機の社員が凍死したそうですが、浅見さんは利尻で、その話は聞きませんでしたか？」

「ああ、タクシーに乗ったとき、運転手がそんな話をしてました。五月でも凍死することがあるから、気をつけろと言われました」

「じゃあ、利尻島へ行くまで、そのことはご存じなかったのですか。新聞にも出ていたそうですが」

意外そうに訊かれ、浅見はまたしても心臓がときめいたが、秋元直樹の表情に特別な意図があるようには見えない。

「うちの社内でもけっこう話題になっていたみたいですよ。ライバル会社ですが、なかなか優秀な人だったとか。懇親会などで、顔見知りの者も少なくなかったようです」

「秋元さんもご存じの方だったのですか？」

「いや、その人は製造関係のセクションだと聞きました。私は総務ですから、接点はありません。私はちょうどその時期、ニューヨークへ行っていたもので、帰って来てからその話を聞きました」

あたかもアリバイを証明するような話が出たことで、浅見はかえってそこに作為があるように感じた。

「ニューヨークですか、羨ましいですねえ。やはりゴールデン・ウィークのバカンスですか」

「ははは、まさか。うちの社はそんなのんびりした休暇は与えてくれませんよ。ゴールデン・ウィークは、家族を箱根にある父の別荘に連れて行ったのが精一杯。休み明けから丸々四週間、ニューヨークへやられ、こき使われました」

連休明けは五月六日。それから四週間というと、利尻島で「事件」があったときはもちろん、五月いっぱいは日本を離れていたことになる。なんだか話が出来すぎていて、かえって胡散臭い。

かといって、それを覆すような根拠は、いまのところ手元にない。それに、そんな見え透いた嘘を言うとも思えなかった。

「秋元さんは世田谷の、なかなかいいマンションにお住まいだそうですね」

やむなく、話題を変えた。

「ええ、まあ。もちろん親と銀行からの借金ですけどね。たまたま、そのマンションに住んでいた人から、いい出物を紹介してもらって、格安で購入したんです。売れ残りの中古物件でしたが、売り出したバブルのときの半値以下だそうですよ。分不相応なくらい広くて、いいマンションです。といってもこの先三十年は、ローンの支払いに追われることになりますが」

屈託なく笑った。

「そんないいお住まいだと、お客さんを呼ぶ機会も多いのでしょうね」

「いえいえ、うちは家内がまったくの付き合い下手でして、お客どころか、私の両親さえ煙たがるくらいです。あのマンションへ引っ越してから半年になりますが、親戚以外のお客はただの一人も来ていません」

まさか——と、また思った。思ったが、やはり、嘘だろうとも言えない。浅見自身、どちらかといえば人見知りする性格で、居候《いそうろう》だから仕方がないとはいえ、自宅に客を招くことなど、ほとんどゼロに等しいのだ。以前、若い女性が訪ねてきたときなど、母親がひっくり返りそうになるほど驚いた。

結局、さしたる決め手のないまま「取材」は終了した。何といっても意外だったのは、富沢の「事件」を話題にしながら、秋元直樹が眉一つ動かさずに平然としていたことだ。もし彼が犯行に関係しているのだとしたら、驚くべき強靭《きょうじん》な神経の持ち主にちがいない。犯行どころか、富沢春之という人物を知らなかったのでは——とさえ思わせる落ちつきぶりだ。

浅見はしだいに不安になってきた。折角、秋元直樹というターゲットを摑んだつもりだったのだが、根本のところで、考え違いをしていると思わないわけにいかなかった。

しかし、気落ちしながらも、胸の中にモヤモヤしたものがあるのを感じていた。何か予期していなかった発見に出会いそうな、落ちつかない気分だ。

「すっかり長居をしてしまいました」

浅見は席を立った。挨拶をして部屋を出かかって、ふと、そのモヤモヤの正体が見えたような気がした。

「そのマンションですが、まだありませんかね？」

振り向いて、上擦った声で言った。唐突だったから、秋元直樹は「は？」と、びっくりした目になった。

「すみません、妙なことを言い出して。じつは、僕もマンションを探しているのですが、そういう結構な出物があれば、ぜひと思いましてね。どうでしょう、その方を紹介していただけませんか」

「えっ？　ああ、さっきの話ですか。しかし、まだ売れ残りの部屋があるかどうか分かりませんよ。私のときでも、すでにあと二室だけでしたから」

「一応、確かめて駄目なら諦めますが。その方は、どういうお知り合いですか？」

「弱りましたね……」

　秋元は少し眉をひそめ、ドアの外を気にする素振りを見せた。

「じつは、蜂須賀《はちすか》さんという、父の元部下だった人なんです」

（あっ――）と浅見は思った。あのマンションのホールで、確かに「蜂須賀」というネームプレートを見た記憶がある。「蜂須賀」は珍しい苗字だし、豊臣秀吉の大名として有名だから、ひときわ目についた。

「お父さんの部下とおっしゃると？」

「つまり、父が防衛庁長官時代のですね。だから、その人に世話してもらったとなると、痛くもない腹を探られはしまいかと」

「ああ、そうだったんですか」

　あっさり受け流したものの、浅見の背筋を戦慄《せんりつ》に似たものが走った。

　それにしても、この秋元直樹という男は、嘘のつけない性格のようだ。父親の紹介という安心感はあるにもせよ、初対面の、それもマスコミ関係の人間に、そういう「秘密」を喋ってしまう気のよさは、やはりボンボン育ちの証明なのだろう。

「しかし、部下と上司のあいだで、そういう会話があるのは、ごくふつうのことではありませんか」

「そうなんですよ。べつに紹介手数料を払ったり、格別に貰ったりしているわけじゃないのですからね。しかし、上司といっても、父は一応、政治家ですから、便宜を図ってもらったのではないかとか、何かと勘繰られやすいのでしょう。いわゆる、李下《りか》に冠を正さずっていうやつですか」

　秋元直樹は笑って、

「ま、とにかく聞いておきます。たぶん駄目だと思いますが」

「お願いします」

　明亜産業ビルを出る浅見の足取りは、自分でも呆れるほど軽かった。無意識に早足になるのは、心臓の鼓動が早くなっているせいかもしれない。

（藤本開発室長も、やはりあの「蜂須賀」のネームプレートを見たのだ――）

　通りすがりのような人間にとっては、ただの「珍しい名前」にしか映らなくても、あらかじめその人物に対する知識を持つ人間の目には、特定の意味がプラスされる。

　浅見が「秋元」の名前を見て秋元康博開発庁長官を連想したように、藤本が「蜂須賀」の名前から防衛庁幹部を連想したとしても、不思議ではない。しかも藤本にとって「防衛庁の蜂須賀」という人物は、何か重大な意味があったにちがいない。

　むろん、藤本は当初からあのマンションで「蜂須賀」の名に遭遇するとは思っていなかっただろう。富沢幸恵が邪推したように、あるいは富沢の愛人がいるとでも期待したのかもしれない。ところが、そこで思いがけなく「蜂須賀」を発見した。富沢春之の訪問先がじつは「防衛庁の蜂須賀」だったことを知ったのだ。

もちろん「蜂須賀」という名前だけで、藤本が想像した防衛庁の人物かどうかは分からないにしても、藤本なりにピンとくるものがあったことは考えられる。マンションをアタフタと出てきたという様子からも、彼の驚きの度合いが推し量られる。少なくとも、「蜂須賀」氏の素性を確かめる行動に出たことは間違いないだろう。

浅見は東京駅前の八重洲ブックセンターで『防衛年鑑』を仕入れた。巻末の人事篇の「調達実施本部」の冒頭近く、「蜂須賀」の名前は写真入りで掲載されていた。眉毛の濃い、唇の厚い、見るからに意志の強そうな顔だ。

〔蜂須賀薫――東大法学部（47年）、防衛庁、防衛局防衛課、北海道警察本部防犯課長、官房企画官兼防衛局防衛課、防衛施設庁施設対策2課長、防衛局運用課長、航空機課長、計画課長、総務課長、防衛審議官兼調本副本部長（昭和23年生）〕

落ちこぼれの浅見などから見ると、まさに目も眩むような経歴だ。むろん、いわゆるキャリアである。東大では富沢春之より十何年か、先輩に当たる。その誼《よしみ》で接点があったことは考えられる。

ざっと見て、蜂須賀薫が歩んだのは、「防衛」ひと筋の出世コースのようだが、その中に「北海道警察本部」が入っていることが目を引いた。キャリアの通例として、おそらく二十七、八歳の若さで防犯課長を務めたのだろう。むろん、その時期には北海道全域を視察して回ったにちがいない。

（そのとき、彼は利尻島へも行ったのだろうか——）

浅見はぼんやりと『防衛年鑑』のページを眺めながら、蜂須賀と利尻との結びつきを思い描いていた。

それにしても、かりに富沢や藤本が蜂須賀を訪問したのだとして、そのことと彼らが相次いで殺された事件と、どう繋がってくるというのだろう？

蜂須賀の経歴の最後にある「調本」とは、調達実施本部のことである。陸、海、空の自衛隊に供与されるあらゆる武器、弾薬、装備のたぐいはすべてここで調達される。艦船も航空機も特車もこのセクションから発注され、配分される。「副本部長」とは、その調達事務を司る頂点のような存在だ。

「利権か……」

上から下まで、官、民を問わず、利権のあるところには汚職がつきもののような国だ。まして防衛予算は二兆円をはるかに超える金額を、物資の「調達」に充《あ》てている。防衛庁調達実施本部＝調本は日本最大の仕入れセクションなのである。この美味しいパイに群がる企業とのあいだで、天地神明に恥じないきれいな取引きが行なわれているとしたら、ほとんど奇跡だ。

富沢は、あるいは藤本は、その実態を知ったか、それとも、何か具体的な証拠を摑んだのではあるまいか。

中田絵奈が聞いた、富沢の「バレるかもしれない」という言葉は、不正に関する情報なりデータなりが、外部に漏れることを恐れた意味だったとも考えられる。

浅見が思い描く富沢春之の人物像は正義感のつよい人——である。汚職だの贈収賄だのは、彼の性格には馴染まなかったにちがいない。「開発室」という、一種、浮世離れした部署にいたことも、富沢の純粋性を培養する作用があったかもしれない。

その彼が会社の不正を知ったとしたら、はたしてどういう行動に出ただろう。正義の人といえども、告発などして会社を窮地に追い込むことは本意ではなかったはずだ。そうして悩んだ末、富沢は利尻島へ行き、死んだ。いや、抹殺されたのである。

第七章　防衛庁調達実施本部

1

このところ、陽一郎のご帰館の遅い日が続いている。早くて午後十時。十二時を過ぎることも珍しくなかった。

帰ってくればふつうに笑顔を見せ、口数は少ないながら、家の者との会話もある。しかし、遅い帰宅にはそれなりの理由があるはずだ。もちろん、いま取り組んでいる仕事の内容など、家族にはひと言も漏らさないが、何か難しい局面にぶつかっていることを想像させる。

その日は比較的、早く帰った兄を、浅見は書斎に訪問して、世田谷・用賀のマンションで出会った「発見」を報告した。

弟からもたらされた新しい情報に、刑事局長はかすかに眉をひそめた。

「蜂須賀副本部長か……」

「兄さんは知ってるんですか？」

「ああ、東大で私の三年先輩だ。もっとも、卒業するときは一年しか違わなかったがね。学生時代からよく知っている。特別親しい付き合いがあるわけではないが、この春も何かのパーティで会った」

それから少しあいだを置いて、「そうか、蜂須賀氏か……」と、呟くように言った。何となく、(あの男なら、あるいは――)というニュアンスが込められているように、浅見は感じた。

「どういう人柄ですか」

「そうだな、自信家かな。もっとも、東大出のキャリアは、大抵は自信家か、自信家を装っている」

自嘲するような口調だった。

「蜂須賀氏は東大紛争の戦士だった」

「東大紛争っていうと、学生運動がエスカレートしたやつでしたっけ」

「そうか、きみはまだ三つか四つの頃だったかな。私が高校時代で、東大を目標にしていたから、ショッキングな事件だった。テレビでぶっ通しで放送していたが、学生運動というより、あれはほとんど暴動だった。安田講堂に立てこもった過激派学生に機動隊八千五百人が襲いかかったのだから、ちょっとした市街戦といってもいいほどだ。彼はその渦中にいて、建物の上から機動隊に向かって火炎瓶を投げた人物だよ」

「それがいまや防衛庁幹部ですか。しかし、そういう危険人物を、防衛庁がよく採用したもんだなあ」

「卒業まで六年かけて、その間に転向したということだろう。学生運動の誤りを総括する彼の論文を読んだことがあるが、それを読むかぎりでは、ガチガチの右翼に近いところまで転向していたと思う」

「ずいぶん節操観念がないですね」

「ははは、そうとも言えないさ。若い頃は大きく揺れて当然。悩まないやつのほうがどうかしている」

「それは僕のこと？」

「ははは……」

　陽一郎は肯定も否定もしなかった。

「それで、兄さんはどう思いますか。これから先は僕の領域ではないけど、警察としては蜂須賀氏に手をつけますか」

「そうだね、一応はチェックしてみよう。しかし、蜂須賀氏が直接、事件に関わっているとは考えられないがね」

　その「チェック」の結果は翌日には出ている。利尻島で富沢が死んだ日についても、静岡県小山町の山中で藤本が殺されていた日についても、蜂須賀薫にはちゃんとしたアリバイがあった。

「アリバイ工作の可能性はどうですかね」

浅見は念を押した。

「小山町の事件に関してはその可能性を疑うことはできる。しかし利尻島の件に関しては物理的に言って不可能だろう」

「共犯者がいるってことですか」

「おいおい、私は蜂須賀氏の犯行だと認めたわけじゃないぞ。小山町の犯行現場までは、東京からでも三時間あれば往復できる。蜂須賀氏も含めて、犯行の可能性のある人間は、それこそゴマンといるだろうよ。共犯者もそのゴマンの中にいるかもしれない。しかし、かりに共犯者がいたとしても、利尻島の事件に関しては、犯行そのものが説明できない。島の外から入った形跡がない以上、島内の人間による犯行としか考えられないだろう。だとすると、共犯者は少なくとも利尻と東京付近の在住者、二人ということになる。それとも、二つの事件はまったく関係のないものと見るかだ」

「いや、これは同じ根っこの事件ですよ」

「自信があるのはいいが、どう証明するつもりだ？」

「犯行の立証が難しければ、動機から攻めるしかないでしょうね。藤本氏殺害は副次的なもので、富沢氏の事件の謎に迫ったために殺されたものとして、やはり富沢氏を消さなければならなかった理由があったはずです。富沢氏はどこで何をキャッチしたか……」

浅見は言いながら、富沢が残した三つのキーワードに思いを馳《は》せた。

一つは、利尻カルチャーセンターの「運だめしタンス」で発見した〔プロメテウスの火矢は氷雪を溶かさない〕というメモ。

二つめは、中田絵奈に洩らした「バレるかもしれない」という言葉。

もう一つは、絵奈のもとに届けられた『氷雪の門』のCDと、手紙の文面に「幸せだった」と過去形で書かれていたこと。

そういうものを残していることから判断すると、富沢には死の予感といえるほどの、何かの不安があったのは間違いないだろう。それにもかかわらず、結果として死ぬことになった利尻島へ、富沢はなぜオメオメ出掛けて行ったのだろうか？

もっとも、生命を狙われていたとすると、たとえ利尻島でなくても、どこにいても危険の度合いは同じということは言える。殺伐とした都会よりは、むしろ利尻島のほうが安全地帯だったとも考えられる。

「そうか……」

浅見は無意識に呟いた。

「なんだい、何か分かったのか？」

陽一郎は興味深そうな目を、頼り甲斐のある弟の顔に向けた。

「富沢氏が利尻島へ行ったのは、相手が安心できる人物だったからかもしれない」

「なるほど、それは言えるね」

「正確に言うと、安心できると信じていた相手ということですけどね。しかし、実際はその相手が殺人者だった」

「うん」

「蜂須賀氏は、富沢氏にとって、どういう関係にあった人間なのかな？」

「西嶺通信機の得意先である防衛庁調達実施本部の人間――という以外にか？」

「ええ、いや、たぶんその関係が主体なのでしょう。それ以外には東大の先輩、後輩の仲ということはあるけど」

「しかし、年齢がだいぶ違うぞ。それに、法学部と工学部では、それほどの接点はないだろう」

「それをいえば、富沢氏の勤務先は、製造部開発室だから、防衛庁への納入業務では直接の接点はないことになりますよ」

「そうかな？　新製品の発注や受注の際のオリエンテーションやプレゼンテーションで、富沢氏が調本のトップと接触する機会はあったのじゃないかね。兵器はもちろんだが、防衛関係の設備・機器類はマル秘扱いが多く、特定の業者を選択して継続的に随意契約するケースがほとんどだ。新兵器などは開発段階から業者の技術者を巻き込んで作業が行なわれるからね。富沢氏が優秀な人物だったとすると、蜂須賀氏がとくに目をかけたということだって考えられる」

「なるほど、それはありえますね。しかし、それだと、事件のときに、富沢氏と蜂須賀氏の関係がもう少し表面に浮かんできていてもよさそうなものだけど……」

「いや、それはないよ。社員の不祥事で、お得意先に累を及ぼすことはしないさ」

「なるほど……とにかくこれ、確かめてみますよ」

その晩の話はそれで打ち切って、浅見は翌日、西嶺通信機の片山誠司に会った。

富沢と蜂須賀の関係について指摘すると、片山は「まさか……」と目を丸くした。

「富沢さんが調本の偉い人と、個人的に付き合っていたなんてこと、考えられませんよ。そんな話は聞いたこともないし、第一、そういうことがあれば、上の連中が黙っていないでしょう。うちの社は案外古いところがありましてね。上意下達っていうのか、順序や段階を踏まないと、目茶苦茶うるさいんです。抜け駆けやスタンドプレーなんかやろうものなら、袋叩《ふくろだた》きですよ」

「しかし、富沢さんが蜂須賀氏のマンションに行っていたことは事実です」

「ほんとですか？　たまたま、富沢さんの知り合いのマンションと同じだったたってことじゃないんですか？」

「そうかもしれません。しかし、そうでないかもしれない。富沢さんが防衛庁に対する新製品のプレゼンテーションか何かに出席して、その際に、先方——とくに蜂須賀氏辺りに見込まれた可能性だってないとはかぎらないでしょう。どうでしょう。プレゼンテーションに参加していそうな営業関係の人か、開発室の富沢さんの同僚の方に、それらしいことがなかったかどうか、確かめてみてくれませんか」

「うーん、それはいいですけど……だけど、どうやって確かめるか、ですね」

事件以降、富沢のことに触れるのはタブーのような雰囲気が社内にはあった。いや、むしろあの事件の記憶そのものが、そろそろ風化しつつあった。もし藤本開発室長の事件が勃発《ぼっぱつ》しなければ、そのまま終息していったにちがいない。藤本の事件がそれを一気に呼び戻した。と同時に、逆にその話題を持ち出すことは一切、禁じられた。

とくに藤本のケースは明らかな殺人死体遺棄事件なだけに、マスコミの攻勢がきつい。会社内ではもちろん、勤務時間外でも、どこに連中の目や耳があるか分からない。非公式ながら、会社側は箝口令《かんこうれい》をしいたといってよかった。

そういう中にあって、片山はまだしも、広報室の「特権」を利用して、社内を自由に行き来できるし、いろいろな人間と接触する機会もある。無駄話を通じて、思いがけない情報に触れることも珍しくない。それはいいのだが、時には「あいつは会社のスパイじゃないのか」などと邪推する噂が、片山の耳にも入ってくる。そんなのは気にしないつもりでいたが、こういう深刻な状況下にあっては、ふだんは何でもない言動も、ことさら注目や警戒の対象になるかもしれなかった。

案の定、片山の危惧《きぐ》は的中した。開発室へ顔を出して、ニュースリリース用の原稿をもらったあと、ついでのようなさりげなさで、「富沢さんは調本の人に気に入られていたみたいですね」と言ったとたん、室長代理の宮島に睨まれ、「おい、余計な話はするな」と怒鳴られた。

そのときは「あ、すみません」と首を竦《すく》めたのだが、しかしその片山の「冒険」は無駄ではなかった。

その日の夕刻、帰る方角が同じ安田という開発室の若手社員が、電車で一緒になった。周囲に誰もいないことを確かめて、安田は顔を寄せるようにして「昼間の話ですけど」と言った。

「富沢さん、たしかに調本の偉い人に見込まれていたみたいですよ」

「えっ、ほんと？」

「ええ、僕はプレゼンテーションには、雑用係として二度しか出ていませんが、製品開発の説明はほとんど富沢さんの独壇場でした。調本側からの質問も、富沢さんに集中してました。藤本室長は富沢さんに一目置いていたからいいんだけど、営業や設計の人たちは頭にきてたみたいです」

「じゃあ、富沢さんはうちの社のスターみたいなものだったわけですか」

「だと思いますよ。一度なんか、帰りがけにむこうの偉い人に呼び止められて、じきじきに声をかけられてました」

「それ、その偉い人って、誰でした？」

「さあ、誰だったかよく知りませんが、五十歳ぐらいの、とにかく上のほうの人だったと思います」

「どんな話をしてました？」

「それはぜんぜん聞いてません。僕はすぐにその場を離れましたから。ただ、最初に声をかけたとき、『きみも東大だって？』とおっしゃったのは聞こえました」

例によって新宿の「滝沢」で、片山からその報告を受けたとき、浅見はすぐに（蜂須賀だ――）と直感した。

調達実施本部には、副本部長クラスでは蜂須賀以外に東大出はいない。ほかは防衛大や私大出で占められている。その二ランク下の課長クラスには二人いるけれど、それはまだ四十三、四歳のはずである。

「それにしても、そういう状況のあることを浅見さんが予測していたのには、いまさらながら感心しました」

片山は首を振り振り言った。

「とにかく、僕の知るかぎりでは、お歴々の頭越しに富沢さんが調本の偉い人たちと付き合っていたなどということは、到底ありそうになかったのですからね。だけど、いまさら言うのも変だけど、蜂須賀さんのマンションに富沢さんが行ったとか、そういうこと、浅見さんはどうして分かったのかなあ？」

不思議そうな視線を向けられて、浅見は苦笑した。

「偶然ですよ。あっちこっちにアンテナさえ立てておけば、どこかで情報が引っ掛かってくるものです。ところで、いまの話の様子だと、富沢さんと蜂須賀氏との付き合いは、会社の人はほとんど知らなかったようですね。むしろ、お二人は他人に知られないように接触していたような印象ですが」

「僕もそう思いました。もしそうだとすると、社内では僕のことをスパイ呼ばわりするやつがいるけど、富沢さんのほうがスパイだったんじゃないかって気がします」

「えっ？　つまり、会社の機密を蜂須賀氏に漏らしていたということですか？」

「それはどうか分かりませんが、たとえば蜂須賀さん側に、何か新しい企画なり計画なりがあって、富沢さんはその相談に乗っていたのかもしれません」

「そうか、プロメテウスの火矢か……」

浅見は思わず呟いた。

「は？　何ですか、それ」

「えっ？　ああ、そうでしたね、この話はまだしていなかった」

（しまった——）とは思ったが、片山だけには、ある程度のことを打ち明けるのも仕方がないかな——という気もしていた。

「じつはですね」と、浅見は富沢が利尻カルチャーセンターに残した、謎めいたメモのことを話した。

「ふーん、『プロメテウスの火矢は氷雪を溶かさない』ですか……」

「プロメテウスはギリシャ神話に出てくる英雄です」

「ええ、それは僕も知ってます。だけど、それがどういう意味なのか……」

「プロメテウスのローマ字のスペルを分解して、それぞれの単語の頭文字を繋げた、何かの略号になっているんじゃないかと思ったのですが。たとえば『プロメテウス計画』といった新兵器開発や、防衛システムにまつわるような」

「あっ、そうですね、そうかもしれない」

片山はいっぺんに顔色を変え、緊張した声で言った。

2

「じつは一カ月ばかり前、うちの室長から言われて、藤本開発室長のところに、新バッジシステムのことでレクチャーを受けに行ったことがあるんです」

片山は記憶を模索する目で、中空を睨みながら言った。

「そのとき、藤本さんは調本の谷中副本部長の指示で、現在のバッジシステムに替わる新システムの研究開発を急いでいるという話をしてくれました。『TMD』っていうんですが、浅見さんは知ってますか」

「いえ」

浅見はもちろん首を振った。

「でしょうね。僕もそのときはじめて聞いたようなものですから」

片山はかいつまんで「TMD＝Theater Missile Defense」の解説をした。バッジシステムより高性能であり、より広範囲に機能する警戒システムだ。むろん、経費は少なくとも倍以上はかかるといわれる。

そのことにも興味はあるが、浅見はべつのことに引っ掛かった。

「いま、片山さんは『調本の谷中副本部長』って言いましたが、そうか、そういえば調本には副本部長が、蜂須賀氏以外にも何人かいましたね」

「ああ、そうです。調本には副本部長がたしか六人いると思います。えーと、担当別に分けますと」

片山は手帳のページを破り取って、担当部署名を書き出した。

〔総務、契約原計第一、第二、第三、調達管理第一、第二〕

「谷中さんも蜂須賀さんも契約原計の副本部長ですが、担当はどれだったかな……」

「契約原計というのは、何なのですか？」

浅見は訊いた。

「ああ、これは契約原価計算の略です。契約課と原価計算課によって成立しているセクションで、三部門に分かれています。ここが業者との契約窓口になってまして、確か第一が電気通信関係。第二が弾薬、糧秣、燃料、火器、船舶。第三が航空機、誘導武器だったと思います。蜂須賀さんは第一、谷中さんは第三じゃなかったですかね」

「西嶺通信機はどの部門とお付き合いがあるのですか？」

「一応、全部ということになってますが、主に第一と第三ですね。電気通信機器は当然ですが、誘導装置にもわが社の水晶発振器は欠かせませんから」

「さっきのＴＭＤは、谷中さんの第三が関わっているわけですか」

「いえ、第一の通信機器のほうが、むしろ重要な役割を持つかもしれません。ただし、弾道ミサイルを迎撃するとなると、まったく新しい規模と性能を有するミサイルが必要になってくるので、誘導武器担当の谷中さんがハッスルするのも分かります。何しろ、大掃除の最中にその話をされたくらいだそうですからね」

「ひょっとすると、『プロメテウスの火矢』というのは、そのミサイルのことかもしれませんね」

「そうですねえ、『プロメテウス』が、さっき浅見さんが言ったように、防衛警戒体制のような意味を持つ複合語だとすると、ＴＭＤシステム全体をさすと思います。その場合『火矢』というのは迎撃ミサイルそのものと考えたほうがいいですね」

「富沢さんの残した言葉は『プロメテウスの火矢は氷雪を溶かさない』ですが。それだと『火矢』を否定している意味になりはしませんか」

「確かに、そう受け取れますね」

二人は暫時、顔を見合わせて黙った。その言葉の意味がにわかにクローズアップされてきたのを感じている。

「なぜ、富沢さんは『火矢』を否定するようなことを書いたんですかね？」

浅見はなかば独り言のように言った。

「そうですねえ、現在のわが社――というより、日本の技術力では性能がそこまで及んでいないということでしょうか。アメリカでさえ、弾道ミサイルを迎撃するのは難しいとされているのだそうですから」

「超高空から超高速で飛んでくる弾道ミサイルを迎撃するとなると、こっちのミサイルのほうも、超がつくほど高性能でなければならないでしょうね」

「まあ、そうだと思います。むしろ精度という点では、飛んでくるやつより、迎撃ミサイルのほうが高性能ですよ、きっと。僕は技術屋じゃないから、聞きかじり程度で、詳しいことは知りませんが、追跡能力も航続距離もたぶん格段の進歩が必要だと思います」

「それじゃ、もしその気になれば、逆に敵国を直接ミサイル攻撃できるほどの能力を備えているってことになりませんか」

「そうですね、その可能性はあります」

「だとすると、国是である専守防衛と矛盾するし、逆に相手国に脅威を与え、態度を硬化させる恐れがありますね」

「なるほど……」

日本の軍事力は自国の防衛のみを目的とするという制約がある。もともと軍備そのものが憲法の拡大解釈の上に存在するようなものでもあり、軍備拡充については近隣諸外国に気を遣う。他国への侵攻を疑われるおそれのある戦略や兵器は、これを保有しないという建前になっている。航空自衛隊の保有する機種の中に、長距離爆撃機が含まれていないのはその表れだ。

「富沢さんが『火矢』に否定的だったのは、それも理由の一つだったかもしれませんね。『氷雪を溶かさない』という表現には、なんとなく北風と太陽の話のような比喩が込められているような気がします」

「はあ……」

片山はかすかに笑って、

「浅見さんは優しい人ですね。僕なんかは、そういう文学的な発想は浮かびません」

「ははは、ただ軟弱なだけです。いざ戦争が始まったら、いちばん先に逃げだすか、最初に殺されてますね、きっと」

「そんなことはないですよ。優しいけれど、勇気がある。ふつうの人間なら、見向きもしないで通りすぎてしまうことでも、立ち止まって手を差し延べる人です」

「ははは、そんなことより、話を元に戻してですね、どうなんでしょう、契約原計第一の蜂須賀氏と第三の谷中氏との関係はうまくいっているのでしょうか」

「さあ……そのことに何か意味でもあるのですか？」

「富沢さんが蜂須賀氏のスパイ——かどうかはともかく、親しく付き合っていたとして、それを谷中氏が知ったら、あまり愉快じゃないだろうと思ったのですが」

「それはまあ、確かにそうですね」

「それと、さっきの話ですと、谷中氏が一人ハッスルして新システム開発に力を入れていたような印象があります。システムは通信機器も誘導武器も含めて、それこそすべてのシステムがリンクしなければ、うまくいかないと思うのですが、谷中氏だけが突出していた辺り、蜂須賀氏と谷中氏のあいだに何か確執があったような臭いがします。たとえば、抜け駆けだとか、足の引っ張りあいだとかですね」

「ああ、それはあり得るかもしれませんよ。蜂須賀さんは東大法学部出身のキャリアですが、谷中さんは防衛大出の根っからの制服組――昔でいえば職業軍人ですからね。年齢もかなり違うし、硬派でバンカラで有名な谷中さんとしては、理論派の蜂須賀さんを日頃から苦々しく思っていたとしても不思議はありません」

「なるほど……」

浅見は兄陽一郎から聞いた、東大紛争時代のエピソードを思い出した。百八十度転向したといっても、蜂須賀の精神の深奥には、制服へのアレルギーが、古傷のように残っているのだろうか。

「そうだ、もし、富沢さんが蜂須賀さんのスパイだったとしたら、谷中さんは頭にきたでしょうね。それが殺しの動機っていうことは考えられませんか」

片山は言った。

「いえ、そんなに簡単なものじゃないです。かりに富沢さんがそういう理由で谷中氏に睨まれていたとしても、ただそれだけのことが殺人の動機になるとは考えにくい。足の引っ張りあいなんて、どこの世界にもある日常茶飯事ですからね、もしそんなことで人を殺していたら、いたるところ死屍累々ですよ。もっとほかに何か、切実で重大な動機があったにちがいないのです」

「富沢さんが谷中さんの秘密を掴んで、蜂須賀さんにご注進に及んだとか。それとも恐喝の材料に使ったとか」

「ははは、どうしてもその図式ですか。それだと谷中さんが犯人ということになりますね。しかし違うと思いますよ。警察が調べても谷中さんにはちゃんとしたアリバイがあるはずです。とにかく、五月下旬のあの事件の日に、利尻へ渡った人間の中には、事件や富沢さんと関係のありそうな不審者はいないのですから。それにもしそういう事件だったとしたら、不思議に思えてならないことがあるのです」

浅見は眉根を寄せ、焦点の定まらない視線を、あらぬ一点に据えた。

「何ですか、その不思議っていうのは？」

「蜂須賀さんがなぜ動かないか――です。富沢さんと蜂須賀さんの関係は、いまのところ警察も掴んでいませんが、かりに富沢さんの事件が谷中さんとの関係に原因があるか、少なくともその疑いがあるとしたら、当然、蜂須賀さんはその情報を警察に流しそうなものではありませんか。それこそ、足を引っ張るチャンスですからね。しかし蜂須賀さんは沈黙を守っている。富沢さんとの特別な関係についてもまったく隠したままです。スパイうんぬんはともかくとして、それほど緊密な関係があったのなら、富沢さんの事件に関して、何らかのヒントになりそうな事実やデータを持ち合わせているはずです。

それなのに、まったく動かない。このまま口を噤《つぐ》み続けるつもりなのでしょうかねえ」

「それはそうだと思いますよ。僕だって何かの事件の情報を握っていたとしても、警察がやってこないかぎりは黙っていますよ。いろいろ調べられたり、ああでもないこうでもないと、痛くもない腹を探られたりするのは真っ平ですからね」

「なるほど……」

浅見の脳裏を兄の顔がチラッと掠《かす》めた。一般庶民の警察に対する認識なんて、所詮はその程度のものにちがいない。

「しかし、それにしても、親しくしていた人物が殺された事件ですよ。そんな場合でも片山さんは黙っているつもりですか？」

「うーん……そう言われると考えちゃいますね。だけど、あの場合は蜂須賀さんと富沢さんとが親しくしていたなんて、蜂須賀さんと蜂須賀さんのご家族以外には、誰も知らなかったことでしょう。ほっかぶりしているのには、それもあるんじゃないですかね」

「それじゃどうでしょう、たとえば、僕が殺されたとしたら？」

「えっ、浅見さんがですか？」

「片山さんと僕のことは、おそらく誰も勘づいてはいないと思いますが、それだとやはり沈黙を守りますか」

「そんな、仮定にしてもあまりにも突拍子もなさすぎますよ」

「そんなことはないでしょう。かりにも二つの殺人事件に首を突っ込んでいるんですよ。

いつ殺されないとも限りません。いや、僕だけでなく、片山さんだってその危険性はあり得ますよ。それ以前に、富沢さんも藤本さんも、まさか自分が殺されるなんてこと、考えてもいなかったはずです。なのに、殺されたんです。それが現実です」

「そうか……そうですよね。そんなこと、考えもしなかったなあ……」

片山は深刻な表情になって、まるでそこいらに殺し屋でもいるかのように、周囲を見回した。

「もし、この事件がらみで僕が殺されたとしたら、その背景の事情を知っているのは浅見さんだけですよね。そうか、浅見さんが黙っていたら、事件の真相なんて、警察には永久に分からないのかもしれないな……いや、僕はあれですよ、絶対に沈黙なんて卑怯《ひきょう》な真似はしません。ちゃんと警察に出向いて、何があったのかを告発しますよ」

「ありがとうございます。そのお言葉を聞けば、亡き浅見光彦も成仏できるでしょう」

浅見はおどけて頭を下げた。

「ははは、やだなあ、冗談じゃないですよそんなこと。浅見さんだって、僕のこと、よろしく頼みますよ」

「もちろんです。僕も必ず命をかけて、片山さんの仇を討ちます。これは正義感の問題ですからね」

「そうですよね、正義感ですよね。正義感なんて言葉、久しぶりに言ったなあ。だけど、それじゃ蜂須賀さんたちには正義感がぜんぜんないってことですかね」

「いいえ、そんなはずはありませんよ。誰にだって多かれ少なかれ正義感はありますよ。ただ、僕たちと蜂須賀さんたちとのあいだには、根本的な違いがあるんですね」

「何ですか、根本的な違いとは？」

「僕たちには失う物がないってことです。いや、片山さんまでがそうだと言うのはおこがましいけれど、少なくとも僕の場合、生命以外に失う物は何もありません。妻もいなければ財産も地位もない……ちょっと寂しいくらいですけどね」

「それなら僕だって同じですよ。自慢じゃないけど、何もないなあ……そりゃ、好きな女性はいるけど」

「それに較べると、蜂須賀さんたちには失う物が多すぎるんでしょうね。正義感なんて抽象的なものは問題にもならないほどのね。そういう、正義感だとか良心だとかなんかには目を瞑《つむ》ってもなお、守らなければならないもの――と言ったほうがいいのかな。家族や、地位や、組織……」

　そう言ったとき、浅見は自分が吐き出した言葉に対して、頭の中で強く反応するものを感じた。

（そうか、正義感よりも、それに生命より大切に、守らなければならないものか――）

　急におし黙ってしまった浅見を、片山は怪訝《けげん》そうに見つめていたが、浅見の言葉をフォローするように言った。

「そうですよね。あの人たちには地位も財産もあるし、家族の幸せだって守らなければならないし、何かと気を遣うことが多いのでしょうね。その点、僕なんか気楽で……」

「蜂須賀さんが守ろうとしているのは、組織ですよ」

浅見は片山の言葉を遮った。

「そう考えれば、なぜ富沢さんのことを隠し続けているのか理解できます。もちろん、そこには個人的な利害の計算も働いているにちがいないけれど、それ以前のところには、基本的に組織――つまり防衛庁そのものを守らなければならないという、強い意思があるのですね。それが彼ら官僚にとっては最高の正義なのかもしれない。大蔵省にしろ建設省にしろ、彼らが生命を賭《と》してまで守ろうとするのは国民でも国家でもなく、彼ら自身の組織そのものなんですよ。それに較べれば、民間人の生命の一つや二つ――いや、ときには自分の生命だって投げ出しかねない。その証拠に、汚職や疑獄事件のたびに、必ず関係者が何人か自殺か、あるいは自殺を偽装して殺されているじゃないですか」

喋っているうちに、浅見は自分の感情がどんどんエスカレートしていきそうで、恐ろしくなった。

3

その夜遅く、浅見は例によって兄陽一郎を書斎に訪問し、急展開を見た「捜査」の現状を報告した。

片山との会話を通じて、事件の背景——動機に繋がりそうなものの気配は見えてきている。蜂須賀と谷中——防衛庁調達実施本部の二人の副本部長周辺で起きた、何らかの不祥事等を隠蔽《いんぺい》するためだった可能性が強い。そういったことを話した。

「なるほど」と、陽一郎もその憶測については、概《おおむ》ね同意した。

「大したもんだな。じつをいうと、きみが短時日のうちにそこまで調べを進めるとは思っていなかった」

「あまり自慢できるものじゃないですよ。ほとんど、片山さんが運んできた情報によるところが大きいのだから」

「謙遜することはない。情報といっても、いま聞いたかぎりでは、無味乾燥の事実関係や単なる噂話でしかなさそうだ。そこから推論を立て、事件のストーリーを組み立てるのはなかなかできるものじゃないさ。とくに、官僚が個人の生命よりも組織を守りたがる体質だというのは、私にしても耳が痛いな」

「兄さんも同じですか」

弟の試すような視線を無視して、刑事局長は「いや」と、あっさり首を振った。

「私は俗人だからね、そこまでは徹しきれない。きみの『官僚観』が正論だとすれば、さしずめ私は落第だな」

「それを聞いて安心しました。僕が殺されても、兄さんが骨を拾ってくれないとしたら、やっぱり寂しいからなあ」

「ははは、ばかなことを言うな。骨にならないように、命懸けで守ってやるよ。それ以前に、きみも無茶はしないことだ。むしろそっちのほうを心配している」

陽一郎はかすかに眉をひそめ、弟の無謀を懸念する目を向けた。

「大丈夫。僕だって分を弁《わきま》えているつもりです。モンスターみたいな官僚組織に、素手で立ち向かうような真似はしませんよ」

「モンスターか……だがね光彦、官僚にせよ政治家にせよ、観念的に十把ひとからげに決めつけないで、根本のところでは人間であるという点だけは押さえておくことだな」

「そんなことは、言われなくても分かってますよ。今度の事件だって、唯一、そこに活路があるんじゃないかな」

「ふーん……何を考えている？」

陽一郎はいっそうの懸念を込めて、弟を見つめた。

「その質問は、むしろ僕のほうから兄さんに返したいな。警察は何を考えているのか」

「どういう意味だ？」

「僕と同じデータを持ったとして、警察ははたして捜査に乗り出すのか、正直なところ疑問に思っているんです」

「それは私に対する皮肉か」

「違いますよ。警察機構全体に流れている血っていうか、ＤＮＡのような体質っていうか、そのことを言っているんです」

「つまり、信用できないってことか」

「ええ、有体《ありてい》にいえばそういうことかな。それは、僕は兄さんをよく知っているし、もちろん信用もしていますよ。だけど、その兄さんにだって限界がある。兄さんは確かに日本の刑事機構の頂点にいるけど、警察全体のトップというわけじゃないでしょう。かりに警察庁長官を動かしたとしても、その上にはさらに公安委員会や法務大臣や総理大臣がいるし、総理だって国会や与党組織によって、がんじがらめに縛られている。それどころか、国家そのものが国際的な環境や、もろもろの条件によって意思決定を左右されるのが現実です。その制約の中で、警察はいったい何をどこまでやれるのか、やってくれるのか、疑問だと言っているのです」

「……………」

　陽一郎は言葉もなく、弟の唇を見据えたまま動かなかった。

(言いすぎたかな——)と、浅見は少し後悔した。こんなことは、徒《いたずら》に兄を追い詰める結果にしかならないだろうし、言っても詮ないことかもしれないのだ。しかし、胸のうちに淀んでいたもののほとんどを吐き出した爽快感《そうかい》はあった。

　まったくのところ、警察の能力に限界があることは否定できない。いや、近代警察の科学捜査力は底知れないほど進んでいるのだから、能力がないというのは語弊がある。能力があっても、それを発揮する範囲には限度があるというべきだろう。

　所詮、警察とは本来、国家や体制の安寧を目的とする組織なのである。極端にいえば、個人の犯罪にしろ組織の犯罪にしろ、それを捜査し解決するのは、あくまでもその目的を遂行するために行なっているにすぎない。捜査することによって、逆に国家の安寧を揺るがすような事態が予測されるようでは、本来の目的に沿わないのは明らかだ。

沖縄での米兵の犯罪が長いこと放置されてきたのは、そのことを象徴する露骨な例といっていいだろう。不平等な条約が改正されたとはいえ、警察権の及ばない、あるいは警察が二の足を踏むような事例はいまでも少なくないはずである。日米安保という「国際協調」を維持する目的のために、個人の権利や利益が著しく侵害されてもやむをえないとするものだ。対外的なことでなく、国内の問題に絞っても、それと同様のことが壁になって警察の捜査を阻んでいる事例は、一般市民が知りえない裏の部分では、おそらく枚挙にいとまがないほどあるにちがいない。

「そのとおりだよ」

陽一郎は長い沈黙を解き、苦いものを嚙んだように、白皙《はくせき》の顔をわずかに綻《ほころ》ばせて言った。

「警察の捜査には限界がある。具体的には法務大臣の指揮権発動とか超法規的措置とか、これまでにも何度となく警察の捜査権を絶たれた例がある。その都度、警察関係者は無力感を味わい、モラルが低下したことも事実だろう。だがね光彦、その制約の中で、警察はそれなりに精一杯のことをやっているし、私もやるつもりでいるよ。ただし、きみの言ったように、われわれの力の及ばないところがあるのは事実だ。しかしね、ナチスやかつての共産圏諸国の例を持ち出すまでもなく、警察権力が万能ではないというのは、むしろ国家の健全性の証左だと、負け惜しみではなくそう思ってもいる。それに、角を矯《た》めて牛を殺すようなことがあってもいけない。そのことも分かってもらいたいな」

「ええ、それはよく分かりますよ」

浅見は無表情で頷いた。兄の苦衷《くちゅう》は分かりすぎるほど分かる。それはそうなのだが、しかし——と言わざるをえなかった。

「それだと、この事件の『捜査』も結果が見えてしまったような気がするなあ。かりに犯人を特定できたとしても、そいつの腕に手錠をかけるところまでいかない可能性のほうが強いっていうことでしょう」

「いや、そうは言っていないよ」

「そうかなあ。だって兄さんの話を要約すれば、警察の捜査権が及ばない、いわば聖域みたいなものを認めざるをえないっていうことになるじゃないですか。それじゃ、犯人を特定すること自体、難しいかもしれない。僕の追っている相手は、まさに牛の角みたいな存在なのですからね」

「牛を殺さずに、角を切る方法だってあるだろうさ」

陽一郎は片頬を歪めて、ニヤリと笑った。

「アメリカのＦＢＩも、アル・カポネを殺人罪では有罪にできなかったよ」

「えっ？……」

不意討ちのような兄の言葉に、浅見は反応が遅れた。その弟の顔に突きつけた指をドアに向け直して、陽一郎は言った。

「今夜はこれくらいにしておこう」

素っ気なく背を向けて、デスクの上の書類に没頭する姿勢になった。まるでここが「聖域」であることを誇示するような、頑《かたく》なな後ろ姿であった。

おとなしく引き下がり、自室に戻ったものの、浅見は少なからず失望した。兄は――というより警察にはやる気がないと思った。

とどのつまり、防衛庁と警察庁とは一蓮托生の関係にあるのかもしれない。そのことは自衛隊がそもそも「警察予備隊」として発足したことを思えば納得できる。その双子の弟のような防衛庁に対して、兄である警察庁が本気になって「角を矯める」ことなどするはずがない。むしろ「命懸けで守る」側に立つだろう。ましてや弟のほうは、いまや兄をはるかに凌《しの》ぐほどに肥大化しつつある。国を守るという大義名分の前には、兄はもちろん、親である国でさえ、やたらな口出しはできなくなる時代がくるかもしれない。

ベッドにもぐり込んでからしばらく、浅見は警察――というより陽一郎に対する幻滅の思いで、悶々《もんもん》と眠れない時間を過ごした。幼い頃から父親とともに絶対的な存在であった兄に対しては、かりそめにも幻滅だの失望だのを抱いたことはない。陽一郎は常に正しく、浅見家の光り輝くホープであり、とくに、若くして父親を喪ってからは、父親に成り代わって家族を庇護《ひご》しつづけてきた。

その兄にしても、節を曲げなければならないのが現実というものだ。そんなことは分かりきっているのに、浅見は兄のプライドを逆撫《さかな》でするような言葉をぶつけた。目を瞑っていると、そのことへの悔恨がしだいにつのってくる。

そしてようやく眠りに落ちようとする瞬間、ふと（あれは何だったのだろう？――）と思った。陽一郎が最後に「アル・カポネ」と言った、その言葉が妙に気になった。さまざまな想いが去来する中で、とりとめのない夢にうなされる夜になった。

芙蓉重工と西嶺通信機に、警視庁の強制捜査の手が入ったのは、それから数日後のことである。

片山からの電話で、浅見はマスコミ報道より早い時点でそのことを知った。

「どうやら、わが社の防衛庁に対する物品納入に関して、かなりの水増し請求の疑いがあるみたいです」

片山は興奮ぎみに声を震わせていた。自社の恥を伝えるのは、正義派の彼にとっても辛いことにちがいない。

浅見は（あっ――）と思い当たった。陽一郎が言っていた「アル・カポネ」云々《うんぬん》とはこのことだったのかもしれない。カポネは殺人事件の容疑については、証人の口を片っ端から封じて無罪を獲得しつづけたが、最後に検事側がつきつけた脱税容疑によって、あえなく有罪となり投獄された。

夕方以降のテレビニュースでは、捜査員が押収品を収めた大量の段ボールケースを社屋から運び出す光景を何度も放送していた。

その夜、陽一郎の帰宅は零時を回った。浅見は玄関に兄を出迎えて、精一杯、尊敬の念を込めて「やりましたね」と言った。

「ん、何のことだ?」

「ははは、決まってるじゃないですか、このあいだ兄さんが言ってたアル・カポネっていうのは、今日の強制捜査のことなんでしょう? 次なる標的は防衛庁ですね」

最大のエールを送ったつもりなのに、兄の反応は冷たかった。この上なく苦々しい顔になって、

「そんなこと、分かるものか」と言った。

「まさか……だって、不正の片棒を担いだのは防衛庁じゃないですか」

「片棒を担いだ? 誰が担いだのかね。防衛庁は被害者だと言っているよ」

「まさか……」

浅見はまた驚きの声を発した。その弟を見捨てるように、陽一郎はさっさと書斎の中に消えた。

これほど不機嫌な兄を、浅見はいまだかつて見たためしがなかった。いかなる難局に遭遇しても、家族に対してはいつも穏やかな笑顔を向ける兄のはずであった。振り向いたときの陽一郎の表情は、険しい目に光はなく、頬から顎にかけて、黒々とした疲労感が浮かんでいた。何かよほど意に副《そ》わない――不測の事態といっていいほどのことに直

面して、自分をさえ律しきれないほどのストレスに苦悩しているように思えた。

浅見が意外に思ったのと同様、芙蓉重工や西嶺通信機の不正に防衛庁の関与がなかったか、あるいは追及を阻む壁にぶつかったということが、おそらくそのストレスの正体にちがいない。先夜、陽一郎が「アル・カポネは……」とうそぶくように笑って言ったのを思い併せれば、その思惑外れははっきりしている。

（まさか——）と、浅見も三たび思った。水増し請求なるもののカラクリがどのような仕組みなのかは、まったくの経済音痴である浅見にはよく分からない。それにしても、納入側の業者だけが一方的に不正を働いて、仕入れた側の管理担当者には何の不正もなかったなどとは、常識からいっても考えられないではないか。

その浅見の初歩的な疑問は、翌朝の新聞で解明された。新聞は確かに、芙蓉重工と西嶺通信機の「水増し請求」事件を報じてはいるが、防衛庁側については、調達実施本部会計課長の「芙蓉重工等の請求金額に水増しの疑いがあったので、精査し、請求金額を下方修正して水増し分を返却するよう求めた」という談話を掲載していた。陽一郎が言ったように、あたかも防衛庁は被害者であるかのようなコメントであった。

水増し請求が発覚したのは、税務調査がきっかけであったらしい。まさにアル・カポネの事例とそっくりだが、警視庁は数カ月かけてじっくり内偵を進め、証拠固めをしてから強制捜査を実施したようだ。調本側の発表によれば、過去三年間に遡《さかのぼ》って行なった調査の結果、不正請求額は二十三億円あまりにのぼり、その全額を本会計年度内に返還するよう手続きをとったということだ。

翌日になって、大脇防衛庁長官が記者会見に臨み、公式に遺憾の意を表明した。

「国民の負託にこたえ、双方の信頼関係の上に成立している取引きで、このような不正が行なわれたことは誠に遺憾であります。防衛に関わる物資、とくに兵器類につきましては、機密を守らなければならない性質上、随意契約で特定業者に継続して発注がなされるケースが多く、それだけにいっそう、厳正であるべきであるにも拘らず、今回のような信頼を裏切る行為があった以上、この方式を根底から見直す必要も視野に入れつつ、何らかの改善策を講じたいと考えます」

記者団から、発注者である防衛庁側の責任を問う発言があった。不正の原因には業者と調達実施本部の担当者との癒着があったのではないか——といった追及も含まれていた。それに対して大脇長官は疑惑を全面的に否定した。

「現在までの内部調査の結果では、そのような事実はなかった模様です。ご案内のとおり、水増し請求の金額についても、担当職員の精査によるものでありまして、むしろ厳正に対処していると信じております」

この大脇長官の強気な姿勢は、自らの進退はもちろん、防衛庁内部からはただの一人も「犠牲者」を出さない意向を示すものといっていい。

そういった報道が流れる中で、陽一郎の表情はますます冴えなくなっていった。おそらく警察としては絶対の確信をもって捜査に臨んだにちがいないのだ。それが泰山鳴動してネズミ一匹のような、わずか二十三億円ばかりの水増し請求を発掘したにとどまったのでは、警察庁始まって以来の秀才とうたわれた浅見刑事局長としては、鼎《かなえ》の軽重を問われかねない。

そういう兄の苦衷を横目に見ながら、浅見は歯ぎしりするような焦燥の念に駆られた。

第八章　氷雪の下に

1

富沢幸恵の一家は、結局、牛込の富沢の母親のところに引っ越すことにしたそうだ。彼女からの手紙にそう書いてあった。また仕事に復帰するためには、二人の稚《おさな》い子の面倒を義母に見てもらうしかないのだろう。二人ともおばあちゃん子のように相性がいいのも、彼女の決断を促したにちがいない。

〔荷物の整理をしていると、富沢との思い出の品々が出てきて、つい片付けの手を止めて、涙ぐんだりしています。〕

そういう心情は浅見にもよく分かる。

〔今回の西嶺通信機に対する捜査が、もしかすると富沢の死に関係しているのではないかという気もしないではありません。でも、それっぽっちのことで、なぜ私たちを残して死ななければならなかったのか、どうしても分かりません。自殺ではなく、たとえ殺されたのだとしても、人一人の死を必要とするほどのことだったとは、到底、思えません。」

彼女の言うとおりだと思う。何か違うのではないか——という思いは、浅見の中にもいぜんとして強く残っていた。

「今日、思い立ってお便りしたのは、富沢の遺品の中から、浅見さんにお引き取りいただけたらと思う品があったからです。それはパソコン関係の機械や道具やソフト類で、私にはまったく無縁の物ばかりです。富沢は仕事柄、新しい製品が出ると、片っ端から買い込んでしまう癖がありました。それはいいのですけれど、いまとなってみると、私の手に負える物は何もなく、始末に困っております。せめて何かのお役に立てていただければ、富沢も喜ぶのではないかと思いまして……」

そのパソコンを譲り受けるかどうかはともかくとして、浅見は富沢家を訪問する気になった。何か事件捜査のヒントになるようなものが、片付け作業の中から発見されるかもしれない——という期待もあった。

幸恵の手紙にもあったとおり、富沢家にはいくつもの段ボール箱が積み上げられ、片付けが進んでいることを物語っていた。タンスも茶ダンスもほぼ空になって、お茶を出すのが精一杯なのだそうだ。

富沢の書斎には居住空間もないほど、書棚やパソコンやオーディオの機械類が詰まっていた。浅見もパソコンは多少はいじるが、ほとんどワープロ機能だけを利用しているにすぎない。メールだのインターネットだのに手を出すと、際限なくそれにのめり込んで、本来の仕事に割《さ》く時間がなくなってしまうと聞いていた。時折、必要なデータを検索する以外は、なるべくそっちのほうの機能は使わない主義——というより、使い方をほとんど知らないといってよかった。

それにしても、富沢の部屋にあるパソコンの機種はどれも最新鋭のものばかりで、しかも周辺機器類がじつに豊富だ。パソコン音痴の浅見には目も眩むばかりだった。

「これ、戴いても、どうやって使えばいいのか分かりませんね」

正直に弱音を吐いた。

「そうなんですか。会社の人たちも驚いたり、感心したりしていましたけど」

「あ、会社からも見に来たのですか」

「ええ、ずいぶん長いことこの部屋に籠《こ》もって、いろいろ調べていました。でも、あの方たちには差し上げる気はぜんぜんありませんでした。むしろ、富沢のものには触ってさえいただきたくなかったほどです」

幸恵の会社に対する不信感と悪感情は抜きがたいものがあるようだ。

「そうでしょうねえ……」と同意しながら、浅見はふと気になった。

「いま、調べていたとおっしゃいましたが、会社の人たちは何を調べていたのですか？」

「ですから、パソコンをです。パソコンの中に何か、富沢の死について、参考になるようなものが入っていないかどうか、調べたかったのじゃないかしら。三日間も通ってきて、フロッピーやCDを洗いざらい確かめていたみたいです」

浅見はドキリとした。ひょっとすると、パソコンの中に中田絵奈に関する記録が収めてあった可能性もある。

「それで、何か目ぼしいものを発見できたのでしょうか？」

恐る恐る訊いてみた。

「あったかもしれませんわね。でも、私はずっとここに付き添っていたわけではありませんでしたから、何か発見したのかどうか、ぜんぜん分かりません」

「個人的なものはどうでしょう。たとえば遺書だとか、事件に関係するような手記のようなものとか」

「いいえ……」

幸恵未亡人は悲しそうに首を振った。

「私や子供たちのことでも、何か書いてあるかと思ったんですけど、仕事上のことばかりだったみたいでした。ちょっと覗いたときに見えたのも、わけの分からない計算式だとか、図面だとか」

「そうですか、ご主人はお仕事一途な真面目な方だったんですね」

浅見はほっとして頷いた。それと同時に、べつの不安と疑惑が湧いてきた。

「会社の人が三日間も詰めていたとすると、パソコンソフトに記録してあったものは、すべてチェックしたと考えられますね」

「ええ、たぶんそうだと思います」

「その結果、何もなかった……」

「ええ」

浅見の不安が伝染したように、幸恵の表情が青白く変化した。

「何か、あったのでしょうか？……」

「分かりませんが、あった可能性はありますね。たとえば、新しい発明のヒントだとか、逆に、会社にとって都合の悪いことだとか、公表されたくないものだとか」

「そう……ですよね……どうしてそんなことに気がつかなかったのかしら」

口惜しそうに唇を噛みしめた。それ以上に浅見は悔恨の念に駆られた。

そもそも浅見がパソコンに手を染めたのは最近のことである。それも、浅見が付き合っている軽井沢の作家から、もう使わなくなったからといって、お古を譲り受けたものだ。

「あんな物はきみ、小説を書く上で、何の役にも立たないよ。とくに、ゲームやメールごっこなんかしていたら、ただでさえ進まない執筆がベタ遅れになる。あれはきみ、やがて日本を滅ぼすことになるね。まあ、浅見ちゃんのような閑人《ひまじん》にはぴったりかもしれないがね」

そういう憎まれ口と一緒に贈られた。

浅見だって、決して閑人なわけではない。メールを送る相手もいない。いちど、ホームページを覗いてみたことがあるけれど、愚にもつかないことをえんえんと書き込んでいるのがあった。確かに、作家があんなことをしていたら、執筆どころではないだろう。かてて加えて、近頃はすぐれたゲーム・ソフトが続々と誕生している。若い連中はもちろん、おとなでもゲームに夢中になっているそうだから、日本の将来が心配なのも分かる気がする。

しかし、それはそれとして、パソコンに関する知識ぐらいは現代人の常識としてもっているべきだった。今回の事件で、富沢春之についてのデータはほとんど明らかにしたつもりだが、考えてみると、彼がもっとも得意としたであろうパソコンや電子機器類に関してはまったく分かろうともしなかった。ひょっとしたら、浅見の守備範囲外にあったそこの部分に、この事件の盲点が潜んでいるのかもしれないのだ。

浅見は目の前にある膨大な富沢の「遺品」を眺めながら、呆然《ぼうぜん》とした頭で、その中から何かを掴み取ろうと焦った。

そして、やがて「あっ……」と思った。

それは無意識のうちに声になって発せられたらしい。幸恵が驚いて浅見の顔を見た。

「何か？……」

「ええ、いや、ちょっと思いついたことがあるのですが、まだ分かりません。何しろ僕はこういうメカにはまるで弱い人間なものですから。奥さんはどうなんですか？　パソコンの知識のほうは」

「いいえ、ぜんぜん」

幸恵は情けない顔になった。

「ワープロぐらいは、少しは打てますけど、パソコンはやりませんでした。富沢もあまり勧める気がなかったみたいです。私がこの部屋を掃除しようとするのさえ嫌って、自分でやっていたくらいですから。ですから、浅見さんに全部引き取っていただければいいなって思ったんです」

「そうですか……」

浅見の脳裏には中田絵奈の面影が浮かんだ。富沢の「教え子」である彼女は、どの程度パソコンに習熟しているのだろう——。

富沢の本棚にはパソコン関係の書物がズラッと並んでいる。マニュアル本も沢山ある。もっとも、富沢はそのすべてに精通して、もはやそれらを読む必要もなかったにちがいない。

試みに、本棚の中から、なるべく初期の知識にマッチしそうなものを選んで抜き出してみた。パソコン関係のマニュアル本は、どうしてこんなに難解なのか——と腹が立つほど難しい書き方をしたものが多い。むやみに横文字ばかりが羅列しているのも、まあ仕方がないにしても、初心者を疎外するつもりかと僻《ひが》みたくなるほどだ。

その中から『GOLD』というタイトルが大きく印刷されている、白い表紙の本を手に取った。表紙のイラストが気になったからである。表紙の画面中央下のところに、ディスクを前後左右に配して、鉛筆けずりのような、ミンチを作る機械のような物体があって、上に向かった出口から三種類の戯画化したものが飛び出している。

三種類の一つは映画のフィルム。一つは音楽の五線譜。もう一つは静止画像の数点――だ。要するに、ディスクの中から、三種類のデータを取り出すことができる――という意味に受け取れる。

浅見の心臓はにわかに鼓動が高まった。

(もしかすると――)と思った。

表紙のタイトルには副題として小さく「Recording Software for CD-R/RW」と印刷されている。

目次を見ると「データCDを作る」「オーディオCDを作る」「ビデオCDを作る」「ミックスモードのCDを作る」「CD Extraを作る」などの項目があった。一つのCD=コンパクト・ディスクに音楽も画像も入れることが可能な仕組みについて解説してあるらしい。

「奥さん」と、浅見は声が震えるのを抑えながら言った。

「それじゃ、お言葉に甘えて、このパソコンを譲っていただきます」

「ほんと？　ああよかった。浅見さんに断られたら、どうしようかと思ってました。粗大ゴミで出すのも気がひけるし。ほかの貰い手を探すのも面倒だし」

幸恵は段ボール箱を用意していて、そこに詰められるだけの機器類とマニュアル本を詰め込んだ。全部を運び出すのは到底、無理だから、とりあえず必要そうな物だけを持ち帰ることにした。

帰宅するなり、浅見はマニュアル本を開いた。目次のかなり後ろのほうにある「CD Ｅｘｔｒａを作る」の項目を見る。その冒頭のところには、こう書いてあった。

「CD Ｅｘｔｒａは、1セッション目にオーディオを、2セッション目にデータトラックを書き込むフォーマットです。オーディオ部分はオーディオCDプレーヤーでも再生して楽しめ、データ部分はコンピュータで楽しむことを前提にしたフォーマットです。」

それだけで十分だった。

何ということだろう——と、浅見は自分の無知を罵った。富沢から中田絵奈に送られてきたCDが、まさにそれだったにちがいないのだ。絵奈は通常のオーディオ・ディスクとして受け止めて、ラジカセのCDプレーヤーにセットしたのだ。素人なら——いや、多少のパソコンの知識があったとしても、そうする可能性は大きい。そうして、彼女の思ったとおり、音楽が流れ出た。それによって、絵奈はCDを音楽CDと認識してしまった。それを聴いた浅見もまた同様である。しかし、富沢が本当に伝えたかったのは、あの『氷雪の門』の歌などではなかった。その先に隠されているであろう重大な「秘密」こそが、彼からの真のダイイングメッセージにほかならない。

西嶺通信機の連中が富沢の書斎に三日間も通い詰めに通って、パソコンの中身や周辺のものをすみずみまで調べ上げた目的は、これではっきりした。富沢はそうなるであろうことを予測して、その「秘密」を彼が愛した女性のもとに託したのだ。その相手が妻の幸恵ではなく、いわば愛人である中田絵奈であったことの理由については、浅見はあえて問うまいと思った。いや、富沢としては、当然、自宅に会社の調査が入るであろうことも予測のうちにあったにちがいない。中田絵奈の存在は、まさに富沢以外の人間にとっては死角だったということだ。

そのことよりも、浅見は富沢がその時点で自分の死を予感していたことに感動すら覚えた。

結論を得て、すぐに電話したが、中田家は留守だった。まだ大学から戻っていないのだろう。留守番電話に「至急、お電話ください」と吹き込んでおいて、浅見はいらつく自分を抑え、ひたすら時間の経過を待った。

午後十一時を回って、ようやく絵奈からの電話が入った。

「遅くなってごめんなさい、友だちと映画を観に行っていたもんですから」

絵奈は弁解した。その「友だち」が男か女か、ちょっと気になるような口ぶりだった。しかし、富沢の死後、すでに五カ月を経過している。若い絵奈に新しい人生が始まっていたとしても不思議はない。むしろ、赤の他人の事件にこうまでして頭を突っ込んでいる自分のほうが、ふつうじゃないのかもしれない――などと浅見は思った。

「ちょっと聞きたいのですが、富沢さんから送られたＣＤはまだそこにありますか？」

「え？　ああ、ありますけど。でも、あれっきり聴いたことはありません」

「それ、ラジカセでなく、パソコンにかけてみましたか？」

「いいえ……あら、パソコンにかけても音が出るんですか？」

「分かりません。ただ、ひょっとしたらそういうこともあるのじゃないかと思ったものだから」

「そうなんですか。でも、ふつうの音楽のＣＤみたいですよ。ちゃんと歌も聴こえましたし」

「試しにパソコンにかけてみませんか」

「あ、それ、だめなんです。うちのパソコンは古くて、このあいだから調子が悪くて。富沢さんに新しいのを買うように言われていたんですけど、買わないうちにあんなことが起きてしまったものだから、それっきりで、もうパソコンをやる気もなくなっちゃって」

「………」

浅見は一瞬、言うべき言葉をなくした。富沢は絵奈が新しいパソコンを導入しているものと信じていたにちがいない。だが、その思いは届いていなかった。

「分かりました。それじゃ、僕の家のパソコンに入れてみます。これからそっちへ取りに行きますが、いいですか？」

「えっ、こんな遅くに？　……そりゃ、構いませんけど、悪いみたい」

「いや、僕のほうは平気です。それより、一刻も早くそのCDを確認したいのです」
言うなり、浅見は相手の気が変わらないうちにと、電話を切った。

2

中田絵奈の家からは、戸口でCDを受け取っただけで、浅見はすぐに引き揚げた。絵奈も、それに彼女の母親も、愛想よく「どうぞ、お上がりになって」と勧めてくれたのだが、こんな夜更けにそういうわけにもいかない。第一、浅見は一刻も早くCDの中身を確かめたかった。

だが、自宅に戻って、CDをセットし、いざパソコンを操作しようとしてはみたが、思いどおりにはいかないものだ。マニュアル本と首っ引きでいろいろやってみたが、まるでいうことをきかない。下手をして、肝心の原本を消去するようなことにでもなったら——と、それも不安だった。

よっぽど、西嶺通信機の片山に助けを求めようかと考えたが、万一、差し障りのあるデータが出たりすると具合が悪い。片山本人は信じられる人間だが、彼も西嶺通信機の社員であることには変わりないのだ。自分の会社の存立に関わるようなデータが出た場合でも、はたして、事態を客観視できるかどうかは分からなかった。

思いあぐねて、浅見は高校、大学を通じての友人で、精密機器の会社に勤めている後《ご》藤聡《とうさとし》という男に電話してみた。以前からコンピュータ・オタクで、そのせいで、いまだに独身だとの評判を聞いている。深夜だというのに、後藤は起きていて、浅見が名乗ると「ほう、珍しいな。どうした、名探偵」と、からかうような口調で言った。

「なんだ、そんなこと、よく知ってるな」

「当たり前だよ。近頃は浅見もちょっとした有名人だからな。パソコンで検索すると、けっこうおまえのことが載ってるじゃないか」

「え、本当か？」

「なんだ、知らないのか」

「ああ、パソコンはどうも苦手だ」

「呆れたな。いまどきの名探偵がパソコンを苦手だと？」

「おい、その名探偵というのはよせ。僕の本業はあくまでも、しがないルポライターだ。ワープロ機能を使えさえすれば十分。パソコンなんかで遊んでいるひまはないよ」

「ばか言え、パソコンは遊びなんかじゃないぞ」

「ああ、分かった分かった、そのことは認めるよ。じつは、それについて後藤に頼みがあるんだ」

浅見は恥をしのんで、パソコンが操作できない状況を説明して、助けを求めた。

「そんなことか。電話でも説明できるくらいなもんだな。しかし折角だから、そっちへ行ってやろう。これからすぐ行く」

「えっ、今夜、これから?……」

浅見が驚く前に、電話は切れていた。

後藤の家は隣の文京区根津だが、車で十分とかからない。まだ帰宅しない陽一郎と、兄嫁の和子以外、すでにほとんどが寝静まった家人を起こさないように、浅見は玄関前に出て後藤を待ち受けた。

後藤を迎えると、まるでコソ泥のように自室に案内して、早速、パソコンとCDの前に坐ってもらった。

「たぶん、このCDはエクストラCDのはずなのだが」

一応、覚えたての知識を駆使して言って、問題のCDを渡した。

後藤はいとも簡単に機械を操作した。

「ああ、これは確かにエクストラ・モードだな。第一セッションにはオーディオが、第二セッションにはデータが入っている」

ここをこうして、ああして――などと解説つきでやってくれたが、浅見にはさっぱり飲み込めないまま、画面上に文字が並んだ。

〔平成×年度防衛装備品発注計画書〕

「何だい、これは?」

後藤は興味深そうに言いながら、画面を次ページへ送った。

縦横に罫線《けいせん》が走り、左端に専門用語の羅列のような項目が。それ以外には細かい数字がびっしり詰まっている。

ひと目見て、浅見は「ありがとう、これでオッケーだ」と言った。

「何の表だ？」

少し目の悪い後藤は、眼鏡をかけなおして画面に見入った。

「だめだ、これ以上は見せられない」

浅見は率直に言って、後藤の腕を摑み、パソコンの画面から引き離した。

「おい、なんだよ、見せろよ。いいじゃないか……」

後藤は不満そうに険しい目を向けたが、浅見は頑として首を横に振った。

「悪い、これだけは勘弁してくれ。この中身を他人に覗かれたとなると、僕はこの家を追い出されることになる」

「そうか、そうなのか、ヤバいものなのか、兄さんの関係か？」

親指と人指し指で小さな丸を作って、おでこに当てた。警察官の制帽を意味したつもりらしい。浅見は黙って頷いた。

後藤が引き揚げるのと入れ代わるように、陽一郎が帰宅した。午前一時半である。これで明日の朝はそれなりの時間に「お迎え」が来るのだから、官僚はタフでなければ務まらないはずだ。

兄が風呂から出るのを待って、浅見は「ちょっと見せたいものがあるんだけど」と声をかけた。

「なんだ、急ぐのか。いささか疲れぎみなんだがね」

「たぶん、すぐに見て損はないですよ」

陽一郎は、まだ汗の引かない顔で弟の部屋に入ってきた。パソコンの画面はあのままになっている。

画面を見た瞬間、刑事局長の顔色は変わった。見る者が見ればすぐに分かる、防衛関係予算の基礎台帳ともいうべき、装備品発注計画の一覧表だ。装備品とその発注先を事細かに表示してある。

装備品の「甲類」という項目には、「89式小銃」「5・56ミリ機関銃MINIMI」「12・7ミリ重機関銃」「87式対戦車誘導弾発射装置」「81ミリ迫撃砲L16」「120ミリ迫撃砲RT」「96式自走120ミリ迫撃砲」「多連装ロケットシステムMLRS」などといった武器の品目がえんえんと並んでいる。それぞれの数量、価格、総額、今年度歳出額、後年度負担額なども一覧表に掲載されていた。むろん、各品目ごとに発注先も記入してある。

「これは、どうしたんだ？」

硬い表情で訊いた。

浅見は少し逡巡《しゅんじゅん》してから、富沢春之が殺される直前、愛人に送ったものであることを話した。しかも、札幌時計台の写真の入った額の裏側に隠されていたことも。

「それも、エクストラCDでしてね、前半の第一セッションはふつうの音楽が刻まれていて、知らない者が聴くと、ただの音楽CDかと思ってしまうんですよ。だから、その女性もずっと気づかずにいたのだけれど、僕がふと思いついて調べてみたら、後半のデータ部分にこいつが入ってました」

「そうか……」

陽一郎はパソコンの画面に向き直ると、忙しく指を動かして次々にページを送り、「誘導弾」という項目を探し当てた。

ここには「地対空誘導弾ホーク改善用装備品」に始まって、「地対空誘導弾パトリオット」「81式短距離地対空誘導弾改善用装備品」「91式携帯地対空誘導弾」「88式地対艦誘導弾」「96式多目的誘導弾システム」等、ミサイルと電子誘導装置に関連した装備品が並んでいる。それらのほとんどが「発注先」は芙蓉重工と西嶺通信機である。

そしてそのあとに別ページを設けて、「プロメテウス計画関連」とあった。

陽一郎は弟を振り返った。

「出たな」

硬い表情を変えずに、言った。むしろ浅見のほうが興奮の色を隠せなかった。

「驚いたなあ、これが入っていたとは」

「なんだ、きみはまだ見てなかったのか」

「ええ、兄さんが帰るのを待ってたんです」

「そうか……」

陽一郎は満足げに軽く頷いて、「プロメテウス計画関連」のページを送った。

ここはそれ以前の項目とははっきり異なった分類表示になっている。単純な武器、誘導弾なども含まれるが、おそらくＩＣやチップ類と思われる、アルファベットと数字による部品の記号の羅列が多い。むろん、浅見には意味不明のものばかりだ。いや、秀才の兄にしたって、どこまで理解できているのか怪しいものだ——とひそかに思った。

しかし、陽一郎はスピードを上げて、次々とページを開いていった。項目としては「国庫債務負担行為」とか「基地対策経費」「在日米軍駐留経費負担」といったものもある。膨大な資料だが、やがて最後のページに歳出予算総額を記載して終わっていた。

いや、終わった——と思われたのだが、陽一郎はさらにつづけてページを送った。その先に何かが隠されていることを、予測しているような、確信ありげな動作だった。数ページ分の空白を経て、最初のものと同様、〔平成×年度防衛装備品発注計画書〕のヘッドラインが現れた。

陽一郎はキーボードから指を離して、弟を振り向いた。

「これから先はきみの領分ではない」

「えっ、それはどういう意味ですか」

「見ないほうがいいということだ」

「そんなばかな。発見者は僕なんだから、見る権利はありますよ」

「そうだな……」

あっさり前言を撤回して、陽一郎はキーボードを叩いた。ページが変わった。

一見、さっき見たばかりの装備品の発注一覧表としか思えないものが現れた。

「これがどうかしたんですか？」

浅見はざっと表を見て、訊いた。

「気がつかないのか」

陽一郎は苦笑して、キーを操作すると、かなり前のページを検索した。何ページ前かを憶えているのだから、弟としても感心させられる驚くべき記憶力だ。そして、目的どおり――と思われる「プロメテウス計画関連」が画面に出た。

「もう一度、よく見ろよ」

ページを送って、その項目の最後の画面で停めて、陽一郎は言った。浅見は兄の意図を理解して、積算された数値を確かめた。

「あっ……」

思わず声を発した。さすがに、浅見にもおぼろげな記憶があった。明らかにトータルの数値は、前の「発注計画書」とは異なるものであった。それも、浅見の記憶が蘇《よみがえ》るほど、桁違《けたちが》いの金額だった。

「何ですかね、これは？」

「二重帳簿というやつだな」

「二重帳簿……」

どうも、経済音痴の浅見はこういうもののカラクリは苦手だ。

「金額の数値が異なる、二つの発注書があるということだ。これを、業者側から防衛庁に提出する『見積書』か、あるいは『請求書』と置き換えてみればその意味がよく分かるだろう。支払いが発生するときはそうなる」

「つまり、実際の価格より水増しした金額を請求し、支払われるというわけですか。それだと、このあいだからのニュースになっている、あれじゃないですか」

「そうだな。ただし、あれはたかだか二十三億かそこらの水増し請求があったとして、業者側に水増し分の返還を求め、その上なにがしかのペナルティを科して、それで一件落着になっている。しかし、ここに現れた数値の差額は、ざっと計算した印象では三百億を超えている」

「えっ、三百億……」

浅見は驚いて、もういちどパソコンの画面を見直した。そういわれてみると、「プロメテウス計画」の発注金額だけでも、前のやつと後のやつとでは百億程度の開きがあったような気がした。それ以外のすべての項目で水増しが行なわれているとすると、兄の言うとおり、三百億はおろか、それ以上の金額に達するかもしれない。

「それじゃ、マスコミに発表された二十三億っていうのは、あれは何だったのかな？」

「帳簿類を破棄したり改竄《かいざん》したりして、水増し分の金額の圧縮と、証拠の隠滅を図ったということだ」

「あっ、そうか、それが大掃除だったのか……」

「ん？　何のことだい、その大掃除というのは？」

「えっ、兄さんでも知らないことがあるんだ。その水増し請求問題が発覚する少し前、西嶺通信機の幹部社員たちが大挙して防衛庁の大掃除に参加しているんですよ」

「ばかなっ……」

その瞬間、陽一郎ははっきりと刑事局長の顔になった。末端組織の綱紀の乱れや緩みに思いをいたしているにちがいない。考えてみれば、警察が内偵を進めていながら、そんな「大掃除」のあったことを把握できないはずがないのだ。

「僕はまた、双子の兄弟同士だから、お目こぼしでもあったのかと思ってましたよ」

「兄弟？……ああ、警察と防衛庁の関係のことを言っているのか」

怒るかと思ったが、陽一郎はわずかに頬を歪めて笑った。

「きみにまでそう思われるとは、情けない話だね。しかし、一般国民のレベルではなおのこと、そう感じているだろうな」

「だと思いますよ。おたがい、身内意識で傷を舐《な》め合うようなものだろうって」

「そのとおり、残念ながら、警察は畢竟《ひっきょう》、体制の安泰のために機能するのであって、体制の土台を揺るがすような仕事はしないものだと思われている。その認識はたぶん間違っていないのだろう。高検の検事に女性問題と業者との癒着が発覚しても、検察内部の取り調べはおざなりなものだったといったことなどは、その典型的な例といっていい。民間人の不祥事に対しては、鬼のような尋問を行なうのとは対照的だ」

「参ったなあ。兄さんにそんなふうに素直に認められると、いよいよ希望のないことになりそうだ」

「ははは、事実を歪めて自己満足するほど、私は狡猾ではないよ。現実は現実として認識するしかない。国民の多くから、警察は国家の走狗《そうく》だと思われているのも、一つの現実だと私は思っているし、それを完全に否定できないのも、また現実だ。しかし、その中で最大限、何をやれるかを模索し、実行することが、われわれ官僚の、国民に対する責務だと信じている」

浅見は小さく頭を下げた。

「そういう兄さんが、僕は好きですよ。誇りにも思っている」

「おい、よせよ、背中が痒《かゆ》くなるようなことを言うな」

照れ隠しに大きく伸びをして言った。

「このＣＤは私が預かるが、いいね」

「ええ、いいけど、それは富沢氏が愛する女性に残した遺品であり、彼女からの預かり物だということ、忘れないでください」

浅見は真顔で言い、陽一郎も真顔で頷き返した。

その後の警察の動きは、浅見が予想した以上に早かった。捜査の手法や動員された捜査員の傾向からいって、警察庁主導で行なわれたのではないかと、その後のマスコミの論説などには書かれている。

警察庁はまず、すでに明らかになっている水増し請求事件関連と称して、西嶺通信機の総務部と経理部から係長クラスを招いた。追加的な意味での参考意見を聴きたいというものだ。その時点では、特別に新しい容疑があるような態度は示さなかったので、西嶺通信機側も気楽に構えていたふしがある。

しかし、警察の狙いは、彼らが予測していない「大掃除事件」の解明にあった。係長クラスにターゲットを絞ったのも、帳簿の改竄や破棄に関わった者の中で、もっとも内容に精通しているのは、実務者である彼らだろうという判断であり、その判断は間違っていなかった。

3

捜査員は出頭者にマンツーマン方式で当たり、長時間の尋問を通じて、「大掃除」当日――二日間の彼らの動きを逐一、克明に調べ上げた。何時何分にどこに行き、何をしたか。食事はどこで誰と何を食べたか――といったことを、執拗《しつよう》に掘り下げた。

彼らの回答に対しては、即刻、ウラを取った。一緒に行動したり食事をしたと名前を出された者は全員、次々に警察庁に呼ばれ、双方の「証言」を突き合わせた。ほとんどのケースで、言っていることが矛盾だらけであることが明らかになった。捜査員は豹変《ひょうへん》し、被疑者扱いに近い取り調べを開始した。そうして彼らは、たちまち心理的にも追い詰められていった。

「大掃除」の本当の目的は何だったのか。どのような作業を行なったのか。しだいにその全容が浮かび上がってきた。当然、防衛庁側との関係も次々に表面化する。

彼らが行なった「大掃除」は防衛庁と西嶺通信機の帳簿を突き合わせながら、関連する伝票類の端々にいたるまで、整合性を持たせ、裏帳簿の完璧《かんぺき》を期そうとしたものであった。

裏帳簿はすでに昨年度分については処理が完了しており、今年度分についても、昨年度中に予算作成の過程で用意され、予算は国会で承認された。今年度分の装備品や、二年前から進められている「プロメテウス計画」等の新規開発に関わるものは、すべて発注済で予算措置も順調に実施されつつあった。

その裏帳簿用の発注価格表と、本来の見積価格表こそが、富沢春之が中田絵奈に送ったCDに収められていたデータだったのだ。

防衛庁調本と業者間では、この裏帳簿に見合った帳簿類は、今年度末までにデッチ上げる予定になっていた。ところが、八月末になって、税務関係筋から調査が入るという情報があり、併せて警察庁の動きもあると伝えられた。

そこで防衛庁と芙蓉重工、西嶺通信機等の納入業者は、急遽、その作業を急ぐとともに、昨年度分の水増し請求について、金額を大幅に圧縮したかたちながら、帳簿上に表れるよう、工作した。税務調査に対しては、事前にその錯誤があったことを報告して、その結果が二十三億円の「水増し請求事件」報道となったものである。

水増し請求事件はスキャンダルには違いないが、事前に自発的に「経理事務上の錯誤」として報告したこともあり、致命的な失点とはならなかった。その事件はすでに過去のものと安心していただけに、西嶺通信機の社員は、二つの「発注計画書」の膨大なコピーを目の前に突きつけられ、青くなった。

警察がもっとも注目したのは、改竄する前の帳簿、伝票類の隠匿場所である。焼却したものがあることは考えられるが、すべてを焼却しては都合の悪い書類も必ずあるだろうと読んだ。「大掃除」の両日にわたって、防衛庁当事者と西嶺通信機側の人間とが、それらの書類をどこへ運んだのか——を、徹底的に追及した。

その結果、それら資料となる物は、およそ十箇所に分散、隠匿した様子が詳《つまび》らかになった。その十箇所はすべて防衛庁幹部の自宅であった。

その事実が裏付けられたのは、滑稽《こっけい》なことに、彼らの交通費と交際費——主として食事代の出金伝票によってである。飲食店等の領収証を添えた伝票だから、何月何日にどこの飲食店で何人で食事をしたかが、簡単に突き止められる。そのほとんどが防衛庁付近と、防衛庁職員の自宅付近にある店だった。伝票の中には、ご丁寧にも相手の氏名を記入したものも少なくなかった。それらは今年度末の決算に充てられるものなので、よもや、前年度やそれ以前の年度の決算に影響するとは予測しなかったのだろう。

警察は出頭した西嶺通信機の社員全員を、一応、偽証と捜査妨害の容疑で拘束したまま、捜査開始から三日目、防衛庁および関連の社宅、自宅に対して一斉家宅捜索に踏み切った。それとほぼ同時に、関係職員と責任者を任意出頭させ、取り調べに入った。

防衛庁に警察の家宅捜索が入るという、前代未聞のニュースは日本国内はもちろん、世界中に報道された。軍が警察に捜査されるなどという事態は、どこの国にしてもごく珍しい、きわめて不名誉なことだ。

マスコミや評論がとくに非難の槍玉《やりだま》に挙げたのは、資料隠匿の「大掃除」を行なったのが、北朝鮮からテポドンが発射された前日と前々日で、防衛庁内部ではなんと、当日とその翌日も後始末にかかりきりであったという事実だ。日本が北朝鮮の弾道ミサイルの射程内に入り、まかり間違えば、国土上にミサイルが落下していたかもしれない――と、国を挙げての大騒ぎをしている最中、その国家を護るべき防衛庁では、不正の証拠資料を隠匿する作業に汲々《きゆうきゆう》としていたというのだから、なんとも開いた口が塞《ふさ》がらない。

しかも、その一方では、防衛庁幹部やOBの軍事評論家、族議員等々が、しきりに北朝鮮の脅威を喧伝することによって、新たな「バッジシステム」の開発導入と、日米安保体制を強化する、いわゆる新ガイドラインの制定を促進すべしという世論喚起に躍起となっている。

その新しいバッジシステムこそが、はからずも発覚した「プロメテウス計画」そのものであった。しかも、その計画はすでに密かに進行しつつあって、それがまた新しい「水増し請求」を発生させていた。

非難ごうごうの世論とマスコミの論調にバックアップされたわけでもないだろうが、警察と検察はついに、防衛庁幹部を含む、合計二十五人に対して背任または贈収賄容疑による逮捕状を執行した。

その中には、防衛庁側からは、防衛施設庁長官の上富章夫、調達実施本部の西井太一本部長を筆頭に、谷中副本部長以下の幹部職員十五名。そして芙蓉重工、西嶺通信機その他のいわゆる防衛産業からは、西嶺通信機専務取締役の関野弘を含む十名が入っている。防衛庁の十五名中、十一名は制服組から出ている面々であるところに、日本の自衛隊のあり方そのものへの批判が集中した。

一般的な常識からいって、いったい数百億円にものぼる「水増し請求」のようなものが、査定作業が緻密なはずの、官庁の機構の中で、はたしてまかり通ってしまうものだろうか?――という疑問があった。また、その請求分は、どのような手段で、何者の手に還流するのか?――も謎であった。

防衛庁も他の官庁なみに人事の異動は定期的に行なわれている。そういう条件のもとで、恒常的な物品の発注や帳簿作成の不正操作などありうるものだろうか――とする疑問だ。もしあるとしたら組織ぐるみの工作や操作がなければならないだろう――と誰もが考えるところだ。

しかし、それが現実にありえたのである。そのとおり、組織ぐるみでの書類操作と隠蔽工作が実行されていた。

防衛庁調達実施本部には本部長以下六人の副本部長がいる。総務・宮名賢一／契約原計第一・蜂須賀薫、第二・阿部達夫、第三・谷中隆／調達管理第一・宇都野順也、第二・由利貞雅。そのうちの阿部と谷中が逮捕され、由利も長時間の事情聴取を受け、逮捕寸前だったといわれる。

驚くべきは、そうして防衛庁側から業者側に還流された膨大な金は、賄賂《わいろ》として特定の個人に渡ったのはごく一部で、そのほとんどが、防衛庁幹部職員の天下り先の企業に対して、一種の雇用基金として充当されていたことだ。

防衛庁幹部は、すでに在職中から研究費あるいは企画費等の名目で、月々一定の金品を受け取っていた。また、退職後は直接天下りすることができないために、在宅のまま、同様の名目で数百万単位が支払われた。そういった「契約」を履行するための資金捻《ねん》出《しゅつ》法こそが、じつに「水増し請求」という、非常識きわまるなれあいを生んだのだ。

そうした事実が次々に明るみに出て、心ある国民の目には「警察のひさびさの快挙」と映っただろうけれど、その仕掛け人である浅見陽一郎警察庁刑事局長の表情には、日毎に憂鬱の度合いが増した。

兄の顔色が冴えないのを見るたびに、浅見は胸が痛んだ。気楽な民間人の自分とは異なり、捜査の最高責任者として、兄が抱えている問題の複雑さや重大さを思わないわけにいかなかった。

　この事件の波紋は、予想どおり大きく広がった。旬日を経ずして大脇防衛庁長官は責任をとって辞任。防衛事務次官と官房長も更迭された。軍需産業界の「ドン」といわれた、大物財界人である芙蓉重工会長の咲岡徳蔵は公職から引退することを宣言した。

　さらに事件の余波は、そういう目に見えるものとはべつに、むしろそれ以上に大きな影響を各方面に与えた。政府与党が早急に進める予定だった、新ガイドラインの制定作業も、お膝元の防衛庁がこのザマでは、一頓挫《とんざ》しないはずがない。ひいてはそれは、沖縄の基地移転問題や、民間空港、港湾の米軍への供与といった、外交問題にも絡んでくる。それに関わっている政治家や官僚から出る「うらみブシ」は、警察庁内部にまで聞こえているにちがいない。

「今回の事件は、もしかすると兄さんの将来に悪い影響を与えるかもしれませんね」

　浅見は母親の雪江に、ほとんど愚痴に聞こえるような口調で述懐した。

「どうして？」と母親はきつい目で、次男坊を睨んだ。

「陽一郎さんは立派に職責を果たしたではありませんか。ずいぶんなお手柄ですよ。二階級特進して、警察庁長官になってもいいくらいだわ」

「それは確かに、事件を暴き出したのはすごい仕事であることは事実ですよ。しかし、いわば国軍ともいうべき防衛庁を叩いたのですからね、しっぺ返しを食わなければいいなど思って」

「ばかをおっしゃい。防衛庁だろうと総理大臣だろうと、不正を働いた者を摘発して処罰することは、警察官僚としての当然の職務ではありませんか。あなたはどうしてそんなふうに、お兄さんの業績にケチをつけるようなことを言うの？」

「いいえ、ケチをつけるわけじゃなくて、僕は心配しているんです。世の中にはひと筋縄ではいかない連中が多いから」

「そんなものを恐れて、どうするの。百万人といえどもわれ行かんの気概を持たなければ、この乱れきった世の中を真っ直ぐになど、できっこないわ。陽一郎さんはそれのできる人ですよ。それに較べると光彦は……」

小言が長くなりそうなので、浅見は早々に遁走《とんそう》した。

その晩遅く、珍しく陽一郎のほうから弟の部屋を訪問した。狭い部屋の小さな空間で、兄と弟は膝が接するほどの距離で、向かい合いに胡坐《あぐら》をかいた。

「光彦は私のことを心配してくれているそうだな。母さんから聞いたよ」

兄は穏やかな笑顔で言った。

「なんだ、話しちゃったんですか。しようがないな。内緒にしてもらうつもりだったのに。たしかに、そう言ったけど、母さんに反対に叱られましたよ」

「ははは、そうか、そいつは気の毒だった。しかし光彦、私の将来についての心配だったら、無用にしてくれ。近頃、浮かない顔をしているとしたら、それとは関係のないことだからね」

「ふーん、そうなんですか。じゃあ、何か捜査が行き詰まっているとか、そういったことですか？」

「まあ、そうとも言えるが……それは光彦、きみの問題でもあるのだよ」

「えっ、僕の問題？　何ですか、それ？」

「なんだ、驚いたなあ、忘れたわけじゃないだろうね。例の、富沢の事件を」

「あっ……」

浅見のほうがむしろ驚いた。兄の悩みの原因が富沢の事件であることなど、まるっきり考えの外にあった。

「そうだったのかぁ。じゃあ、兄さんはいまでも富沢氏の事件を追いかけてくれているんですね」

「当たり前だろう。片時だって忘れるはずがないさ。今度の防衛庁と西嶺通信機の不正を暴いてゆけば、しぜん、富沢と、それに小山で殺された藤本の事件を解明する手掛かりが見つかるだろうと考えていたのだが、どうやら見通しが甘かったようだ。いまだにその端緒も発見できない」

陽一郎は唇を引き締めて、弟の顔を見つめてから、「どうなんだ」と言った。

「きみは何か、いい知恵を持っているんじゃないかと思ったのだが」

「いい知恵かどうかはともかくとして、ずっと前から、気になっていることが二つありますけどね」

「何だ、それは？」

「一つは、富沢氏は、あのCDに収められたデータを、いつ、どこから、どうやって手に入れたのか――です」

「なるほど……で、もう一つは？」

「これは僕はよく知らないのだけど、たしかこの夏頃から、警察が西嶺通信機に対して内偵を始めたでしょう。あれは何がきっかけだったのかな？　何か、内部告発でもあったんですか？」

「うん、まあ、内部告発かどうかは不明だが、それらしい投書が私宛に届いてね。差出人も不明だし、信憑性も疑わしかったのだが、税務調査に名をかりて、少し内偵してみようかということになった」

「いつですか、その投書が来たのは」

「七月末か、八月頭だったか」

「じゃあ、僕が利尻島へ行ってきた直後ぐらいのタイミングですね」

「そういうことになるね。しかし、それと関係があるとでも？」

「分からないけど、なんとなく……」

「きみの動きを誰かが察知して、先手を打った可能性はあるかね？」

「もしそうだとすると、その『誰か』は、富沢氏の事件が今回の不正事件と連動していることを知ってるわけですね。僕は単純に富沢氏が殺された事件の真相を調べようとしていただけなんだから」

「うーん、そうだな……何者かな？」

兄と弟は、じっと互いの目の中を見つめあって、一つの結論を言い出しかねていた。

「やっぱり、浮かび上がってくるのは」と、浅見のほうが我慢できずに言った。

「どうしても、あの人の顔だなあ。元防衛庁長官の秋元康博さん……」


兄弟はしばらく顔を見合わせていた。陽一郎がいつまでも沈黙を守っているので、浅見は仕方なく先に言葉を発した。

「富沢氏の事件を調べさせるのに、秋元さんがなぜ僕を利尻まで呼び出したのか、それがずっと気にかかっていたんですよ。今回の騒動は、結局、秋元さんが筋書きを書き、僕を含めて、大きな舞台を動かしていたんじゃないですかね。つまり、悪く言うと、政治的な謀略に僕は巻き込まれたのかもしれない」

「いや、それは違うね」

陽一郎は首を横に振った。

「秋元さんはそれほどのワルではない。そう言っては失礼だが、私などからすれば、はるかに単純に物事を見る。きみと利尻で会うことにした理由は、たしかに私も奇妙に思えてはいた。富沢が死んだ現場であるにしても、それだけのことで利尻まで出掛けるとは思えない。しかし、今度の例のＣＤを子細に検討した結果、その理由が理解できたよ」

「えっ、どういう理由だったんですか？」

「プロメテウス計画がそれだ」

「？………」

「プロメテウス計画は『ＴＭＤ』つまり、新しいバッジシステムのことだが、従来のシステムと異なる点がいくつかある。そのもっとも重要な点の一つが通信基地の新設なのだな。利尻島は新たに通信基地を置く候補地になっていた。計画が立案されたのは、秋元さんが防衛庁長官在任中のことだ。そのことと富沢の事件とに関わりがあることを、秋元さんなりに、漠然と気にかけたのじゃないかと思う」

「そうだったのか……どうしてそのこと、教えてくれなかったんですか」

「いや、それを知ったのはあのＣＤを見てのことだよ。きみにはまだ言ってなかったが、このあいだここで見たさらに先のページに、その詳細な計画図が描かれていた。利尻山の八合目付近にレーダーサイトと、電波の発信装置を備えた施設を建設する計画だったようだ。いままでは稚内に通信基地があったのだが、さらに進めて利尻島を最前線基地とする計画だ。これによって、理論的には従来のシステムよりはるかに広範囲のエリアをカバーできることになる。とくにロシア領内への偵察能力と、島根県の隠岐島《おきのしま》と結んで日本海域内での艦船の動きを正確に識別する能力は、従来よりも数倍優れたものになる。『プロメテウスの火矢』と名付けたのは、新型ミサイルの開発を意味するのと同時に、その突出したイメージからきているそうだ。これまでにも、自衛隊側からそういう要望があったのだが、ロシアを刺激することを恐れて、実現しないままになっていたらしい。じつは、それが新バッジシステムの目玉でもある。利尻に最前線をクサビのように突出させることによって、システム全体の構成がまったく一変する。言い方を換えれば、膨大な新予算が必要となってくるわけだ」

「なるほど、要するに、芙蓉重工や西嶺通信機などにとっては、まさにおいしい話だったのですね」

「そういうことだ。ところが、これには重大な欠陥のあることが分かった。富沢はあのCDの中で、その欠陥を指摘している。その一つは、国産ミサイルの実用化は、計画段階で想定したのより、はるかに困難であること。二つめは、利尻富士の八合目付近は地質が脆弱《ぜいじやく》で、施設の建設には向いていないこと。その点を確かめるために、富沢は二度にわたって、個人的に現地を視察していたものと見られている」

「じゃあ、プロメテウス計画は流産ですか」

「そうはならないのが、役所の摩訶《まか》不思議なところだな」

陽一郎は声を立てずに笑った。

「ミサイルのほうは、カウントダウンを遅らせることで問題はない。通信施設のほうも、当初予定の八合目を、地盤の安定している五合目まで引き下げた。しかも、位置を予定した方角から九十度ずらして、斜面の北側に変更することにした」

「それで問題はないのですかね」

「ないはずがない。第一に高度が八合目から五合目に下がったのでは、レーダーが俯瞰《ふかん》する角度と、カバーする範囲がまるで異なる。しかも、方角が北向きになっては、隠岐島に背を向ける恰好になるだろう」

「驚いたなあ、それじゃ実効性なんかぜんぜんないに等しいじゃないですか」

「まあ、ゼロとは言わないがね」

「ふーん……しかし、そんな装備や施設に膨大な国家予算を注ぎ込むなんて、国民が知ったら納得しませんよ」

「それがふつうの人間の感覚だろうな。しかし官僚組織というやつは、いったん動きだしたら停まらない。とくに予算がすでについているものに関しては絶対に停めてはならない。それが役人の感覚だ」

「それを富沢氏は停めようとしたということですか……」

浅見は顔を歪めた。

「一民間人が、そんなことをするかなあ？　しかも彼の会社がその恩恵に浴す事業だというのに。考えようによっては、彼こそが背任行為を犯そうとしていたことになりますよ。それなのに、なぜ？……」

「正義感の問題かな」

陽一郎は皮肉めいた笑いを浮かべた。

浅見はこのあいだ片山と交わした会話を思い出した。片山は高らかに「正義感」を言って、頰を紅潮させていた。（しかし──）と、浅見は自らの節を曲げるような苦々しさを味わいながら言った。

「正義感だけで、行動したとは思えないな。富沢氏の背後には、やはり、もっと大きな意思が働いていたと思いますよ。たとえば防衛庁の蜂須賀氏とか」

「黒幕は蜂須賀氏か」

「うん、おそらく間違いないですね。富沢氏に極秘データをリークしたのも。それに、富沢氏が殺されたあと、警察庁に内部告発めいたものが送られてきたのも、蜂須賀氏の仕業だと思えば説明がつくじゃないですか」

「告発者が蜂須賀氏だとして、目的は？」

「目的は、ライバルである谷中副本部長の失脚を狙ったか、それとも……」

「それとも、何だ？」

「……正義感かも」

「はは……」

笑いかけて、弟のきびしい表情に気づいて、陽一郎は真顔になった。

「そうか、考えられなくはないな。蜂須賀氏の血がそうさせたのかもしれない」

蜂須賀薫は東大紛争のときの闘士だった。学生運動が挫折して、蜂須賀は百八十度転向し、キャリアとして防衛庁に入局した。経歴にうるさい防衛庁が、傷だらけの彼を採用したからには、かなりシビアなチェックを通過しているはずだ。ひょっとすると、当局は蜂須賀の「転向者」としての価値を重視したのかもしれない。しかし蜂須賀の体内には、かつての闘士時代の遺伝子が流れている。眠っていた遺伝子が目覚めたと考えれば、彼の行動には矛盾はない。

「蜂須賀氏は、水増し事件での捜査の対象にはなっていないのですか？」

浅見は訊いた。

「ああ、なっていない。蜂須賀氏の所属する契約原計第一は、プロメテウス計画の中心から外れているのだ。むしろ、部内では批判的な立場を取っていたという評判がある」

「だとすると、蜂須賀氏は防衛庁内では浮き上がった存在だったのじゃないかな。水増し請求が、職員の再就職先の確保に繫がるのだとしたら、正論はかえって煙たがられるでしょう。だからこそ、部外者の富沢氏を利用した……そう考えられませんか」

「うん」

陽一郎は頷いた。

「蜂須賀氏に会う方法はないですかね。直接ぶつかって、富沢氏との関係を訊いてみたいな。こんなのは本来、警察が事情聴取をやるべきだろうけど」

浅見としては精一杯の皮肉のつもりだったが、刑事局長は平然と「やっているよ」と言った。

「えっ、事情聴取をしたんですか？」

「うん、富沢が死んだ事件の直後、五月の末に行なっている。他の連中と同程度の、関係者に対するごく一般的な事情聴取だがね。ただし、その時点では自殺の動機を確かめるための聞き込みだった。それに対する答えは、もちろん『心当たりはない』というものだ」

「卑怯だな」

「おいおい、そういう言い方は、蜂須賀氏が黒幕であることを前提にしている。そうと決まったわけじゃないぞ」

「それはそうだけど……だったら、やっぱり僕が会うしかないな。しかし、ガードは固いんでしょうね」

「秋元さんに頼めばいいだろう」

「一応、頼んではあるんだけど。ナシのつぶてなんです」

「ほう、手回しがいいじゃないか。それで、秋元さんはどう言っていた？」

「いや、頼んだのは秋元さんの息子さんのほうですよ」

浅見は秋元直樹に、空き部屋の確認にかこつけて、蜂須賀とコンタクトを取れないか、打診してきた経緯を話した。

「ははは、そんな姑息《こそく》なことでなく、長官にお願いしたらいい。真正面から行ったほうが、案外、道は開けるかもしれないよ」

4

兄のアドバイスを容《い》れて、浅見は翌日、秋元康博と連絡を取った。秋元は浅見の頼みを引き受け、それはそれとして、いちど会いたいと言い、午後の時間と、ホテルニューオータニの室番号を指示した。

その時刻に、指示どおりのノックの仕方をすると、ドアが開いて、利尻でも会った葛西秘書官が顔を覗かせた。

「どうぞ、お待ちしておりました」

浅見が部屋に入るのと入れ代わりに、葛西は部屋を出て行った。予《あらかじ》め人払いをするよう手配されていたようだ。

「やあ、しばらく。その後、いかがかな」

秋元北海道沖縄開発庁長官は笑顔で立ってきて、握手を求め、浅見にソファーを勧めた。広いスイートルームで、応接セットも立派なものだ。

「防衛庁がひどいことになっていましてな、大脇君が責任を取ったが、前任者としても無関係とシラを切っているわけにいかない。とは言っても、正直なところ、運がよかったとしか言いようがありませんがね」

秋元は苦笑いを浮かべて、言った。

各部局の業務内容にまで、大臣や長官の目が届かないのは、どこの省庁でも同じだ。たまたまその時期にトップを務めた者が、詰め腹を切らされる。その意味からいうと、大脇は貧乏籤《びんぼうくじ》を引いたことになる。

「それにしても、さすがあなたのお兄上だけのことはある。今回の捜査は、浅見刑事局長自ら采配をふるったそうですな。よくまあ、あれだけ巨額な水増し請求のカラクリを暴き出したものだと感心していますよ」

「じつは……」と、浅見は深刻な表情を作って、言った。

「その情報源というのは、富沢春之さんから提供されたものなのです」

「ん？　富沢君が？……」

秋元は驚いて、前かがみになって、肘《ひじ》掛《か》け椅子から腰を浮かせた。

浅見は、富沢が死の直前、中田絵奈にＣＤを送って、重大なデータを残して逝ったことを話した。

「いまは推測するしかありませんが、富沢さんはおそらく、死もありうることを予感していたのじゃないかと思います」

「うーん、そうか、そうでしたか……」

秋元は深々と椅子に身を沈めた。仰向いた目は、天井よりさらに遠くをみつめている。もし浅見の憶測が間違っていなければ、富沢はこの老人の血を受けた人物だ。秋元にも富沢と同じ遺伝子が流れている。

「いや、浅見さんがおっしゃったとおりなのでしょうな。富沢君が死を予感した可能性は十分、ありうる。それでも引き返さなかったということですか……惜しいですなあ、もったいない命だ……」

痛恨の想いに、老人の顔が歪んだ。もし浅見がいなければ、哭《な》いていたかもしれない。ずいぶん長い沈黙を経て、食いしばった口の端から、絞り出すような声で、「しかし、何者が……」と言った。

「その鍵を握るのが、蜂須賀副本部長だと思います。データを富沢さんにリークできた人物は、防衛庁内にもそれほどいるとは考えられませんから」

「なるほど、そうですな……というと、蜂須賀君が富沢君を殺したと？」

「まさか、そんなことはありえません」

浅見は微《かす》かに笑った。

「蜂須賀さんも富沢さんの遺志を継いでいます。七月の終わり頃、警察当局に水増し請求を内部告発してきたのが、たぶん蜂須賀さんだったと考えられます。防衛庁側がすばやく対応したために、水増し請求額はわずかな金額に圧縮され、大きな事件に発展するには到りませんでしたが、意図は貫かれていると思います」

「ならば、なぜ蜂須賀君自身が堂々と内部告発に踏み切らないのかな？」

「そうですね、僕もそう思いました。その点もぜひ、訊いてみたいと思ってます」

「訊くって、蜂須賀君にですか？」

「はい」

「いや、それは訊いても言わんでしょう。それどころか、富沢君との関わりも知らないと否定するでしょうな」

「ええ、警察の事情聴取に対してはそう答えていたそうです」

「そうでしょう、そう言うでしょうな。官僚というやつはきみ、われわれ俗人と違って、一筋縄でいかない複雑な思考回路の持ち主でしてな。本心や実情を単純に吐露することはまったくありませんよ」

「はあ、僕の兄もそう言ってました」

浅見は陽一郎が秋元を評して「単純」と言っていたのを思い出した。

「あ、そうか浅見さんのお兄上も官僚中の官僚でしたな。しかしあの人は別格だ。じつに頭のいい方ですよ」

あまり弁明にならない弁明をした。

「ご子息の直樹さんが、蜂須賀さんと同じマンションに住んでいらっしゃいますね」

「そう、よくご存じですな。すでにそこまで調べを進めておいでか……ん？　まさか、わしの息子が何か、事件に絡んでいるようなことはないでしょうな？　あれの勤める明亜産業も防衛庁への納入業者の一つですが」

「ええ、そのことはご子息もおっしゃっていました。単に、マンションを紹介してもらって、同じマンションに住んでいるというだけなのに、痛くもない腹を探られるとか。

しかしご子息のご心配はまったく無用になさっていただいてけっこうです」

「ははは、あいつがそんなことを言っておりましたか。それなりにおとなになったもんですな。いや、それを聞いて安心しました」

　秋元はライティングデスクの上の電話へ向かった。手帳を広げて、蜂須賀副本部長の直通電話の番号をプッシュしている。

「開発庁の秋元ですが」と名乗ってから、秋元と蜂須賀の会話が交わされた時間は、傍らで聞いている浅見がびっくりするほど短かった。最後に携帯電話の番号を伝え、「それでは」と話し終えた秋元は、受話器を置いた恰好で、怪訝そうに首をかしげている。

「妙な挨拶だったな」

「どうなさったのですか？」

　浅見は訊いた。

「いや、蜂須賀君の受け答えがね、妙にぎこちない口ぶりだった。こっちの用向きを封じ込めるような、ちぐはぐな話しっぷりで、後ほど電話するというのだが……誰か傍にいたのかな？」

「それとも、盗聴を警戒しておられたのかもしれませんね」

「そうか、なるほど。つまり彼は監視されているということですか。防衛庁幹部が部内で盗聴されるというのも、またきびしいもんですな。わしなど、在任中、まったくそういうことは意に介さなかったが、あれじゃ、こっちの手の内は筒抜けに見透かされていたってわけですな」

蜂須賀から秋元の携帯電話に連絡が入ったのは、それから三十分近く経ってからだ。明らかに「安全地帯」に移動したことを窺わせる。秋元はそこで初めて、浅見光彦という人物と会うよう、要請した。

「……そうです。よく知ってますな」

秋元は話を交わしながら、意味ありげな目で浅見を見た。蜂須賀が自分のことを刑事局長の弟であると看破したのだろう——と浅見は憶測した。思ったとおりで、秋元は電話を切って、笑いながら言った。

「彼はきみのことを知ってましたよ。どうもきみは有名人らしい」

「困ります」

これは浅見の本音だ。

「探偵」にとって重要な資質は、顔も名前も売れていないことである。理想的にいえば、情報のまったくない空気のような存在であることが望ましい。

蜂須賀は浅見との会見場所にこの秋元の部屋を指定した。今夜、秋元とホテル内にある料理屋で会食する。そのあいだに十分程度、席を抜け出すという手筈だ。

午後七時から、浅見は秋元の部屋で待機した。私的な使用目的だけでなく、デスクを入れて執務もできるようにした、広いスイートの部屋である。オープンなオフィス以外に、こういう「ねぐら」のような場所を用意しなければならないのだから、政治とは金のかかるものだ――と、つくづく思う。

ソファーに坐って一時間あまり経過して、ドアがノックされた。

蜂須賀は一分の隙もない濃紺のスーツ姿だった。アルコールが入っているはずだが、顔に出ない性質なのか、目の色も澄んでいる。ドアが開くのに合わせるように、スッと肩を滑り込ませて入ってきた。浅見よりやや背は低いが、贅肉《ぜいにく》を感じさせない引き締まった体型である。

「蜂須賀です。お待たせしました」

挨拶しながら、それが習性になっているのか、すばやく室内に視線を走らせた。ほかに誰かいないか、何か仕掛けはないのか――と確かめる仕種だ。

「あなたのお兄さんとは、何かのパーティなどで、ときどきお会いしますよ。彼は大学では私より一期下だが、成績トップのエリートでした。その彼の自慢の弟さんがあなたですか」

お世辞混じりの、軽いジャブのような会話が途切れると、蜂須賀は「早速だが、ご用件は？」と鋭い目を向けた。

「富沢春之さんの事件を調べています」

浅見は単刀直入に言った。蜂須賀はある程度、予期していたのか、それほど驚いた様子も見せない。

「なるほど。あれは殺人事件であるという認識ですか」

「そうです」

「それで私に何をお聞きになりたいと?」

「富沢さんがCDを作製する元となったデータは、蜂須賀さんがお渡しになったのですね?」

「ほう……」

これはさすがに意表を突いたにちがいない。蜂須賀のすぼめた口許から、顔中に笑いが広がった。無意識に背を反らせた仕種が、斬り込まれた太刀筋をどうはぐらかすか、対応に戸惑っている心理が仄《ほの》見《み》えた。

「いきなり何の話ですか? 私が富沢氏にプレゼントでもしたと?」

「いいえ」

浅見は首を振って、静かに言った。

「あなたが本当にプレゼントなさったのは、富沢さんにではなかったはずです」

「ん? どういう意味です?」

「あなたからのプレゼントは、国民に贈られたものだったと、僕は思っています」

「………」

蜂須賀は曖昧な微笑を浮かべて、視線を逸らした。浅見が「プレゼント」自体は既成の事実として喋り、贈られた先を「国民」という大きな相手に設定したことは、二の太刀のように蜂須賀の肺腑を抉《えぐ》った。

「富沢さんは立派にその中継ぎ役を務めました。それにも拘らず、富沢さんもそのご遺族も、正当な評価や扱いを受けていません。もちろん、捨て石とはそういうものであって、その価値は天のみが知るという考え方かもしれません。しかし、捨て石自身がそう思うのは許されても、その恩恵を受けた者たちが、何も知らず、何も思わないままでいいはずはありません。かりに殉職であり、あるいは戦死であったとする見方をするなら、国家はその崇高な死を褒賞すべきです。もしそれも叶わないというなら、富沢さんに死を与えた者を罰するのが国の務めであり、それはつまり国民の意思ではないでしょうか」

浅見はひと言ひと言の中に精一杯、真摯な想いをこめて話した。書生のような青臭さを嗤《わら》われるかもしれないが、利尻島の五月――エゾマツの原生林の底で凍死した富沢の無念を思えば、私心を去って大義を論じることに衒《てら》いはなかった。

浅見が喋り終わっても、蜂須賀は同じ姿勢を保ったままでいた。顔からはしだいに笑みが消え、頰の筋肉がヒクヒクと動いた。

長い沈黙の時が流れた。この状態のまま、十分の制限時間を経過してしまうようなおそれを浅見は抱いた。

「前段の仮説は措《お》くとして」と、蜂須賀は低いトーンで口を開いた。

「富沢氏の死について、その真相を解明することは可能ですかな？」

「可能だと思います」

「しかし、警察ですら、ごく早い時期に自殺と断定して、捜査を打ち切った。それどころか、明らかに殺されたと分かる藤本氏の事件でさえ、いまだに解決の糸口さえ摑めずにいると聞いております。名探偵のあなたをもってしても、警察を上回る捜査ができるものかどうか、いささか疑問ですが」

「藤本さんの事件は富沢さんの事件から派生したものですから、富沢さんの事件さえ解明できれば、しぜんの成り行きで真相が浮かび上がってきます」

「そうだとしても、失礼だが一介の民間人にすぎないあなたに、真相の解明などできるのですかな？」

「僕に不足しているのはデータです。警察に足りないのは熱意です。もし僕に警察と同じだけのデータが与えられれば、真相は必ず解明されます」

「ほう、大きく出ましたね。具体的にどういうデータがあればとお考えか」

「とりあえず、蜂須賀さんを含め、防衛庁幹部周辺の人々の行動とアリバイです」

「それだって警察が事情聴取にきて、私を含め、富沢さんと顔見知りの主だった者全員に対して、アリバイ調査もしていましたよ。私ももちろん、当日の行動記録を提出させられた。裏付け調査に遺漏があったとも思えませんがね」

「おっしゃるとおりなのでしょう。ただし、警察には予断と遠慮があったはずです。防衛庁の方々に対する事情聴取は、単に西嶺通信機が納入業者であり、富沢さんが防衛庁の調本と接触がある人だったという、それだけの理由によります。当然、事情聴取はとおりいっぺんのもので、アリバイ調査にしても、事件当日の所在を確認できればよしとしたと思われます。もともと自殺の心証が強かったこともありますし、富沢さんの会社関係の人々ならまだしも、防衛庁の方々に殺人の動機があるなどと想像できなかったのも無理はありません。しかも、防衛庁と警察は日本の安全と秩序を守るという共通の理念で結ばれた、いわば双子の兄弟のようなものです。身内意識が強く働くでしょうし、調査が控えめになったとしても、あながち責めることはできません」

「というと、あなたなら同じデータをもとに、別の結論を出せると言われるか」

「たぶん」

「根拠は？」

「その人——犯人と呼んでもいいでしょう。その犯人が警察の調べに対して、偽証を行なったという事実だけで、十分、情況証拠になりえます」

「偽証？」

「たとえば、アリバイの裏付け調査が不備だったとすれば、調査をやり直すことで偽証を立証することができます」

「調べ直しても偽証が存在しなかったならどうなります？」

「その場合の結論は簡単ではありませんか」

浅見はニッコリ笑って言った。

「防衛庁の人々は全員がシロであることがはっきりするのです。それだけのことです」

「ははは、それだけのことですか。あっさり言いますな。しかし、再調査を行なうことは、事実上不可能でしょう。しかも、何の権限もないあなたに強制力はない。どうするつもりですか？」

「権限と力のある人に、その作業をお願いするしかありません」

「というと、誰ですか、それは？」

「もちろん蜂須賀さんです」

「えっ、私に？」

「ええ、蜂須賀さんなら、部下の方々の事件当日のデータを揃えることは可能なのではありませんか？　直属の部下ばかりでなく、別のセクションの方々についても、データを見ることはおできになると思いますが、いかがでしょうか？」

「それはまあ、できないこともないが……しかし驚きましたなあ。あなたからそういう命令を受けるとは思いませんでしたよ」

蜂須賀は当惑げに苦笑して、いくぶん皮肉な意思をこめた目を浅見に向けた。

「とんでもありません。僕は蜂須賀さんに命令などできる立場ではありません。命令をするのは、蜂須賀さんご自身の正義だと信じています」

浅見は真っ直ぐ、蜂須賀を見た。蜂須賀も今度はその視線を外さなかった。浅見の眸《ひとみ》の奥底にある真意を見極めようとする意図をもって、瞬きもせずに見つめ返した。

「ありがとう、浅見さん」

長い沈黙を破って、蜂須賀はそう言うと手を差し延べた。予定していた十分をはるかに超える時間が流れていた。

蜂須賀が去った部屋で、浅見はしばらくじっと動かなかった。蜂須賀が結論らしいことも、約束も言わず、「ありがとう」とだけ言って去ったことに感動していた。日頃の照れ屋らしくなく、多言を弄《ろう》した自分がむしろ滑稽なような気がしないでもなかった。

蜂須賀から浅見のところにフロッピーが送られてきたのは、それからわずか四日後のことである。それも無造作に、クッキーの箱に入って、宅配便で配達された。その事からも、蜂須賀という人物の繊細にして大胆な性格がよく分かる。

フロッピーの内容は、A４判の用紙にプリントアウトした。調達実施本部と防衛施設庁職員の主任クラス以上を網羅して、「事件」を挟む前後二日間の所在を記録した膨大なものである。ほとんどの職員が両日、あるいはいずれか一方の日は通常の業務についており、当日、利尻島に行くことは不可能だったと見ていい。

しかし、両日にまたがって勤務地の東京を離れていた者は五十六名もいた。いずれも出張で、名目または目的は「視察」というのが多い。その中には海外出張が六件、艦艇視察が二件あった。

那覇駐屯地や北熊本駐屯地、あるいは岩国航空群司令部、佐世保通信隊、下関第十一掃海隊といった南方のものは除外するとして、東北、北海道の出張先は要チェックと考えられる。

駐屯地	部隊名	氏名
札幌	北部方面通信群	岡崎　昇
静内	第7高射特科連隊	鈴木光一
旭川	第2特科連隊	田中　斉
稚内	第301沿岸監視隊	川村晋也
青森	第5普通科連隊	小林次浩
岩手	第9戦車大隊	赤木由拓

「稚内」の文字を見たとき、浅見はドキリとした。あの日、稚内に行っていた人間がいたのだ。警察は当然、川村という人物に対しても事情聴取を行ない、当日のアリバイをチェックしたにちがいない。その結果、何の疑点もなかったということか？

「沿岸監視隊」なるものがどのような業務を担当するのかは知らないが、「沿岸」である以上、小型の船舶ぐらいは保有しているだろう。それを使って、利尻島へ渡ることは可能だったのではないだろうか。

浅見は兄に頼んで、その点を確認してもらった。結果はシロだった。警察も「稚内」

には注目して、川村晋也に対する事情聴取は、他の者に対するよりはかなり念入りに行なったという。富沢が利尻を訪れた当日、川村は日中ずっと、第３０１沿岸監視隊の本部事務所で、現地の担当職員と帳簿の突き合わせなどをしていた。また、夜に入ってからは稚内市内の料理屋で現地職員と会食をし、宿舎に引き揚げたのは午後十一時近かった。

事件当日、富沢春之が睡眠薬を飲んだのは午後一時から五時頃のあいだとみられる。死亡推定時刻は深夜である。川村がそのいずれにも関与できなかったことは、疑う余地がないのだろうか――浅見は気になった。

川村晋也は調達管理第二課の主任で三等陸佐の制服組である。制服組だから事件に関係あり――とするわけではないけれど、事務官よりは荒仕事に向いていることは確かにちがいない。

あらためて『防衛年鑑』で名簿を調べると、防衛庁のいわゆる内局はもちろんだが、調達実施本部や防衛施設庁の職員のほとんどは事務官で、制服組の比率は小さい。防衛行政が完全に文官によって支配されていることは、旧軍時代の陸軍省や海軍省と対照的だ。

そのことは、裏を返せば、制服組が内局や事務方に対して不信を抱く状況が、つねにあることを意味する。今回のような汚職や腐敗が引き金になって、文官による統制に対する不満が増幅され、やがては暴発する可能性がないとはいえないのだ。

第九章　自衛隊の光と影

1

　蜂須賀に向かって「警察と同じデータがあれば、真相を解明できる」などと大見得を切ったにもかかわらず、職員の行動録を前にしていたずらに日にちばかりが経過した。北海道、東北方面への出張以外についても、一人一人の「アリバイ」の状況を子細に検討するのだが、これといって訝《あや》しいものを発見することはできなかった。

　考えあぐねると、浅見の朦朧《もうろう》とした頭はいつの間にか、また沿岸監視隊の川村晋也の名前にこだわっていた。

「稚内」の二文字がキーワードのように浮かび上がる。かといって、川村の出張先が稚内だというだけで、容疑の対象にするわけにもいかない。

　稚内を訪れてから、すでに三カ月を経過した。十一月の声を聞いて、北の街は冬の予感におびえる季節だろうか。あの夏の盛りでさえどこか侘《わび》しげだった稚内の海は、もう鈍色《にびいろ》に染まっているのだろうか。

港に寄り掛かるようにして係留されていた、赤錆と黒ペンキでまだらになったロシア船が目に浮かぶ。ロシア船は主にカニを運んでくるそうだ。カニと一緒にトカレフも持ってくる——と、ラーメン屋の店員が本気か冗談か、笑って言っていた。冗談でなく、油断をすれば密輸も密入国もあるにちがいない。いまのロシアは元気がないから、北朝鮮のようにスパイ工作船を送り込んでくることはないだろうけれど、沿岸監視隊の任務は、けっこう厳しいのかもしれない。

（海の守りか——）

浅見はそこからの連想で、日本の艦艇のことを思った。

東京の人間にとって、自衛隊の存在はあまり近くない。戦車や大砲などを日常的に見るチャンスはほとんどないといっていい。まして「軍艦」となると、イメージを思い描こうとしてもなかなか難しい。テレビなどで、横須賀や佐世保に入港するアメリカの空母などはよく見るし、ニュースや映画でもアメリカの軍艦はおなじみだが、日本の艦艇となると、あまりピンとこない。しかしわが日本の自衛隊も、六十隻を超える「護衛艦」と十六隻の「潜水艦」およびそれ以外の艦艇を多数保有しているのである。一説によると、旧日本海軍の戦力よりも、艦対艦、艦対空ミサイルや通信技術を完備した現在の海上自衛隊の戦力のほうが上回っているそうだ。

日本の海上自衛隊の艦艇には、かつての海軍にあったような戦艦、巡洋艦、駆逐艦、といった区分はない。昔ふうにいえば駆逐艦程度の、およそ三千トンから五千トンクラスの大きさのものと、いわゆるイージス艦などをひとまとめにして「護衛艦」という名称で括《くく》っている。名前はおとなしくても立派な軍艦なのだが、ここでも「専守防衛」のイメージを守ろうとしている意図が読み取れる。

それ以外にあるのは潜水艦、掃海艇、魚雷艇、輸送艦、機雷敷設艦等々で、かつての戦艦「大和」のような巨大艦や航空母艦などの遠征攻撃型の軍艦は保有しない建前だ。

それにしても、六十隻を超える護衛艦や潜水艦群がどこで何をしているのかなど、一般の国民はほとんど関知しないで暮らしているのではないだろうか。

今回のテポドン事件で、はからずもイージス艦の活躍がクローズアップされた。「平和ぼけ」といわれる日本国民の知らないところで、わが海軍はそれなりに健在で、周辺海域に展開している。そのことに、むしろ新鮮な驚きを感じるほどだ。

浅見はこれまでほとんど思案の外に置いてあった「海外出張」と「艦艇視察」の記録を手に取った。各駐屯地への視察があるのと同じように、艦艇への乗り込み視察も行なわれているのだが、浅見がなおざりにしていたように、これらについては、警察も深く追及しなかった形跡がある。

該当する護衛艦は「ゆうかぜ」（三千五百トン）と「かわぎり」（三千百トン）。

「ゆうかぜ」——契約第一課　電波機材担当主任　小原《こはら》邦夫。

「かわぎり」——契約第三課　船舶用機材担当主任　田中克明。

小原は舞鶴地方総監部第2護衛隊へ向かって、「ゆうかぜ」に乗り込んだ。田中は呉地方総監部第22護衛隊へ向かって、「かわぎり」に乗艦している。

二人とも富沢春之の事件を挟む四日間にわたって、それぞれの目的地へ出張した。方角としては、まったく利尻島とは逆である。警察が彼らの行動に注意を払わなかったのも当然といえば当然だ。

しかし、あらためて資料のその部分を見直した瞬間、浅見はとつぜん心臓に錐《きり》を突っ込まれたような痛みを感じた。

二隻の護衛艦の行動はどうなっていたのだろう。富沢春之が利尻にいたとき、どこにいたのだろう――。

浅見は蜂須賀に連絡を取った。フロッピーを送ってくれたとき、蜂須賀は携帯電話の番号を教え、電話をするときは、お互いに「花村」と名乗るよう指示した。連絡時間は朝の七時に限定された。まだ自宅にいて、盗聴やスパイの心配をしなくてすむ――ということなのだろうけれど、朝がまるで弱い浅見には苦痛な時間帯だ。

「ゆうかぜ」と「かわぎり」の行動記録を浅見が知るまで、この厄介なやり取りのおかげで三日もかかった。

蜂須賀の話によると、「ゆうかぜ」は五月二十七日に舞鶴港を出ている。小原が舞鶴に到着した直後に出港したと思われる。その後、日本海を北上、宗谷岬沖まで行って、五月三十日には舞鶴に帰港したという。

「それで、五月二十八日はどの辺りにいたのでしょうか？」

むろん、その日は富沢が利尻を訪れ、利尻富士山中で死亡した日だ。電話の向こうの蜂須賀に、浅見は努めて冷静さを装いながら訊いた。

「むろん日本海の洋上でしょうな」

蜂須賀は浅見の意図が摑めないのか、怪訝そうな口ぶりだった。

「利尻島へは寄港しなかったのでしょうか。あそこの沓形《くつがた》港は、三千トン級の船舶が接岸できると聞きました。『ゆうかぜ』は三千五百トン。十分接岸できるはずですが」

「利尻……なるほど、そのことですか。しかし、『ゆうかぜ』は利尻には寄港できませんよ。護衛艦に限らず、自衛艦は原則として利尻には寄港できないのです。理由はロシアを刺激しないためです。あの海域は北方四島問題など、かなりデリケートなところでして、当方にはその意思が毛頭ないとしても、軍港化のにおいでもすれば、難しい国際問題を惹起《じゃっき》しかねませんからね。本来なら稚内にも基地を置きたいのだが、そのことがあるために分遣隊のようなちっぽけなものしか置けないのが現状です。しかし浅見さんの着眼点は、さすが、鋭いものですなあ」

蜂須賀は一応、褒めてはくれたが、素人の無知を慰めているようでもあった。

「それでは」と電話を切りそうになる蜂須賀を、「あっ、ちょっと……」と引き止めて、浅見は言った。

「念のためにお聞きしたいのですが、その小原邦夫さんという方は、どういう方なのでしょうか？」

「小原は契約一課の人間ですよ」

「ええ、それはデータを拝見して分かっていますが、性格とか勤務態度とか、もし分かれば富沢さんとの関係を知りたいのですが」

「なかなか優秀な男です。仕事はできるし、協調性もありますよ。富沢氏との付き合いもありました。業務上のことですがね」

「蜂須賀さんは詳しいのですね」

「ははは、当然です。小原は私のところの部下ですからね」

「あっ、そうでしたか。それはどうも失礼しました」

蜂須賀薫は契約原計第一の副本部長だが、契約第一課がその直属のセクションであることは気がつかなかった。

しかし、そのことを知ってかえって、浅見の疑念は強まった。蜂須賀が小原の才能を買っているばかりでなく、どことなく、浅見の詮索から小原を庇《かば》うような口ぶりだったことも気になった。もしかすると、小原邦夫は蜂須賀の腹心の部下なのかもしれない。だとしたら、まったくの的外れであっても、彼の周辺を素人探偵にウロウロされるのは、蜂須賀としても面白くないだろう。

浅見は蜂須賀に内緒で利尻町役場に電話して、沓形港に「ゆうかぜ」が寄港しなかったかどうか、確認を取った。しかし役場でも蜂須賀と同じことを言っていた。

「原則、自衛艦は利尻島には寄港できないのです」という話だ。

浅見のせっかくの着想も壁に突き当たったかと思われた。ところが、予想もしなかったところから道が開けた。

その日の午後、浅見が外出から戻ると、須美子が「お電話がありました」と言った。

「山本さんとおっしゃる女の方です」

「山本？……」

浅見に思い当たるものはなかった。須美子はじっと浅見の表情を見つめていたが、安心したように「坊っちゃまのご存じない方なんですね」と言った。「坊っちゃま」の知り合いの女性に対しては、妙に敵愾心《てきがいしん》を燃やすヘキが彼女にはある。

「証券会社のセールスかもしれません。また後ほどお電話してくださるそうですけど、お断りしましょうか？」

「いいよ、断らなくても。一応、出てみることにする」

その「山本」から夕方に電話があった。

「山本です、ご無沙汰しました」

声を聞いても思い出せない。やはりセールスか何かか——と、いくぶん警戒しながら応対した。その様子に女性は不安そうな声になった。

「あの、利尻の山本ですけど……カルチャーセンターの、御神籤《おみくじ》の……」

「ああ、山本ちよえさん」

ふいに思い出した。

「よかった、名前、憶えていてくれたのですね」

「もちろんですよ。だけどびっくりしましたねえ。ぜんぜん予想していなかった」

「そうなんですか？　でも、あの、浅見さんはあのとき、何か思い出したら電話しろって言いました」

「そう、そうでしたね。いや、だけどあれから三カ月でしょう。僕のことなんか忘れちゃったんじゃないかと思ってました」

「忘れませんよ、絶対に」

強調されて、浅見は照れた。

「それで、つまり何か思い出すことがあったということですか？」

「ええ、つまらないことですけど、ちょっと思い出したんです。このあいだ、豪華客船の『飛鳥《あすか》』が利尻に立ち寄ったんですけど、そのときに、急に思い出しました」

「ほう、何を？」

「亡くなった富沢っていう人が、姫沼の管理棟に寄ったこと、憶えていますよね」

「ええ、もちろん」

「そのとき、富沢さんは父に、自衛艦のことを訊いたんだそうです。『自衛艦はやっぱりあの港に着くのか』って」

「えっ、自衛艦ですか？……」

浅見は息が詰まった。

「ええ、そう言ってました。でも、こんなことは役に立たないですね？」

「いや、そんなことはない、重大な意味があるかもしれませんよ。それで、それからどうしたのですか？」

「その人が言った『あの港』っていうのは、稚内からフェリーが着く鴛泊《おしどまり》港のことでしたから、そうでなく、利尻町の沓形港のほうに着くって教えてあげたって言ってました」

「えっ、なんですって？」

浅見が強い口調で訊き返したので、山本ちよえは意味が伝わらなかったと勘違いしたらしい。「あのですね」と解説を加えた。

「うちの利尻富士町と利尻山を挟んで反対側に利尻町があるんですけど、そこに沓形港っていうのがあるのです」

「ええ、それは知ってますが、自衛艦は沓形港には立ち寄らないと聞きましたよ」

「いいえ、そんなことはないですよ。ときどき立ち寄りますよ。見物に行ったこともあります」

「それはおかしいな。じつは、最近、防衛庁で聞いた話ですが、ロシアを刺激するとまずいので、利尻や稚内には寄港はしないことになっているというのですがねえ」

「ああ、それはあれでしょう。岸壁には着かないということでしょう。沖合に停泊して、ボートで上陸してくるのです。飛鳥だって同じですよ。テンダーボートとかいうのを船から下ろして、お客さんを運んでいます」

山本ちよえは、いとも当たり前のことのように喋っているけれど、浅見は鈍器で殴られたようなショックを感じて、しばらく声が出なかった。

「もしもし、浅見さん……」

ちよえが心配して声をかけた。

「あ、失礼、ちょっと考えごとをしていたものですから。そうなんですか、自衛艦は沓形港に立ち寄るのですか。しかし、役所は公式にはそうは言えないんですね、きっと。だから防衛庁も役場も、原則、寄港しないという言い方をしているんだな。たしかに港には立ち寄っていないにはちがいないか。ははは、頭が固いのはどこの役所も同じですね」

笑いながら礼を言って、電話を切った。しかし、浅見の内心は穏やかでなかった。利尻町役場はともかく、蜂須賀がなぜ偽りを言ったのか、理解できない。沖合停泊を寄港ではないというのであれば、この場合、詭弁《きべん》としか思えない。浅見が問題提起したのは、利尻に上陸した可能性があるのでは——という意味なのであって、接岸したかどうかはどうでもいいことだ。

まさか、蜂須賀がその意図を理解しなかったとは考えられない。やはり彼は、自分の部下を事件捜査の対象にさせたくなかったのだろうか。ということは、小原邦夫が富沢殺害に関わった疑いがある——ことを、蜂須賀も恐れたのかもしれない。

（まさか。蜂須賀氏が黒幕？――）

ギョッとするような着想だった。このあいだは、富沢を動かして内部告発をさせた黒幕が蜂須賀か――と思ったのだが、今度はそれとはまったく逆のシナリオを書いた可能性が浮かび上がった。

（蜂須賀氏とは、何者なのか？――）

正義の旗手なのか、悪の権化なのか。

考えてみれば、彼にはもともと二面性があったのだ。東大紛争のときは左翼の闘士だったにもかかわらず、卒業と同時に百八十度転向して、体制側を象徴するような防衛庁に入局したというのだから、見様によっては日和見《ひよりみ》もいいところではないか。

（だが？――）と、その自分の着想に対しても、首を傾げないわけにいかない。もし蜂須賀が事件の黒幕――共犯者だとしたら、なぜ危険きわまる「探偵」に、内部資料を提供したのだろう？

それに、ホテルニューオータニの一室で語りあったときの、蜂須賀の反応は十分に手応えのあるものだった。青臭く正義を語った浅見の言葉にも、きちんと耳を傾け、率直に評価してくれたと信じている。浅見はわけが分からなくなってきた。

2

小原邦夫が最初に警察庁の接触を受けたのは、十一月に入ってまもなくのことである。深夜、帰宅する直前の路上で、闇の中から二人の男が現れ、左右から挟まれる恰好になった。「失礼ですが、防衛庁調達実施本部の小原邦夫さんですね？」

二人のうち年長と思われるほうの男が、慇懃《いんぎん》な物腰で訊いた。

「そうですが、何か？」

「私は警察庁の松下といいます。お疲れのところ、まことに恐縮ですが、少々お尋ねしたいことがあるので、あちらまでご足労願えませんか」

指さした先に黒塗りのセダンが停まっている。小原はチラッと自宅の方角に視線を送った。官舎まで、あと百メートル足らずのところだった。

「いちど家に戻ってからじゃだめですか」

「申し訳ありません、ほんのちょっとだけ、お時間を頂ければ結構ですので」

「分かりました、いいですよ」

車には運転役の男が乗っていた。小原をまず後部シートの右側に乗せ、松下が並んで坐り、もう一人は助手席に坐った。

「やけにものものしいですな」

小原は平静を装って、笑顔を浮かべ、陽気に言ったが、明らかに声が上擦っていた。

「いいえ、そのようなことはありませんので、どうぞ気楽になさってください。ごく簡単な質問を二、三させていただくだけです」

「何か事件があったのですか？」

「まあ、そのようなことです。ところで、小原さんはなかなかお忙しいようですね。いつもこんなお時間ですか」

「そうですね、これでも早いほうかもしれません。しかし、あなた方もけっこう遅いじゃないですか」

「これが仕事ですのでねえ。小原さんはご出張も多いのではありませんか？」

「ええ、多いですよ」

「五月の二十八日前後はいかがでしたか？　どちらかご出張でしたか？」

「五月……ちょっと待ってくださいよ」

ポケットから手帳を出して確認した。

「ああ、この日は護衛艦に乗ってましたね。五月二十七日に舞鶴地方総監部へ行って、この日から三十日にかけて護衛艦『ゆうかぜ』を視察しています」

「その視察というのは、港内で停泊中に行なわれるものですか？」

「それもありますが、航行中に視察することが多いですね。装備類が順調に機能しているかどうかのチェックがありますので」

「そうしますと、この際もやはり航行したのですね。それはどちら方面へ行かれたのでしょうか？」

「まあ、日本海海域を巡航しながらということになりますか」

「どこにも寄港せずにですか？」

「そうですね、この場合は遠洋ではありませんから、原則として寄港しません」

「利尻島へはいかがでしたか？」

「利尻の港ですか？　いや、あそこは寄港してはならないことになってます。北方四島返還交渉への影響が懸念されるので、ロシアを刺激しないための配慮です」

「しかし、沖合で停泊することはあると聞きましたが」

「そうですね、それはたまにあると思いますが」

「そのときはいかがでした？」

「さあ、どうでしたか……たぶん停泊しなかったかと思いますが」

「おかしいですね、こちらの調べでは停泊したことになっていますよ。一応、事前に利尻の沓形港に電話して、確認を取っているのですが」

「あ、そうでしたか。それじゃきっとそうなのでしょう。船に乗っていると、甲板にでも出ないかぎり、停まっているのか走っているのかも、ときどき分からなくなるものでしてね」

「なるほど。それじゃ、そのときは上陸はしなかったのですか」

「ええ、沖合停泊ですからね」

「しかし、沖合停泊でも、必要があれば上陸するそうじゃありませんか。あれは何というのですか、救命ボートみたいに備え付けてある、モーターボートみたいなのは」

「内火艇ですか。海上自衛隊ではそう呼んでいます。戦前の海軍時代からの呼び名らしいのですがね」

「その日、小原さんは内火艇で上陸したのではありませんか」

「いや、してないと思いますよ」

「思いますって、憶えておいでではないのですか？」

「ずいぶん前のことですからね。手帳にも書いてないところを見ると、上陸はしていないのでしょう。なんなら舞鶴のほうにお問い合わせしてみたらいかがです？」

「それがですね、舞鶴地方総監部に問い合わせても、教えてくれないのです。いわゆる軍の機密というやつでしょうか。航行のコースや停泊地なんかも、まったくノーコメントなんですね。どうしてもということなら、しかるべき筋を通してくれと言ってました」

「そうでしたか。それはお気の毒ですが、決まりでは仕方ありませんね。そういうことであるなら、しかるべき筋というやつを通すほかはないですね」

「それはつまり、捜査令状を用意するということになりますが」

「えっ、捜査令状ですか。穏やかじゃありませんね。いったい何があったんです？」

「殺人事件です」

「ほうっ……」

「小原さんは富沢さん——富沢春之さんをご存じですね？」

「ああ、西嶺通信機の富沢さんなら知ってますよ。なるほど、そうでしたか、それで利尻にこだわっておいでですか。要するに富沢さんの事件を捜査しているというわけですね。しかし、それで私のところに来ても、意味がないんじゃありませんか？」

「おっしゃるとおりなのでしょう。しかし、警察というところは、意味のないことも、ひととおりきちんとやらないといけない商売でして、こうしてご迷惑をおかけすることになります。そこでご迷惑ついでにもう一つお尋ねしますが、小原さんは十月二日はどちらにおいででしたか？」

「十月二日……この日は千葉県の木更津駐屯地へ行ってますね。ところで、今度は何なのですか？」

「西嶺通信機の藤本茂樹という人が、静岡県小山町で殺されました」

「ああ、あの事件……おやおや、そっちの事件でも調べられるのですか」

「まことに申し訳なく思っております」

「いや、気にしないで結構ですよ。おたがい仕事ですからね」

「ありがとうございます。それで、その日ですが、木更津駐屯地には何時から何時までおいでだったのでしょう？」

「午前十時頃から、翌日の正午過ぎまでいたと思いますよ。とにかく木更津の宿舎に一泊しましたから。なんなら問い合わせてみてください。業務内容についてはお話しするわけにいかないが、営門の通行記録程度なら、軍の機密には属さないので、教えてくれると思いますけどね」

小原は声を出さずに、ニヤリと笑った。

それから間もなく、小原は車を出た。警察庁の二人も外に出て丁重な挨拶で小原を見送った。

「あれでよかったですか」

小原邦夫が官舎の門内に消えるのを見届け、車の中に戻ってから、松下は「相棒」に訊いた。

「ええ、十分だと思います。小原氏は表面上は平然と構えているように見えましたが、内心では相当、怯えていました。たぶん、このあとすぐに動きだすはずですよ」

「そうですか。それじゃ、あとは任せておいてください。会話はすべてテープにしてお聞かせしますから」

「盗聴ですか。そこまでやることはないと思うのですが、それは兄も了解ずみですか」

「とんでもない。局長は何もご存じないことです。あくまでも自分の一存です。違法は覚悟の上ですが、しかし、すでに何者かが仕掛けてあったものに便乗する恰好ですから、大した問題じゃありません。だいたい、これだけ野放し状態に近く、盗聴が行なわれているにもかかわらず、警察の捜査に盗聴が使えないなんていうのはおかしいのです。警察庁も今頃になって通信傍受法案なんてやつを提出するそうだけど、遅すぎますよ」

息巻いている松下に反論する気はなかったが、浅見としては、盗聴や盗視行為には生理的といっていいような嫌悪感があった。誰にしたって、どういう理由をつけようと、プライバシーを侵害されるのは喜ばしいことではない。とくに、当事者の一方にだけ盗聴や盗視の能力があって、他方はまったくの「被害者」というのでは不公平もはなはだしい。かといって、全国民が等しく盗聴、盗視の能力を保持するとなったら、なんとおぞましい国家だろう。そのことを思えば、通信傍受を適法にするような法律を考える以前に、まず野放し状態の盗聴を厳正に取り締まるのが先なのではないか。野放し状態にしておくこと、それ自体が、通信傍受法案の提出と法案通過を目論《もくろ》んだ深慮遠謀のような気さえする。

帰宅した小原邦夫は、妻の「お風呂、入りますか?」という問い掛けに答えず、自室にこもって電話に向かった。もっとも、自室といっても３ＤＫの狭い官舎である。ドアの向こうには妻と中学二年の息子がいる。テレビの音が筒抜けに聞こえるのだが、テレビが鳴っているあいだは、電話が聞かれるおそれはなかった。

それでも小原は極力、声のトーンを抑えて喋った。ともすると声が上擦り、叫びだしたくなる心境だった。

「ついさっき、警察庁の人間に事情聴取を受けました。テキは利尻島に上陸したことを疑っております。また、十月二日の件についても、探りを入れてきました。もちろん、いずれの件につきましても確証を摑んでいるわけではなく、あくまでも打診の程度かと思われますが、しかし、自分としてはまったく予期していなかった展開であります。副本部長のご指示をいただきたいのですが」

「おい、待ちたまえ。いまどこから電話しているんだ」

「はい、自宅からですが」

「大丈夫なのか」

「はい、ご心配いただかなくても大丈夫だと思います」

「思いますって……とにかく、この電話はまずいよ。明日、別途に連絡してくれ」

「承知しました。だが、副本部長、テキがなぜ利尻のことに気づいたのか、この先、拘束されるような事態にでもなった場合、どのように対処すればよろしいのか、正直申し上げて不安であります。そうなってからでは、副本部長にご連絡申し上げる手段も絶たれることになりかねません。いかがでしょうか、任意にせよ、出頭を求められる可能性はあるのでしょうか？　副本部長のご見解はいかがでしょうか？」

「そんなことをいま、にわかに訊かれても、私にだって予測できないよ」

「しかし、副本部長は以前、そのようなことには絶対にならないとおっしゃっておいででしたが」

「絶対なんてものはきみ、つねに不変であるはずがないだろう。不測の事態はつねに起こりうるさ。絶対平和国家に根ざした憲法を掲げるわが国が、これほど肥大化した軍備を保有する矛盾も、絶対が不変でないと考えるからこそ、許されているのではないか。

いずれにしても、いまきみが置かれている立場は、まさに非常の緊急事態だと考えるべきだ。こうなった以上、それ相応の覚悟をもって臨みたまえ」

「覚悟とおっしゃいますと？」

「最悪のシナリオだけは書くなということだよ。きみも武人ではないか。二十余年の自衛官としての誇りがあるのなら、武人らしく対処する以外に、きみやきみの愛する者たちを救う道はない。むろん私とて何ら変わることはないよ。きみだけに責任を取らせることはしない。責任の大きさという点では、比較にならないほど私のほうが重い。最後に生き残ったものが、戦友として骨を拾ってくれることを信じるのだな」

「分かりました」

電話を切ると、隣室のテレビの音がいっそう大きく聞こえた。ドアを開けると、妻が笑顔を向けて、「お風呂、入ります？」と訊いた。

「そうだな、そうしようか。それより、どこか温泉にでも行こうか」

「えっ？　いまから？」

「ははは、ばかだな、近いうちにさ」

「なあんだ。だけど嬉しいわ。パパがそんなことを言ってくれるの、はじめてじゃないかしら。温泉だったら湯布院《ゆふいん》へ行ってみたいわねえ。岩崎さんの奥さん、このあいだ行ったんですって。とてもよかったって」

「そうか、湯布院か、いいんじゃないか。海士《かいし》も行くか？」

「ぼくはいいよ。二人で行ってきたら。夫婦水入らずでさ」

「ははは、生意気なことを言いやがる」

ふっと涙ぐみそうになって、小原は「愛する者たち」に背を向けた。


翌朝、浅見は蜂須賀副本部長の携帯に電話した。蜂須賀は相変わらず抑揚の乏しい声で「やあ、あなたでしたか」と言った。あまり歓迎していない口ぶりである。

「じつは、小原邦夫さんに接触しました」

「ほう、それで？」

「小原さんは利尻の事件当日、護衛艦『ゆうかぜ』で利尻の沖合に停泊しております。ご当人は内火艇による上陸はなかったと言ってますが、真偽のほどはいかがでしょうか？　それから、西嶺通信機の藤本さんが殺された十月二日から三日にかけて、小原さんは木更津駐屯地に出張しています。営門の通行記録は残っていると思いますが、調べてみましたところ、木更津は第1ヘリコプター団と第4対戦車ヘリコプター隊の駐屯地なのですね。たとえば、富士演習場へヘリコプターで飛んだ可能性も考えられるわけです。それについてご調査お願いできませんでしょうか」

「驚きましたなあ、大したものです」

蜂須賀はまんざら外交辞令とばかりはいえない反応を示した。

「浅見さんがそこまで肉薄しているとは、予想以上のご活躍です。あなたのような参謀が一軍を率いて迫ったなら、わが自衛隊も壊滅するでしょうな」

「ご冗談をおっしゃっている場合ではありませんが」

浅見は冷やかに言った。

「いや、冗談でなく、私は真剣に自衛隊の壊滅を危惧しているのですよ。ガイドラインの成立を目前に、不祥事つづきの防衛庁に対して、これ以上、国民の不信感が増幅するようなことがあってはならない。不景気の中で防衛予算だけが突出している状況を、国民が許しているのは、自衛官の誠実さを信じているからです。その信頼関係が音を立てて崩れようとしている。これはわが国の安全にとって、きわめて由々しき事態だと考えないわけにいかないでしょう」

「だからといって、不正や犯罪を看過していいはずはありません。国を守る以前に正義を守っていただきたい」

浅見は声の震えを抑えられなかった。

3

山本ちよえから浅見のもとに、利尻島の雪の便りが届いた。利尻富士はすでに七合目から上は白く染まったようだ。浅見はわずか三カ月ちょっと前の夏の利尻島の、あの輝くような緑を思い浮かべた。

年々歳々、ゆったりしたサイクルで確実に流れてゆく自然の移り変わりに較べて、人間の営みのなんと慌ただしいことか。何かに追われるように、人間とその社会は変化を求め、ときには自らを破壊する。

浅見は蜂須賀薫が言った言葉を反芻《はんすう》した。彼は「自衛隊の壊滅を危惧している」と言っていた。防衛庁にかぎらず、それが官僚に共通した精神なのだろう。大蔵官僚は大蔵省を、郵政官僚は郵政省を守りたがる。国益や国民の負託に応える以前に、まず自らの城の保全を思う。いや、官僚ばかりでなく、一般の民間企業にしても、およそ組織に属す人間に共通する、それは本能といっていいほどの心理かもしれない。

証券会社や銀行が、膨大な不良債権を抱えながら、債務超過をひた隠しに隠し、あるいは粉飾決算までして配当を出し、とどのつまりは崩壊し去る愚かさを、笑える者はいるのだろうか。

国家と国民を守るために創設したはずの自衛隊が、国家を蝕《むしば》み、国民を食い物にしているようなイメージを与えることになっては、まさしく蜂須賀が危惧するとおり、自衛隊は国民の信頼を失い、その存立までも疑問視されかねない。「一人勝ち」と皮肉られる防衛予算も、さかんに喧伝されている日米安保のガイドラインも、すべて虚《むな》しいものにしか思えない。

防衛予算といっても、庶民はほとんどその実態を知らない者のほうが多い。たとえ数字はばくぜんと知っていたとしても、ピンとくるものがないにちがいない。

浅見のような職業の人間ですら、何兆何千億円という予算の金額には実感が伴わなかった。しかし、全体をマクロで捉えるのではなく、具体的な数字を見るとあぜんとする。たとえば弾薬費がどのくらいかかっているかというと、なんと、一日当たりおよそ五億円が弾薬に消費されているのだ。平和時だというのに、毎日毎日、五億円もが、空中に、あるいは海中に、地上で、空しく炸裂《さくれつ》し、塵のように消えてしまう。

弾薬費は防衛予算全体のわずか四パーセントにすぎない。つまり、全体では百数十億円が毎日、何らかの形で、「防衛」の名のもとに費消されていることになる。

年間五兆円もの金額が、本当に「平和」を購《あがな》うための必要経費なのかどうか、ひょっとしたら欺瞞《ぎまん》か錯覚なのではないか――一般市民は、そのことをあまり疑ってかかったことがない。

人的、物的損失にしても同じことがいえる。自衛隊創設以来、自衛隊員の死傷者がどれくらいなのか、詳しい発表や統計があるのかどうかも知らないが、いずれにしても相当な人数にのぼるだろう。失われた航空機だけでも少なくないはずだ。

それらの「犠牲」のすべてが「戦争」によるものでないことを思うと、いったい平和とは防衛とは何だと考えたくもなる。かりに五兆円を出せば、ロシアが北方四島の返還に応じてくれるようなことだってあるかもしれない。札束で頬を叩く――というが、それで問題が解決するのなら、ミサイルをぶっ放すよりははるかに平和的であることは確かだ。

しかし、そんな馬鹿げた——というか、柔軟性のあるアイデアは官僚の中からは金輪際、生まれっこない。いちど発生した官僚機構はそれを維持しつづけようとするし、むしろ肥大化する方向で生きつづけるのが、古来、変わらぬ法則である。

蜂須賀のように、かつては反体制の側にあった人間ですら、いったん体制に身を投じたときから、あたかも遺伝子を組み込まれた細胞の一つのように、組織に忠実であろうとするものであるらしい。

「国民の自衛隊に対する信頼が崩れれば、国家の安全が揺らぐ」

蜂須賀はそう言っていた。それはおそらく彼の本心なのだろう。だから何が何でも防衛庁の恥部を隠し、愛する自衛隊を守り通さねばならないという信念がある。その一方で、調達実施本部の不祥事を暴くことで、防衛庁内部の腐敗分子を一掃しようと図ったことは、蜂須賀にしてみれば、ジレンマに満ちた苦渋の選択だったのかもしれない。

七月以降、二十数億円にのぼる「水増し請求」事件を警察庁にリークしたのは、間違いなく蜂須賀だと浅見は信じている。しかし、その程度の揺さぶりでは何の効果も上げることはできなかった。単に業者側にペナルティを押しつけるだけで、防衛庁側にはまったく「おとがめ」がないままだった。

切り札は富沢春之が握っていた。富沢が中田絵奈に送ったCDのデータが結局、防衛庁調本を舞台に行なわれていた不正を暴露し、防衛庁幹部と財界の中枢までも巻き込み、逮捕者まで出る騒ぎに発展した。

だが、おそらくそれは、蜂須賀が本来、思い描いていた結果とは異なるものだったにちがいない。あの事件が発生したことによって、ガイドライン法案ほか、防衛政策に関係する懸案事項の審議日程は、少なくとも半年は遅滞するだろう。

国民はたとえ一過性ではあっても、防衛庁への不信感を抱いたことは確かだ。そんな状況に追い込んでまで内部の腐敗を暴露するつもりは、蜂須賀にはなかったにちがいない。彼が「国民の自衛隊に対する信頼を……」と言ったとき、浅見ははじめてそのことを感じた。もしそうでなければ、何も富沢にデータを託すような回りくどいことをせず、蜂須賀自身がデータを公表し、不正分子を粛清すればよかったはずだ。

それにしても、富沢はなぜ殺されなければならなかったのだろう？――

しかも、現在浮かんでいる容疑者は、蜂須賀副本部長の側近といっていい存在の小原邦夫なのだ。勘繰れば、蜂須賀自身が小原に命じて富沢を消したと疑うこともできる。これまでの、蜂須賀に対する浅見のイメージがなければ、状況からいうと、その可能性がもっとも大きい。（まさか、あの蜂須賀が――）とは思うが、彼の過去の経歴や老獪《ろうかい》さを思うと、浅見には自信が持てなかった。

警察庁の松下からの連絡によると、小原はあの夜、松下と浅見が彼に会った直後に「副本部長」に電話して、そのことを告げていたそうだ。「通信傍受」という名の盗聴によるものだが、機械の調子があまりよくなかったためか、交信の内容は、電話の相手が「副本部長」であることと、どうやら利尻のことを話していたこと程度が、かろうじて聞き取れたという。

それでも成果としては十分、満足すべきものといっていい。明らかに、小原は警察の接触を受けて、慌てふためいて上司にご注進に及んだことは間違いない。しかしそれ以降、テキは用心したらしく、自宅の電話による交信はしていない模様だ。

浅見が松下とともに小原に接触したのは陽一郎の手配によるものだが、盗聴の一件は松下の独断である。それで得た情報は、はたして警察庁刑事局長にも伝わっているのだろうか。浅見は深夜に帰宅した兄・陽一郎を書斎に襲って、その後の「捜査」の進捗《しんちょく》具合を打診した。

「事件当日、護衛艦『ゆうかぜ』から、利尻島への上陸者がいなかったかどうかは、確認したのでしょうね？」

「ああ、確認したよ。上陸用の内火艇は、『ゆうかぜ』と沓形港とのあいだを、少なくとも三往復はしているようだ」

「その言い方だと、『ゆうかぜ』側には確認を取っていないみたいだけど」

「うん、この調査はあくまでも非公式に、私の手元だけで行なっているからね。現地住民への聞き込みによる情報だよ」

「小原邦夫が上陸したかどうか、その点はどうなんですかね？」

「いや、まだ分かっていない。それを調べるには、『ゆうかぜ』か、舞鶴地方総監部の記録を問い合わせるしかないだろう。つまり、公式に捜査が行なわれていることを表明することになる」

「当然じゃないですか。何を躊躇《ためら》っているんですか？」

「小原一人の犯行なら問題はない」

陽一郎は不機嫌そうに言った。

「しかし、これは明らかに組織的な犯罪なのだろう。光彦が洗い出してきた経緯からすると、そういうことになる。どこまで範囲が広がるかはともかく、防衛庁の組織が関わっていたとなると、これは大変な事件だ。背任や汚職ではなく、殺人だからね。しかも、同一犯人による連続殺人事件の疑いがある。防衛庁組織が民間人を殺害したとなれば、単なる不祥事ではことがすまない」

「兄さん……」

浅見はほとんど絶望的な目を、刑事局長に向けた。

「防衛庁だろうと暴力団だろうと、殺人事件は殺人事件じゃないですか」

「おいおい、無茶を言うなよ。少し頭を冷やせ。組織を守ろうとする動機は同じだとしても、暴力団と自衛隊を一緒にしては、話にならない。第一、暴力団は解体できるが、自衛隊を解体するわけにいかないだろう」

「それは要するに、自衛隊は国家の公器だから、警察が介入するのに、二の足を踏むということですか。そのことのほうがむしろ恐ろしいじゃないですか。軍隊が警察に対して治外法権的な力を持ったら、かつての軍国主義時代のようなことになってしまう」

「そうは言っていないよ」

陽一郎はさすがに苦笑した。

「現行法の下では、自衛隊は十分にシビリアン・コントロールが機能しているから、そんなことにはならない。むしろ、そのシビリアン——文民側の腐敗が今回の事件のように表沙汰になることで、『軍部』が反旗を翻すことを警戒しなければならない。こんな平和ボケしたような、軟弱な時代だけどね光彦、自衛官の中には硬直しすぎるほどの正義感や愛国心の持ち主というのは、少なからず存在するのだよ」

笑いを消して、怖いほどの真顔になっていた。

「………」

浅見は沈黙した。兄の言うことが分からないでもない。昭和初期の「五・一五事件」や「二・二六事件」の中心になったのは、正義感が強く、国を憂うる真面目な少壮将校たちだった。政治家や財界人、それに軍幹部の腐敗や軟弱な政治姿勢に飽き足らない彼らは決起してクーデターを起こした。

現代はもろもろの条件が異なるから、あの時代と同等に論じることはできないけれど、いまだって、軍人として真剣に国を愛し、守ろうという思想を持つ自衛官がいないわけではないだろうし、その中には、ごく一部とはいえ、不穏分子が存在することは想像に難くない。

自衛隊は「平和憲法」の名のもとに、長いあいだ日陰者のような立場に置かれていた。

「戦力なき軍隊」などという、摩訶不思議なロジックで、批判の矢をかわしていた時期もある。自衛官のなり手が少なくて、街に入隊の勧誘に出向いてさえいたこともある。浅見が自動車教習所に通っていたころ、若者に接近して「三食つきで、自動車免許も取れる」と口説いている自衛官募集の人を見たこともあった。

そういう長い隠忍自重を経て、自衛隊はようやく市民権を得たどころか、いつの間にか世界有数の戦力を誇る、立派な「国軍」に成長した。自衛隊としての伝統も生まれただろうし、自衛官の士気も高まり、彼らの国を守る意識も定着したにちがいない。

それでもなお、自衛官は胸を張って街を闊歩《かっぽ》できるほどカッコいい存在ではない。そこにはまだ、過去の戦争の忌まわしい記憶が影を投げかけているのだ。

若い自衛官には何の責任もないところで、彼らはしばしば「軍隊アレルギー」のようなものにぶつかるだろう。好戦的であっては、もちろんならないし、社会ではつねに礼儀正しく、控えめであれと教えられる。それはすべて、日本社会における自衛隊の地位のありようからきている。

そういう状況に、彼らが何の不満も抱かないはずがない。何かことあるごとに、それ見たことか――と自衛隊の悪しき面ばかりをあげつらうマスコミにも、また、それを鵜《う》呑《の》みにする市民にも、異論をぶつけたい点がずいぶんあるにちがいない。そのやりきれない思いがくすぶって、やがて何かのきっかけで暴発するようなことが、絶対ないとは断言できない。

早い話が、あの蜂須賀でさえ、かつては逆の側に立って体制に歯向かい、火炎瓶を投げたのである。そのとき、彼の胸にはやり場のない正義感と、鬱勃《うつぼつ》たる憤懣《ふんまん》が溢《あふ》れかえっていたにちがいない。

純粋な若者などは存在しないようないまの世の中にも、自衛官の中には、生硬といってもいいほど純粋で真面目な若者がいるかもしれない。防衛庁幹部の腐敗を知ったとき、彼はどのように反応するだろう。マスコミや国民の指弾の矢面に立つ中で、彼はいったい何を思うのだろう。

自衛隊の存立を危うくする要素は、それを取り巻く外部にだけあるのではなく、内部にこそ根深く、危険なもののあることをも思わなければならない。ごく一部の人間によるとはいえ、自衛隊の「組織」が殺人事件という、もっとも忌まわしい罪を犯したことが明らかになれば、これまで自衛隊が築いてきたモラルは、一挙に崩壊する恐れがある。

陽一郎が刑事局長の立場として、「暴力団と自衛隊を同一視はできない」と言っているのは、それらあらゆる事情を配慮してのことだ。浅見のような、ある意味では一匹狼《おおかみ》とは異なり、警察機構の中枢にある刑事局長の立場としては、単純に正義の鉄槌《てっつい》を下せば、それでこと足れりとするわけにはいかないのだろう。

しかし、その政治的配慮のようなものがあっては、事件は結局、解決しないのではないか——と、浅見は思い、大いに不満だった。

その気配を察知したのか、陽一郎は弟を宥《なだ》めるような笑顔を見せた。

「私が何もしないダラ幹だと思っているわけじゃないだろうね」

そう言ったとき、陽一郎はふっと、遠いものを見る懐かしい目になった。

「……ダラ幹か、死語のように懐かしい言葉になってしまったが、私が学生だった頃には、むやみに使われた。当時の蜂須賀氏のような左翼系のグループでは、日常用語だったな。『ダラ幹』と言いさえすれば、幹部の突き上げや、ときには粛清の合言葉か呪文《じゅもん》のような効果を発揮したらしい。先般の防衛庁と防衛施設庁幹部の腐敗など、まさにダラ幹の典型といっていい。蜂須賀氏はそれをどう見ていたのかな……」

兄は自らを「ダラ幹」ではないと宣言したのだ——と浅見は信じる以外なかった。

しかし、陽一郎がこの閉塞《へいそく》状態をどのように打破するのか、浅見にはまだ何も見えてこない。

第十章　覚悟の選択

1

須美子が「花村さんとおっしゃる方からお電話です」と告げにきた。花村はもちろん蜂須賀の偽名だ。浅見はその瞬間、何かが動きだす予感を抱いた。

「小原が辞職願を出しましたよ」

蜂須賀はいきなり言った。

「理由は一身上の都合と書かれていますが、口頭で、ご迷惑をおかけしたくないとも言っておりました」

淡々とした口調だが、言外に意味深長な意図のあることが感じ取れる。

「ご迷惑とは、どういう意味なのでしょうか？」

「それはあなたのほうがよくご存じではありませんか。警察の接触を受ければ、この先、何が起こるか予測がつきます」

「それで、受け取られたのですか？」

「一応、預かりはしましたが、許可はしておりません。私には部下を保護する責任がありますからね」

「と、おっしゃいますと？」

「公職を去れば、彼は裸になってしまう」

「なるほど……」

防衛庁に籍を置くかぎり、警察もめったに手出しはできないということだ。

「あなたの口からお兄上に頼んでいただきたいのだが、しばらくのあいだ、小原を拘束するのは控えておいていただきたいと」

浅見はしばらく返答を躊躇《ためら》ってから、「分かりました」と言った。

「そう伝えます。ただし、兄がそれをどのように裁量するかまではお約束できません」

「いや……」

蜂須賀はかすかに笑ったようだ。

「刑事局長は了解してくれますよ。武士の情けです」

それだけ言って、いともあっさりと電話を切った。

その夜、浅見は陽一郎に蜂須賀の要望を伝えた。刑事局長は「そうか、分かった」と頷いた。

「先方の言いなりになるのですか？」

「ああ、やむをえんだろう」

「武士の情けですか」

「ん？　どういう意味だ？」

「蜂須賀氏がそう言ってましたよ」

陽一郎は「ふん」と苦笑した。

「そんなことではなく、現実の問題として、いまの状態では立件が不可能だからだ。ことに利尻の事件はすでに所轄では自殺として処理を終えているし、物的証拠が皆無だ。捜査はあくまでも情況証拠と、本人の自供に基づくしかない」

「警察が得意とする、別件で調べることはできないのですか？」

「ははは、人聞きの悪いことを言うな」

「笑いごとでなく、小原は例の背任事件には関与していなかったんですかね」

「ああ、引っ掛かっていない。小原にかぎらず、蜂須賀氏の契約原計第一は、まったく事件に関与していないのだ」

「なるほど、だから蜂須賀氏は強気で告発に踏み切れたんですね」

「事件に関わって逮捕者を出したのは、契約原計第二と第三だ」

「そうだ、契約原計第三の副本部長は谷中氏でしたね。谷中氏はいまも拘置されているんですか？」

「いや、すでに保釈されたよ」

「えっ、保釈ですか。じゃあ自宅にいるんですか」

「いや、自宅にはいない。世間の目を避けて家族全員が身を隠した。もちろん、所在は把握しているがね」

「ひょっとすると……」

浅見は愕然《がくぜん》とした。

「小原が電話した『副本部長』は、蜂須賀氏ではなく、谷中氏じゃなかったのかな？　谷中氏なら富沢氏を抹殺する動機はありますからね」

「ん？　小原が副本部長に電話したとは、何のことだい？」

「あっ……」

慌てて口を押さえた。やはり松下はまだ、盗聴行為を働いた件については隠していたのだ。しかし、ことここに到っては隠しておくわけにいかなかった。浅見は松下に対してペナルティを科さないという言質《げんち》を取って、その話をした。

「僕はその手のメカに弱いから、詳しいことは知らないけど、松下さんは電話の盗聴ではなく、以前に何者かが仕掛けた盗聴器に便乗したそうですよ」

無意識のうちに、松下を庇《かば》う気持ちが働いている。

しかし、話を聞いた途端に、陽一郎は不愉快そうな顔になった。

「私は盗聴は好まない。警察内部には通信傍受法案を支持する人間が多いのは事実だが、盗聴を合法化することには反対の立場だよ。盗聴が罷《まか》り通るようになっては、国民の利益は著しく侵害される。やがては政治家自身の首を絞めることになりかねない。目的と対象を限定するといっても、そんなものはいくらでも拡大解釈できるからね。早い話、私にしたってきみにしたって、盗聴されないという保証はないのだ。壁に耳あり障子に目ありという状態を、たえず意識していなければならない世の中が、いいはずはないだろう」

「ははは、兄さんがそういう考えだっていうのは嬉しいな。僕も同感ですよ。だけど、兄さんのような立場でそれを言うと、まずいんじゃないかな？」

「ああ、望ましいことではないだろうね。私自身、公式の場でそういう意見を発表することはできない。長官からご下問があったときには反対意見を述べておいた。長官も一定の理解を示されたが、しかし、政府与党ばかりか野党の一部までもが同調するようでは、趨勢《すうせい》として止められない状況だな。宮仕えとはそうしたものだ」

「蜂須賀氏が内部告発を躊躇したのも、宮仕えの苦しいところかもしれませんね」

「まだ蜂須賀氏が告発者だと決まったわけではあるまい。それはともかくとして光彦、小原が電話した相手だが、蜂須賀氏ではなかったのか？」

「いえ、僕はいまのいままで蜂須賀氏だとばかり思っていました。だけど、谷中氏が保釈されているとなると、そうじゃない可能性もありうるわけです」

「電話の通話記録は調べていないのか？」

「それはしていないんじゃないかな。盗聴そのものが違法だってことは、松下さん自身が十分、承知の上ですからね。ＮＴＴにそれらしい疑惑を抱かせるようなことはしないと思いますよ」

「その話は、蜂須賀氏にはしたのか？」

「まさか、するはずがないでしょう。たったいま、そういう疑念が生じたばかりなんだから。しかし……」

この話を蜂須賀にぶつけたら、どう反応するだろう——と浅見は思った。

「しかし、何だい？」

「いや、べつに……」

この夜の会話はそこまでだった。浅見は翌朝、蜂須賀に電話して、小原が先夜、電話した先の「副本部長」とは蜂須賀だったのかどうか、確かめた。蜂須賀は肯定も否定もしなかった。「そうですか」と言ったきり、小原が「副本部長」に電話したこと自体を、浅見がどうして知ったのかも訊かなかった。小原が電話した相手が誰かも、それに盗聴行為があったことも含めて、蜂須賀は何もかも承知しているように思えて、不気味なほどだ。

それから数日が経った。世間の関心は急速に防衛庁の不祥事から離れて、あいつぐ金融機関の破綻《はたん》騒ぎに移っていた。富沢の死も藤本が殺された事件も、新聞紙上からまったく消えてしまった。

しかし、松下はいぜん、小原を執拗に追っている。小原は機械的に官舎と防衛庁を往復しているだけだが、その近くには必ず松下の影があった。もちろん小原がそれに気づかないはずはない。「やつは、だいぶビビッてますよ」と、松下は浅見に報告してくる。「ただし、あれっきり『副本部長』への電話はかけてません。盗聴に勘づいたのか、それとも機械のほうの寿命がつきたのかもしれませんがね」

松下は妙に楽しげだが、浅見は小原の心理を察した。追い詰められた小原が取る道は、一つしかないような気がしてならない。

十一月十五日——日曜日の朝、珍しく朝食のテーブルで顔を合わせた陽一郎が、弟に言った。

「予定がなければ、後できみの車に乗せてもらいたいのだが」

「いいけど、どこへ行くんですか？」

「ん？　いや、あてのないドライブだ」

パンにバターを塗りながら答えた。

「あら、珍しいこと。兄弟でドライブだなんて」

雪江は兄弟仲のいいのを、好ましそうな目で眺めた。しかし浅見は、兄が物見遊山のドライブに誘ったわけでないことぐらいは承知している。

ソアラの助手席に坐り、車がスタートすると、陽一郎は「なかなかいい車じゃないか」と、呑気そうに言って、すぐに「防衛庁へ」と続けた。

「防衛庁？」

さすがの浅見も意表をつかれた。

「ああ、蜂須賀氏が待っている」

「僕も一緒にですか？」

「もちろんだ。この事件の捜査は、私よりきみの主導で進められたのだからね。むしろ、蜂須賀氏がなぜ私に一緒に来るように言ったのか、そっちのほうが不思議なくらいだ。私の推測では、たぶん私に幕を引かせようという腹だと思うがね」

防衛庁は港区赤坂九丁目――六本木と乃木神社のあいだにある。日本の国防を司る役所にしては、あまりいかめしい感じのしない建物だ。若者の街六本木に隣接していても、さほどの違和感がない。

正門を入ると、衛兵が近寄って挙手の礼をして用向きを尋ねた。陽一郎が名乗り、蜂須賀副本部長の名を告げると、「どうぞ」と手を奥へ向けて、もう一度、挙手の礼を送って寄越した。

ガラガラの駐車場に車を置いた。あらためて見回すと、気のきいた高校なら、もう少しましだ――と思わせるような、貧相な建物が並んでいる。防衛予算の膨大さを思うと、この貧相は一種のパフォーマンスのような気もしてくる。

蜂須賀は玄関先に出て待ち受けていた。陽一郎と「やあ」「やあ、どうも」と親しげに握手を交わし、浅見にも気軽に手を差し延べた。

副本部長室はそれなりの広さがあった。大きな執務デスクと、その前には長テーブルを囲んで六人分の椅子のある応接セットが置かれている。蜂須賀は執務デスクを背中にする肘掛け椅子を浅見兄弟に勧め、自分は両端に一つずつある肘掛け椅子の右手のほうに腰を下ろした。

「お休みのところ、お呼びたてして恐縮です」「いやいや、それはお互いさまです」などと、あらためて挨拶したが、雑談を交わす間もなく、ドアがノックされた。

入ってきたのは思いがけなく小原邦夫だった。小原は浅見兄弟の姿を見て一瞬、立ちすくんだように見えたが、それは軍隊式の挨拶をするためのポーズだったかもしれない。服装はふつうのスーツ姿だったが、小原はドアのところできっちりと二十度ほど上体を前に倒して、「入ります」と言った。

「先日はどうも失礼しました」

浅見は立ち上がり、笑顔でお辞儀をした。蜂須賀は「警察庁の浅見刑事局長さんと、弟さんだ」と紹介した。

額に汗を浮かべる小原をソファーに坐らせると、蜂須賀は浅見に言った。

「それでは浅見さん、あなたの推理をひと通り聞かせていただきましょうか。局長さんも随時、補足的に捜査状況を教えていただければありがたいです」

すでに打合せずみのような口調だった。実際、自分の知らないところで、蜂須賀と兄のあいだに何らかの了解が成立しているにちがいない――と浅見は思った。

「それでは、僕の推論をお話しします。不備な点が多いかと思いますが、それに対する批判や異論は、後ほど聞かせてください」

浅見は話しだした。

「五月二十八日、富沢春之さんは利尻島に渡り、利尻富士登山道の五合目付近に行き、そこで小原邦夫さんと会いました……」

小原が反論しようと、顔を上げるのを、蜂須賀は手で制止した。

「富沢さんが利尻島へ行ったのは、小原さんの指示によるものでしょう。小原さんは『蜂須賀副本部長の密命を帯び、プロメテウス計画の一環として利尻に建設を予定されている施設の、立地条件を査察する。ついては技術者の立場で、立地の可否を判定してもらいたい』と、そういう話をしたのだと思います。プロメテウス計画は原計第三が主体となって進められ、計画自体に無理があることと、業者との間で不正が行なわれている疑いがありました。したがって、谷中副本部長との対立関係を考えれば、蜂須賀副本部長の密命というのは、ありえないことではない。しかし、富沢さんはその指示に一抹の不安を感じたのでしょう。それは本能的な勘といってもいいものかもしれません。万一の場合を予測して、ある人物に重要な証拠となるデータを託して利尻へ向かったのです。そのデータとは、すでに明らかにされたように、膨大な不正水増しがあったことを示す二重帳簿の存在を記録したものや、プロメテウス計画に関するものです。富沢さんがそれをどうやって入手したのかは、推測の域を出ないので言えませんが……」

「いや、浅見さん、遠慮することはない」

蜂須賀がスッと言葉を挟んだ。

「あなたの推測したとおりですよ。データは私が富沢さんに渡したものです。それから、いまあなたが話した中で、ちょっと違うところがあるので申し上げるが、富沢さんに利尻へ行くように指示したのは私です」

「えっ、蜂須賀さんがですか？」

「そうです。直接、稚内に入るのではなく、羽田からいったん札幌を経由して、足跡をくらますよう指示もした。目的そのものは、あなたがおっしゃったとおりですがね」

「しかし、それではどうして？……」

無意識に、浅見の視線は小原に向いた。

「ははは、浅見さんらしくもないですな。もっとも、罪は私の不注意にあります。要するに盗聴です。この部屋での密談は、すべて筒抜けになっていたというわけですよ。もちろんそれなりに用心はしておりました。庁舎内といえども、油断はできませんのでね。部下に命じて盗聴装置の有無はたえずチェックさせていた。最も信頼できる部下に、です」

蜂須賀の冷やかな目が小原に向けられた。小原の顔色は血の色を失い、冷たい汗が滲《にじ》んでいた。

「なるほど」と浅見は頷いた。

「そういうことなら、ますます僕の推論は間違いのないものに思えてきました。富沢さんがなぜ危険を察知しながら、おめおめと利尻へ行ったのか、その点がどうしても理解できなかったのです。蜂須賀さんご自身の指示なら、富沢さんは疑いもしなかったでしょう。しかし、小原さんが接触すると聞いたときには、ふと疑念が生じた。これはもう本当に、動物的な危険予知の本能としか言いようがないのかもしれませんね」

蜂須賀の腹心である小原が現地で接触することになっても、訝《あや》しむには当たらないはずだ。それなのに富沢に疑心が生じた。そのことに富沢はむしろ戸惑ったのではないだろうか。自分の疑心暗鬼を持て余《あま》したように、富沢はあのCDを中田絵奈のもとへ送った。利尻のカルチャーセンターで御神籤《おみくじ》を引いたり、意味不明のメモを残したり、彼の不安な心理が手に取るように見えてきた。

2

「小原さんが利尻での接触を指示してきたときは、富沢さんはなぜ小原さんが介在するのか、戸惑ったでしょうね。富沢さんの利尻行きは、蜂須賀さんと富沢さんだけのあいだで交わされた密約のはずなのですから。そうだったのでしょう？」

浅見は蜂須賀に確かめた。

「そのとおりです。さっき言ったように、盗聴のおそれがあることを、私ですらまったく警戒していなかった。まして富沢君には思いもよらぬことだったでしょう。ひょっとすると、彼は私に不信感を抱いたかもしれません。もしあのとき、私が留守をしていなければ……」

蜂須賀は顔をしかめ、唇を嚙みしめた。

「せめて日本にいたなら、少なくとも私に問い合わせることもできたでしょうが、残念ながら、私はその日、フランスから帰国する途中だった。富沢君はさぞかし心細かっただろうと思います」

蜂須賀の言葉を聞きながら、浅見は富沢の不安な気持ちを想像した。

富沢の不安は彼が蜂須賀とひそかに気脈を通じ、「プロメテウスの火矢」の不正を探るようになった時点から生じていたと考えられる。死の十日ほど前、中田絵奈に「バレるかもしれない」と何気なく洩らしたのも、その不安から出た言葉だったのだろう。たとえ目的が正義だったとしても、自分の会社の利益に反する行為をしようというのだ、彼の胸の内には、たえず揺れるものがあったにちがいない。

札幌から絵奈にCDを送ったのも、その不安の表れだったろうし、利尻カルチャーセンターに謎めいたメッセージを残して行ったのも、万一に備えての「保険」のようなものだったと考えられる。まだ疑惑でしかない状態では、明らかにそれと判るような、たとえば「プロメテウス計画に不正がある」などといったことは書くわけにいかない。それでも何か残しておかなければ、安んじて小原に会うことができないような、漠とした不安があったのだろう。そのメッセージをどこに、どのように残すかにも腐心したはずだ。姫沼の管理棟に立ち寄ったのも、ただトイレを借りるだけが目的だったとは思えない。

そうしてカルチャーセンターの「運だめしタンス」を発見した。メッセージを隠すには恰好の場所だ。「万一」のときには、警察が被害者の足跡を辿って、必ずそれを発見することになると信じたにちがいない。

それにしても、そうした不安があったにもかかわらず、それでも富沢が利尻へ行ったのはなぜなのかは理解しにくい。蜂須賀の指示には逆らえなかったためだろうか。浅見がそのことを言うと、蜂須賀は「そうですな、そういうことかもしれません」と頷いた。

「ただねえ浅見さん、富沢君に利尻へ行くよう指示したのは私だが、目的という点では、私と彼とのあいだに大きな違いがあったと思いますよ。私は単純に、あの計画の背後で動いている不正なものを告発したかっただけでした。もちろん、富沢君もそれには同調していました。しかし、彼にはそれに加えて、私とは異なる、もっと純粋な理念のようなものがあったのではないかと思います。技術者の良心というか、いや、それ以上の根源的なものといっていいかもしれない。彼は要するに、プロメテウスの火矢を北に向けたくなかったのですね」

「ほう……」

それまでは傍観者に徹しているように見えた陽一郎が、はじめて声を発した。

「それはつまり、当初計画に沿っていないということですか？」

「だと思います。いや、私も自信をもってそう言えるほど、富沢君の本心を知っているわけではないですがね」

蜂須賀は悩ましげに言って、

「確かに、九十度北へ向きを変えては、当初計画とは著しく異なるわけだし、戦略上の必要性という点では、まったく意味を成さないことになります。それにも拘らず建設を強行するのは、単に予算の無駄遣いでしかないことは事実なのです」

設置場所も、指向する方角も当初計画と違うとすれば、防衛庁は目的も意味も定かでない施設に、膨大な予算を注《つ》ぎ込もうとしていたことになる。

もっとも、そのこと自体はそう珍しくもない。たとえば不要なダムや港湾施設を作ったりするように、インフラ整備に名を借りた官庁の無駄遣いは日本中、到るところで行なわれている。

法案にしろ予算請求にしろ、審議のプロセスで重要なのは、決定に到るまでである。いったん決定してしまえば、あとはその審議が間違っていたか、データに不備があったか、その後の社会環境や状況が変わったかなどは、ほとんど問題にならない。干拓事業が意味を失った後も、予算を遣いきってしまうまで事業を中止しないといった例は、日本中で枚挙にいとまがない。

しかしこの場合には別の問題があった。

プロメテウスの火矢の指向する方角が九十度ずれるということは、戦略上の目的や意味がまったく違ってくる。本来は北朝鮮の脅威を予期して利尻島と隠岐島《おきのしま》を結ぶラインの監視体制を確立する目的だったものが、一転して北方だけを睨んだ防衛施設であることになる。そこには目前のサハリン、オホーツク海からカムチャッカ半島までのロシア極東地域だけが広がっている。「仮想敵はロシア」と、露骨に宣言しているようなものだ。

「富沢君はそのことにひどくこだわっていました。それはもちろん、私にもよく分かる。利尻に寄港するだけでも神経を尖らせるというロシアに対し、それも『雪解けムード』が進みつつあるこの時期、その名が示すような『火矢』を向ける施設を、なぜ、あえて作ろうとするのか――ですね。しかし、その疑問に対する答えは一つしかありません。それは『予算がついたから』です」

蜂須賀は皮肉な微笑を浮かべて言った。

「予算が決定して、事業が動きだした瞬間から、あるいはそれ以前から、利権が生じ、パイの分配先が予定されています。計画が変わったからといって、いまさら事業を中止することなど、できるはずがないのです。だから私は、分配の方法と分配先を問題にして、不正のあることを暴けばよしと考えていました。ところが、彼の問題意識はどうやら別のところにあったのです。彼は明らかに、『火矢』の矛先が北を向いていることが許せなかったと思えるふしがあります」

「それはあれですか、イデオロギーの問題でしょうか？」

陽一郎は遠慮がちに訊いた。

「いや、それは違いますよ」

　蜂須賀は苦笑した。

「富沢君は共産主義者ではありませんし、ロシアが好きだったわけでもない。計画変更以前の段階では、プロメテウスの火矢にアレルギーがあったわけではないのですからね。しかし、北に九十度向きを変えることになった途端、様子が変わった」

「なぜですか？」

「そこにサハリンがあるからです」

　陽一郎が「は？　それはどういう」と怪訝そうに言うのと、浅見が「あっ……」と不用意に声を洩らしたのと、同時だった。蜂須賀の目がその浅見を捉えた。

「何かご存じですか？」

「ええ、富沢さんのお母さんが、サハリンの出身だと聞きましたが、そのことと関係があるのでしょうか」

「そうですか、浅見さんもそう思いますか。彼がそう言ったわけではありませんが、私もあなたと同じことを考えていました。それともう一つ、私には何なのかさっぱり分からないのだが、彼は利尻にも特別な思いがあったのかもしれません」

「たぶん、それは……」

　浅見は「ルーツですね」と言いかけて、口を噤《つぐ》んだ。富沢が「父親」のことを知っていたかどうか、聞いたわけではない。しかし、父親が前防衛庁長官で現開発庁長官の秋元康博であり、秋元が利尻島の出身であることを知っていたとすれば、利尻に特別な感情を抱いたのは理解できる。その利尻からサハリンを望む「プロメテウスの火矢」に、心理的な抵抗があったとしても不思議はないのかもしれない。

蜂須賀と陽一郎の視線が浅見の顔に釘付けになったまま、停まっていた。浅見は仕方なく、言葉の先を繋いだ。

「富沢さんは、青春時代に利尻に旅行して、格別な思い出があったと聞いたことがあります」

「なるほど、それのせいでしょうかな」

蜂須賀は納得したように頷いた。それから小原のほうに視線を向け直して、「それで」と言った。

「きみは富沢君とどこで会ったのかね？」

一貫して背筋を伸ばした姿勢のまま、沈黙を守っていた小原は、ピクッとして、いっそう姿勢を硬直させた。自分を置き去りにしたような話し合いを、ひと言も口を挟むことが許されないまま傍観していて、彼の心中はどのようなものだったのだろう――と浅見は見るに忍びない思いだった。

「小原三佐、答えたまえ」

蜂須賀が階級名で呼んだので、浅見ははじめて、小原が武官であり、しかも三佐であることを知った。三佐といえば、たぶん旧軍隊では少佐にあたるのではないかと思う。

だとすると、立派な中堅将校だ。

「自分は……」と、小原は額に滲む汗を、手の甲で拭った。

「自分は富沢さんとは会っておりません」

「無駄な嘘をつくな！」

蜂須賀は低い声で叱咤《しった》した。

「きみは利尻島沖に投錨《とうびょう》した際も、上陸はしていないと言っていたそうだな。それどころか、停泊したことさえも知らなかったと言ったという。その一事でもきみが嘘をついていたことは明らかだ。警察はすでに事件当日、利尻の沓形港付近の民家から乗用車を借り上げた人物のいたことを突き止め、顔写真によって当該人物の特定も行なったそうだ。その写真が誰のものかは、いまさら言うまでもないだろう。もはやきみ、シラを切るのは無駄なのだよ」

蜂須賀の強い語調も、最後はなんとなく悲しげに聞こえた。

小原はじっと動かない。目は見開いているけれど、何も見ていない、意思を持たない目であった。

「今日、この場に警察庁の浅見刑事局長に同席していただいたのは、私がぜひにとお願いしてのことだ。本来ならば、きみはいまごろ警察に身柄を確保されているはずだった。誇り高き海上自衛隊の三佐が、殺人事件の容疑者として逮捕されることは、前代未聞の不祥事として、自衛隊の士気に及ぼす悪影響はきわめて甚大だ。しかも、殺人の動機が単なる物取りであるとか、私的な怨恨《えんこん》によるものであるならまだしも、防衛施設の建設に関わる不正事犯を隠蔽せんがためというのであっては、国民の自衛隊に対する信頼は根底から失われてしまう……」

「副本部長！……」

小原は必死の形相で叫んだ。

「自分はそのようなことは、毛頭考えておりません。殺人などは、断じて犯しておらないのであります」

「では、利尻に上陸した事実もないと言うのかね？」

「それは、確かに上陸はしました」

「しかし、刑事が接触したときは上陸などしていないと言ったではないか。なぜ嘘をついたのだ？」

「それは……あのような事件があったその日に、現場の島に上陸したことが知れては、あらぬ疑いをかけられるかもしれないと考えたからであります」

「舞鶴地方総監部へ出張して、『ゆうかぜ』で利尻へ行くと決まった時点で、最初から上陸する予定があったのではないのか？」

「いえ、予定はまったくありませんでした。急遽、上陸したくなったのであります」

「しかし、急に上陸して、よく車が借りられたもんだね」

「それは、たまたま、訪ねた民家の主人が、遠洋漁業で留守で、使っていない車が一台、あるということだったものですので、それをお借りしたのであります」

それは事実だったのだろう、そう話したときの小原は、自信に満ちていた。

「それでは訊くが、その日、きみは車でどこへ何をしに行ったのか？」

「ドライブであります」

「どこへ？」

「べつに、どこというあてはありませんでした」

「じゃあ、どこかで車を降りたということはなかったのかね」

「なかった、と思います」

「思いますとはなんだね。車を降りたか降りなかったかぐらいの記憶はあるだろう」

「それは……どこかでちょっと降りたかもしれませんが、あまり記憶にありません」

「登山道などへは行っていないのだね？」

「はい、もちろん行ってはおりません」

「そうか……」

蜂須賀は首を竦《すく》めて、刑事局長のほうを顧みた。あとはあなたに任せる——という意思表示であった。

「小原さんの言ったことの中で、少なくとも車の持ち主が遠洋漁業へ出かけていて留守だった点は事実でした」

浅見陽一郎はいくぶん物憂げな口調で言った。対照的に小原は救われたように、ほっとした色が面上に現れた。

「そのお宅のご主人はインド洋方面へのマグロ漁船に乗って、つい昨日、自宅に戻ってきたそうです」

「そうでしたか。それで自分が虚偽を申しているのではないことが立証されました」

小原はほとんど勝ち誇ったように言った。

「私が言うのは、あくまでもその部分についてのことです。つまり、ご主人の留守中、車はまったく使用されていなかったというわけですね。ところで、私のほうのスタッフの調べによりますと、あなたがその日に乗った車の運転席下の敷物から、乾燥してしまった泥がかなりの量、採取されたとのことです。じつは、その泥の分析を行ないましてね、その泥に含まれていた成分――とくに植生に関する成分が、利尻富士登山道の六合目付近の山林内で採取したものと、きわめて酷似していることが判明したのです。それから、ついでに申し上げると、そのお宅に対して車を貸すようにとの申し入れは、二日前に漁業組合の幹部を通じて依頼があったそうです。もちろん、依頼者は小原さん、あなたでしたね」

「………」

小原は真っ青になった。しばらくは誰も物を言わなかった。小原の硬直した上体がしだいに細かく震えだした。その様子を見ながら、蜂須賀は憂鬱そうに言った。

「これから先どうするかは、きみの選択に任せる。このまま座して逮捕の不名誉を待つのか。それとも潔く出頭して自首するか。その選択の余地を残してくださるように、浅見刑事局長にお願いしてある。それがせめてもの武士の情けだと思ってくれ。それからもう一つ、藤本さん殺害の件についても捜査は進んでいることを承知しておくことだね。きみに背後関係があることも、警察はすでに掴んでいる。わが防衛庁と自衛隊にとっては、最悪のシナリオになりつつあるのは無念の極みだが、やむをえまい」

そのとき、ドアがノックされて、蜂須賀の返事を待たずにノブが回った。ドアを押し開けて現れたのは、浅見の知らない顔だった。

3

グレーのスーツ、紺地に白い斜線の入ったネクタイという地味な服装である。年齢は五十代なかば過ぎだろうか。体型は大柄でがっちりしているが、エラの張った顔つきはそれに輪をかけていかつい。額の左右の生え際がいくぶん後退して、顔の角張りをいっそう強調している。分厚い唇は極度の緊張を示すように引き締められ、遠近両用メガネの奥の眼光が鋭い。

男は「失礼します」と野太い声で宣言するように言って、室内に足を踏み入れた。蜂須賀が「あ、宇都野さん」と席を立ち、小原も起立して迎えた。

「調達管理第一の宇都野副本部長です」

蜂須賀が客に紹介した。浅見兄弟はそれぞれ宇都野と名刺を交換した。「宇都野順也」がフルネームだった。

宇都野は小原と隣り合う椅子に坐った。なんとなく、法廷での被告と弁護人のような位置関係に見えた。いや、単なる比喩でなく、小原の竦《すく》んだような姿勢は完全に被告人のそれだったし、宇都野の少し傲岸《ごうがん》にさえ感じられる態度には、検察官を威圧しようとする虚勢が感じ取れた。

奇妙なのは、蜂須賀もそれに陽一郎も、宇都野の時ならぬ闖入《ちんにゅう》に対して、まったく意表をつかれた様子のないことだった。宇都野がこういう形で現れるだろうな——と、あらかじめ予測していたように見える。

突然の新展開だが、浅見はすでに察しがついていた。小原が電話で「副本部長」と呼びかけていたのは、この宇都野にちがいなかった。事件の黒幕が宇都野であることは、もはや説明を必要としない。

浅見が見た『防衛年鑑』では、防衛庁調達実施本部に副本部長が六名いることが紹介されていた。そのうちの三名が自衛隊勤務の経験がある、いわゆる「武官」である。浅見のおぼろげな記憶によれば、宇都野の階級はたしか「海将補」だった。昔ふうにいえば少将、アメリカなら准将というところか。小原が海上自衛隊の三佐だとすると、おそらく、現場では直属の上官と部下という関係だった期間があったのだろう。

宇都野が席に着いてから長い沈黙の時間が流れた。状況からいって、まず口を開くのは宇都野であることははっきりしている。いまさら「何の用か？」と訊くまでもなかった。宇都野が自分の部屋でこの部屋の様子に聞き耳を立てていることを計算しながら、蜂須賀は小原を「尋問」していたのだ。

「小原君の身柄を、ひとまず私に預けていただけませんかな」

いきなり、宇都野は切り出した。

「いいでしょう」

蜂須賀は即座に応じた。

「ただし、何が行なわれていたのかを、この場で説明していただきたい」

ことさらに「この場で」を強調したのは、ここでの話はオフレコであることをはっきりさせる意味だ。それでも宇都野は二人の客の存在に視線を走らせた。

「浅見さんご兄弟は、あくまでも私人としてお越しいただいております。しかし、宇都野さんがどうしても、お二人の存在が気にそまないと言われるのであれば、私はあえて何もお聞きするつもりはありません。このまま捜査の進展を見守ることにしますが」

それでもよろしいか——と、蜂須賀は冷たい目を宇都野に向けた。宇都野は防衛大学からの生粋の自衛官だから、任官は蜂須賀よりは何年か先輩にあたるはずだ。それだけに蜂須賀の言葉つきは丁寧だが、検察官の冷徹さで宇都野を追い詰めている。

「分かった……」

宇都野は天命を感じたように仰向いて、そのままの姿勢で言った。

「小原に富沢殺害を命じたのは私です」

とたんに、弾かれたように小原が顔を上げて、「そんな……」と言いかけた。

「いいから、きみは黙っていたまえ」

宇都野は叱咤した。

「蜂須賀君の部屋に盗聴装置をつけさせたのも私です。それ自体は犯罪かもしれんが、その結果、蜂須賀君が富沢に部外秘を漏洩するのをキャッチできた。自分の口からこのようなことを言うのはおこがましいが、その蜂須賀君の行為は許されざる裏切りだと信じております。いかなる理由があろうとも、組織の幹部たる者が、組織の機密を外部にリークするのは、重大なる背信行為である。そうではないですかな」

「それは違うでしょう」

浅見はたまらず、言った。

「背信を言うのでしたら、それ以前に、組織そのものの国民に対する背信を指摘すべきではありませんか。むしろ、内部告発は勇気ある正義の行為だと思いますが」

「ならばなぜ、その前に組織内で問題を処理することをしなかったのか。それが幹部たる者の使命であると自分は言っておる。内部告発といっても、下級職員ならともかく、組織の頂点に立つ者がそれをするのは、天に唾《つば》するようなものだ。それは確かに、蜂須賀君は業者との金銭的な癒着はなかったし、退職者の再就職先を確保するような密約にも関わりがなかった。その意味からいえば、あんたはきれいだったと言うほかはない。

しかし、だからといって、他を蹴落《けお》として、一人いい子になるがごときは卑怯者の所業ではありませんかな」

宇都野は浅見を無視して、蜂須賀に直接ぶつけるように言った。

浅見も蜂須賀の顔を見つめた。宇都野の言っていることは、すべてではないが同意できる部分もあった。とりわけ、告発騒ぎになる前に、なぜ蜂須賀は組織の不正を止めさせなかったのか、疑問が残っていた。かりに一人だけ「謀議」の外に置かれていたとしても、その事実を知った時点で、そういう企みを止めさせることはできたのではないか。

「驚きましたねえ」

蜂須賀は頬を歪めて苦笑した。

「私が何もしなかったなどと、あなたの口から聞かされるとは思いませんでしたよ。私はあなたを含め、何人もの幹部に諫言《かんげん》して、そのつど、鉄の壁のように冷淡に応じられた。もっとも、組織ぐるみの不正が行なわれていると私が知ったのは、ごく最近になってからでしたがね。とくに、あの膨大な水増し請求の数字を把握するまでは、ごく一般的な贈収賄程度のことかと思っていました。ところが、事実は驚くべき内容だった。水増し請求によって浮く金額は三百億円を超え、しかもすでに数年前から、ほとんど退職金制度のごとくに運用され、そのシステムが代々の幹部によって受け継がれようとしていた」

いつの間にか蜂須賀の表情は鬼のように険しくなっていた。

「このような無法がまるで抵抗なく行なわれているのは、防衛庁内に、或る種の治外法権下にあるかのごとく、思い上がった気風が蔓延《まんえん》しつつあることを物語っているのかもしれない。国家の防衛を担う組織は警察権力の及ぶところではないという、このような特権意識は旧軍の専横に通じるものがあると私は危惧しました。しかし、それらのことはもはや議論するまでもないことです。いま私がはっきりさせておかなければならないのは、かかる重大な不正が行なわれているにもかかわらず、私には内部告発の意思がまったくなかったということです」

「えっ？……」という、驚きと非難の入り交じった視線が、蜂須賀に集まった。浅見でさえ、蜂須賀が詭弁を弄するのではないかと疑った。

「まことに恥ずべきことだが、それが事実なのです。もし私にその意思があったなら、すでに年初の時点でそうしていたでしょう。だが、私にはできなかった」

「しかし、二十三億円の水増し請求に関する内部告発があったのは、あれは蜂須賀さんではなかったのですか？」

浅見が遠慮がちに訊いた。

「そうです、私です。しかし、あんなものは告発というにはほど遠い。警察に内偵を促すための合図を送ったに過ぎない。それも、内偵を進める過程で、資料を改竄《かいざん》あるいは隠蔽して、業者側のミスとして処理できるような時間的な余裕を与えています。要するにあれは、摘発がありうるぞという、警告としての効果を上げたにすぎません。ところが、その直後といってもいい時期に、警察庁主導によると思われる大規模な摘発が行なわれた。これは私にとっても衝撃的でした」

「何を言っているんだ。その仕掛け人はあんただろう」

宇都野が憤然として言ったのに対して、蜂須賀は冷やかな目を向けた。

「違うと言っているでしょう。私は内部告発はしていない。いや、できなかったというのが正しい。その勇気がなかったのです。わが自衛隊を貶《おとし》めるような行動には、ついに踏み切れなかったのですよ」

蜂須賀が「わが自衛隊」と言ったとき、彼の表情にえもいわれぬ複雑な気配が流れるのが見えた。照れ、誇り、屈辱、憤《いか》り……さまざまな心理が内面で渦巻き、葛藤していることを窺わせる。

「その怯懦《きょうだ》な私が、たとえ噂としてであっても、水増し請求のあることをリークしたのは富沢君の死に触発された、やむにやまれぬ思いがそうさせたものです。彼の死を最初に知ったときは、ひょっとすると殺害されたのではないかと疑ったのだが、警察の捜査によれば、事故死か自殺として処理されたという。自殺は考えられないから事故死だったとしても、富沢君が私の意を体して利尻島へ行ったことは事実です。その彼の死を犬死ににしてはならないと思ったから、私は水増し請求問題を警察にタレ込んだ。といっても、そういう噂があるといった、だらしのない情報でしかなかった。正々堂々とした告発は、どうしてもできなかった」

「それならばなぜ」と浅見は疑問を投げた。

「蜂須賀さんはなぜ、富沢さんに水増し事件のデータを預けたのですか？　結果的にはあの富沢さんが作製したＣＤが僕の手を通じて警察を動かすことになったのですが」

「私は恐れたのですよ、突然、抹殺されることをね」

蜂須賀は自嘲するように笑い、すぐに怖い顔になった。

「私は庁内で一人だけ浮いた存在でした。しばしば組織の流れに抵抗するような言動をするし、かつて学生時代の私には百八十度転向した経歴もある。しかも極秘データをすべて握ることが可能な立場の一人でもある。現在、不正を行なっている組織にとって、これほど危険な人間はほかにいないでしょうな。ある日、突然、消されても不思議はない。そのことを恐れ、もし私が死んだ場合には、このデータをオープンにしてくれと富沢君にＣＤを託したのです。だが、皮肉にも、死んだのは彼のほうだった」

しばらくは誰も口をきかなかった。それぞれの思いの中で、利尻の山中で独り、死を迎えたときの富沢のことを想像しているに違いない。浅見の脳裏にも、利尻富士登山道の濃密なエゾマツの森が思い浮かんだ。冷たい苔《こけ》のしとねの上で、富沢は眠りながら凍え死んだ。その瞬間、彼は夢の中で無念の思いを叫んだのだろうか。

富沢は死んだが、彼の魂魄《こんぱく》は一枚のＣＤと化して、海を越えた。そのＣＤが端緒となって巨大な悪事が暴かれたのは、ただの偶然や幸運や奇跡によるものでなく、富沢の執念がもたらした結果なのかもしれない。

「富沢さんとは、利尻富士鴛泊ルートの登山口で会いました」

長い沈黙から醒《さ》めたように、小原がポツリと言いだした。感情の伴わない、平板な口調であった。

「午後一時頃だったと思います。富沢さんは自分を見て、『どうも』と笑いながら近寄ってきました。それからわれわれは付近の駐車場に車を置いて、山道を登って行きました。途中、一度だけ山頂のほうから下ってくる三人連れとすれ違いましたが、少し前に気配を感じた自分は、小便を装って道を外れ森の中に入り、少し先行した富沢さんだけが、彼らの記憶に残ったはずです。それからさらに登り、八合目付近の『プロメテウスの火矢』建設予定地を見て、その場所がいかに建設に不適当かで意見が一致し、缶コーヒーで乾杯しました。その場所にいたのは五、六分ほどだったと思います。しかし、富沢さんに異変の兆候が現れたのは、そこから下り始めて十五、六分ほど経ってからです。富沢さんは急に疲れを覚えたと言いだし、しゃがみ込むように休みました。それっきり、立ち上がる気力を失って、『動けない』と言いました。そのとき、富沢さんが自分を見た目は不信と悲しみに満ちていて、いまでも思い出すたびにつらくなります。それから自分は、眠りに落ちた富沢さんを担いで森の奥に入り、エゾマツの太い倒木の陰に横たえました。山陰のその辺りはすでに暗く、空気も冷え冷えとしていましたが、それでも、ひょっとすると死なないかもしれないという不安はありました。五月末の利尻の最低気温はマイナスだと聞いていましたが、確信はなかったのです。しかし、それならそれでいいとも思いました。富沢さんが死ぬか、自分が死ぬかのどちらかだと思いました」

小原が語り終えて、部屋はまたしばらくのあいだ静寂に包まれた。その静寂を破ったのは浅見刑事局長だった。

「ところで、藤本さん殺害についてですが、あれもやはり、宇都野さんの教唆による、小原さんの犯行ですか？」

まるで世間話でもするような、淡々とした口調だ。

「藤本は食えない男でしたよ」と、宇都野もそれに合わせるように言った。

「藤本は富沢君の事件について、当初、蜂須賀君を疑っていたらしい。この部屋に蜂須賀君を訪問しては、富沢君が蜂須賀君の自宅を訪ねるなど、親しい関係にあったことをつついて、蜂須賀君の反応を見定めようとしていたふしがある。そうでしたな？」

宇都野に訊かれて、蜂須賀は頷いた。この部屋で交わされた会話は、一部始終が盗聴されていたのだから、いまさら否定しても意味はない。

「確かに彼は私のところに来て、妙に富沢君の事件にこだわったような話をしていましたね。富沢君は殺された可能性があるとか、何か私がその事件の背景を知っているようにも受け取れる口ぶりでした」

「ところが蜂須賀君が事件当日、海外にいたことを知った時点から、藤本は小原に疑いを向けた。蜂須賀君は黒幕で、実行犯は小原ではないか——と思ったわけですな。そして事件の前日、小原が舞鶴へ出張して、『ゆうかぜ』に乗ったことを突き止めた。あげく、こともあろうに、藤本は小原を恐喝しようと考えたのですよ」

「まさか……」

浅見は思わず声を発した。あの藤本が恐喝めいたことをするとは考えられなかった。

「なぜ、まさかと思うのかね」

宇都野は少し血走った眼で、浅見をギョロリと睨んだ。

「あんたごときに、この世の中の何が分かる？　人間の愚かさ醜さのどれほどを知っているというのかね？　藤本は西嶺通信機社内では冷遇されていたといっていい。自らは有能と自負しながら、ついに主流に乗れないままで終わろうとしていることへの、焦りと不満が彼にはあったのだよ。小原に対する要求はカネではなかった。西嶺通信機内での彼の地位を引き上げるよう、調本側から働きかけてくれと要求したのだそうだ。小原からその話を聞いたとき、自分は即座に藤本を始末することに決めた」

4

室内には冷え冷えとした空気が流れた。盗人猛々《たけだけ》しい——という以前に、宇都野は確信犯的に、自分なりの正義を行なったつもりでいるのだ。浅見はそのとき、ほとんど歴史上の出来事としか認識のなかった「五・一五事件」や「二・二六事件」を連想した。

「五・一五事件」は海軍青年将校が犬養《いぬかい》首相を殺害、牧野邸や政友会本部などを襲撃して、帝都を混乱に陥れ、クーデターによる軍事政権を確立しようとしたものだ。彼らの理論的母体となった「血盟団」は、それまでにも井上前蔵相や三井グループの理事長・団琢磨《だんたくま》を殺害している。

「二・二六事件」では、政治家や軍上層部の腐敗を怒った青年将校が決起、千四百人の兵士を率いてクーデターを起こした――ことになっているが、その背景には、軍内部の「統制派」と「皇道派」の対立があったとされる。皇道派青年将校は斎藤内大臣、高橋蔵相、渡辺陸軍教育総監らを殺害した。

旧軍時代と現在の自衛隊とでは、スケールの面でも過激さでも、比較のしようもないが、時代や制度が変わっても、「職業軍人」の理念や感覚にはあい通じるものがあるにちがいない。彼らの中に、一種の使命感からくる思い込みや特権意識が芽生える可能性はつねにある。

いや、軍人ばかりではない。政治家にも一般庶民の中にも、やがてはそういう意識が広まるだろう。たとえば「有事」のときに、民間空港や港湾施設が軍用に供与されることに対して、何の抵抗も感じない時代がくるかもしれない。平和が永続すれば、それに越したことはないが、一旦緩急あれば、好むと好まざるとにかかわらず、国防が最優先事項として、国政の頂点に立つことになる。「そこのけそこのけ戦車が通る」のである。

そういう事態が善か悪かの問題ではない。問題は国民の覚悟のほどだ。「有事」のときに和戦いずれを選ぶかも、その結果への覚悟がなければ、国防を論じる資格はない。

和に徹し、とことんまで屈伏に甘んじる覚悟があれば、極端な話、自衛のための戦力も必要がないことになる。もしそうでないのなら、腰を据えて国防を考えなければならない。そのためには当然、憲法も改正（改悪かもしれないが）して、まやかしやごまかしでデッチ上げている軍隊や戦力に、きちんとした市民権を与えるべきだろう。

しかし、国も国民も、そこまで腹をくくった覚悟をもって、国防を議論することが少ない。いつまで経っても態度を保留して、アメリカの傘の下で曖昧に生きている。

宇都野のような生粋の「軍人」にとっては、そういった国民や為政者の優柔不断は我慢がならないにちがいない。まして、防衛庁内での腐敗や不正が暴露されることによって、自衛隊全体が無用の長物、ただのカネ食い虫のように思われたりするのは、やりきれないことだろう。

その鬱積した思いや怒りが、不正の当事者に対してではなく、逆恨みのように、蜂須賀のような「獅子《しし》身中の虫」にぶつけられ、そこへ不運にも介入してきた、民間人である富沢や藤本を叩き潰《つぶ》す方向へ向かったのだ。宇都野にとっては「光輝ある自衛隊」のイメージを死守することは、国を護るのと同じ程度に重要な意味があるにちがいなかった。

「宇都野さんには、反省や後悔はないのでしょうか？」

浅見は静かに訊いた。

「後悔のない人生なんて、あるのかね」

宇都野は皮肉な笑みを浮かべた。

「わしはいくつもの後悔を重ねてきたさ。しかし、六十年近い生涯の中で、積み重ねてきた後悔の最大のものは、沈黙を守ったことへの後悔だな。自衛官というやつはね、きみ、政治や国の方針に容喙《ようかい》することが許されない人種なんだよ。巷《ちまた》ではわけの分からないような若造が、勝手気儘《きまま》に政治批判をやっていても、自衛官は公の場で国政批判、とくに国防に関する主張を開陳することはできない。自衛官に意思表示が許されるのは、選挙のときに一票を投じるぐらいなものだ。その禁を破って国防論を披瀝《ひれき》した結果、葬り去られた先輩を何人も知っている。国や防衛庁はシビリアン・コントロールの名のもとに、異端の存在は問答無用に排除するのだ。たとえいかなる愛国者であろうとも容赦はない。そのつど、自衛官は萎縮し貝のように口を閉ざした。防衛大以来の四十年間、わしも沈黙しつづけた。いまとなっては、その無為に過ごした歳月が惜しい」

「沈黙を破って、殺人を犯しましたか」

浅見は言った。

「なにっ？……」

宇都野の威嚇する目が浅見を睨んだ。狂気の目だ——と浅見は思った。これと同じ目をした殺人者を、過去に何度も見てきた。罪を悔いる者の目からは、狂気の色は消え、悲しみの色に染まるのだが、自分の犯行を正当化しつづけようとする人間の目には、いつまでも狂気の激しさが宿ったままである。

「あなたは、防衛庁幹部でありながら、専守防衛の国是を破った。戦う意思も道具も持たない民間人を、訓練された軍人が、しかも護衛艦や軍用ヘリコプターを利用して殺戮《さつりく》した。目的は何か。組織内の不正を糊塗し、犯行を隠蔽するためです。弁護の余地のない、救いがたい犯罪というほかはありません。日本は、日本国民はあなたのような自衛官を望んではいない。それどころか、多くの自衛官が、あなたの犯罪によって貶《おとし》められ、これまで営々として培《つちか》ってきた国民の信頼を、何十年分か後戻りさせられることになる。その罪のほうが深いかもしれません。先般の水増し請求事件で信頼が失われた以上に、あなたの犯罪が裁かれることによって、自衛隊のイメージはいっそう地に落ちることになります」

浅見の言葉の途中から、宇都野は視線をはずした。うるさそうに首を振っていたのもいつかやんで、目を閉じた。

浅見が話し終えても、宇都野は姿勢を変えようとしない。反論はなかった。四十年の沈黙を思い出したように、口を一文字に結んだまま、動こうとしない。

誰もがおし黙って、まるで午後の気だるさのような憂鬱が、その場を支配していた。ずいぶん長い時間が経過したようだが、それほどでもなかったのかもしれない。「さて……」と、最初に口を開いたのは宇都野だった。驚くほど醒めた目をしている。

「行こうか」

傍らの小原を一瞥《いちべつ》して促すと、大儀そうに立ち上がった。

「失礼しますよ」

蜂須賀と浅見兄弟に次々に視線を送って、ゆっくりした足取りでドアへ向かった。釣られて立った小原は、逡巡しながら椅子の脇に一歩を踏み出して、蜂須賀に向かい挙手の礼を送った。

「申し訳ありません、失礼します」

「そうか、きみも行くか」

「はい、参ります」

挙手のまま、浅見兄弟に頭を下げて、小原はやや首をうなだれた恰好で、宇都野の後を追って部屋を出た。ドアを閉める寸前に見せた表情には、万感が込められていた。


宇都野海将補が操縦するT－5型練習機が、大島南方海上で消息を絶ったのは、それから三日後のことである。

同機は千葉県沼南《しようなん》町にある海上自衛隊下総《しもうさ》教育航空群司令部所属で、同日朝、宇都野は小原三海佐を同乗させて訓練飛行に飛び立った。訓練飛行といっても、むろん異例のことで、規則違反には違いない。同航空群の司令は池藤一海佐だが、池藤は後の事情聴取に対して、先輩の宇都野に懇望されて断れなかったと言っている。

大島上空で機首を東南に向け、百キロほど行った辺りで「エンジン不調、不時着する。貴重な機を失い、申し訳ない。わが自衛隊の栄光を祈念する」と連絡してきたのを最後に、消息が途絶えた。直ちに捜索機を飛ばしたが機体その他は発見できなかった。その付近は日本海溝に近い深海で、機体の回収は難しいだろうという。

操縦不能に陥った原因は解明できない。宇都野海将補は現役ではないが、飛行時間八千時間を超えるベテランといっていい。T－5型練習機はプロペラ機で、安定性能のいい飛行機だけに、操縦ミスとは考えにくい。整備不良があったのか、それとも、急激な気象変化等、予測されないトラブルが生じたのか、すべては謎であった。

自衛隊関係者のあいだでは、宇都野海将補が最後に発した「貴重な機を失い、申し訳ない」という言葉が、ちょっとした話題になった。規則違反を犯して事故に繋がったのは失態であるとしても、死を目前にして、国の財産を失うことを謝罪する余裕があったのは、さすがだという意見が多かった。

もちろん、機体から脱出することも可能だし、機内には救命具の備えもある。それを使わずに機と運命を共にしたことを、「これぞ軍人魂」と賛美する者もいた。

下総航空基地には宇都野、小原両家の家族が駆けつけた。小原三佐夫人は涙こそ見せたが、毅然《きぜん》とした様子で、周囲への挨拶も怠りなかった。彼女の話によると、前々日と前日にかけて、小原は妻を伴って湯布院温泉に旅行したのだそうだ。

「急に休暇が取れたので、温泉へ行こうと申しまして……思えば、それも虫の知らせというものだったのかもしれません」

夫人にしてみれば、長いあいだ果たせなかった約束を、偶然とはいえ、死の直前に実行したことに、何か運命的なものが感じられるのだろう。

捜索は三日間にわたって続けられたが、消息不明のまま事故による死亡と認定し、捜索は打ち切られた。

その後、遺族七名を乗せた救難飛行艇が現場上空を飛行し、花束を投下した。この日は西風が強かったものの、よく晴れて、大島のかなたに、新雪を頂いた富士山がくっきりと姿を見せていた。

エピローグ

自衛隊機遭難の「悲報」を聞いた夜、浅見は書斎に兄を訪問して、「これでよかったんですかね」と言った。

「いいわけがないだろう」

刑事局長は固い表情で答えた。陽一郎も蜂須賀も、むろん浅見も、こうなることは予測していた。予測しながら手をつかねて、事態をじっと見守っていた。

「じつは、秋元長官には事件の真相を報告してある。長官も、自衛隊の名誉を優先するというわれわれの判断を了解されたよ。やむをえないというより、よくやってくれたと感謝された」

「そうですね。僕もこれ以上の解決策はあり得なかったと思いますけどね」

「政治的にはな。宇都野、小原両氏、それと自衛隊の名誉はひとまず守られた。しかし私は服務規程を破っている。それに、犯人が特定されもせず、裁かれもしないのでは、被害者の遺族は物心両面で救済されないままになる。ある意味での正義は行なわれたが、納得のゆく解決というには、ほど遠いだろう」

「遺族への配慮は、べつの方法で償いが行なわれると思いますよ」

「ほう……」

陽一郎は意外そうに弟の顔を見た。

「たぶん、蜂須賀さんが何か考えているのじゃないでしょうか。とくに富沢さんについては、蜂須賀さんに責任があるのだから」

後日、この浅見の予想は実現している。西嶺通信機の重役が富沢家を訪ね、富沢春之に着せられた「背任」が事実無根であったことを伝え、慰謝の意味を込めた弔慰金を贈ったというものである。

その話は、浅見が片山誠司と一緒に富沢家を訪れたときに、幸恵未亡人から聞いた。富沢春之の事件からちょうど半年目——十一月末のことである。

「弔慰金とおっしゃるので、何の気なしに目録を頂戴しましたけれど、あとで中を広げてみてびっくり。想像もつかないような金額でしたの」

その金額がどれほどだったか、などという、下卑た質問はしなかったが、彼女がそう言うからには、相当な額だったのだろう。

「もしかして、浅見さんが富沢の事件のことを調べてくださったお蔭《かげ》じゃないかしらって思ったのですけど。違いますの？」

「えっ、いや、とんでもない。僕なんか何の力にもなっていませんよ」

浅見は慌てて否定した。西嶺通信機がどのようにしてそのカネを捻出したのかは分からない。いずれ機密費か使途不明金で処理するような種類のことにちがいないが、その背後に蜂須賀から何らかの働きかけがあったことも想像に難くない。谷中に続いて宇都野と、二人の副本部長を失った調達実施本部にあって、蜂須賀の存在はにわかにクローズアップされたはずだ。蜂須賀がそれとなく富沢の処遇に対して疑問を投げかけただけでも、企業側としては過敏に反応しただろう。

「こんなに戴いていいのかしらって、心配な気がするくらいです」

「そんなの、いいに決まってますよ」

片山が気張って言った。

「会社はあらぬ疑いを富沢さんにかけていたんですからね。本来なら社長自らが謝りに来るべきなんです。もっとも、関野専務が逮捕されたりして、わが社も大変だから、それどころじゃないのかもしれませんけど」

すぐにトーンダウンして、元気がなくなった。

「ご主人が亡くなってから、もう半年経つんですねえ。早いものです」

浅見は仏壇の写真を見ながら、言った。

「ええ、あの頃は新緑がとてもきれいでしたけど、いま頃はあの場所も、雪と氷に閉ざされてしまったのかしら……いちど、本格的な冬になる前に、義母と子供たちと一緒に利尻島へ行ってこようかと思っています」

「そうですか、それはいいですね。利尻富士は真っ白でしょうね」

「浅見さんもご一緒しません？　片山さんもいかがです？」

いきなりフラれて、片山は頭を掻いた。

「いや、行きたいですけど、残念ながら僕はだめですね、たぶん。年末は仕事で身動きが取れないんですよ。浅見さんは身軽だから、大丈夫なんじゃないですか？」

「ははは、身軽は身軽ですけどね……」

「でしたら行きましょうよ。あの、失礼ですけど、旅費ぐらいは、戴いた弔慰金のほうから出させていただきますから」

「ありがとうございます。しかし、そういうことではなくて……」

浅見の脳裏には中田絵奈の面影が浮かんでいた。富沢家からの帰路、浅見は片山と別れて絵奈の自宅に電話してみた。留守番電話になっていたので、浅見は伝言を吹き込んでおいた。

「富沢さんが亡くなって半年なので、お電話してみました。お元気ですか？　ところで、あなたから預かったＣＤのお蔭で、事件はほとんど解決し、富沢さんの名誉は回復されました。詳しいことはお話しできませんが、会って報告できればと思います。ご連絡をお待ちしています」

しかし、絵奈からの連絡はなかった。三日、四日と経過して、街にはジングルベルが賑やかに流れている。彼女にも新しい人生が始まったのかもしれない——と浅見は思った。氷雪に閉ざされた大地も死んだわけではないのだ。春が巡ってくればまた若い樹が芽を出す。むしろ、利尻島での出来事こそ、彼女の記憶の底に閉ざされるのがいい。

自作解説

一九九八年の時点で全国都道府県すべてを踏破した僕だが、北海道は旭川付近までが北限だった。「週刊文春」の連載を依頼され、編集者とどこを取材するかで話しあった時、ぜひ北海道北部を舞台にしようという気持ちがあった。「できれば利尻島がいい」という提案には、編集者も諸手を挙げて賛成し、取材にはぜひ同行したいという話になった。

利尻島にはかなり以前から憧れのようなものがあって、いつかは訪れたいと思っていたのが実現した。「利尻富士」と呼ばれる秀麗な姿の火山そのものが島である美しさも魅力的だが、有名な利尻昆布やその昆布で育った利尻のウニを食べたいという、まことに不真面目な副次的欲求のほうが、むしろ本来の取材目的よりも強かった。毎度のことではあるけれど、利尻へ行って何を書くつもりなのかは、まったく考えてもいないまま、とりあえず出掛けてみたのである。

利尻島の美しさもウニの美味さも期待どおりのものがあったが、さていかなる物語を書くか——という目で眺め考えると、これがなかなか難しい。こういう別天地のような美しい島で、虚構とはいえ、オドロオドロしい事件を発生させるというのは、許されない冒瀆のような気がする。島を一巡りしたものの、いいアイデアが生まれそうな予感は生じなかった。

利尻島には驚くべきことに「浅見光彦倶楽部」の会員が二人いた。小さな島で人口もさほどではないだけに、これはちょっとした感激ものだった。その一人の勤務先である利尻カルチャーセンターを訪ねたのが、まず最初の収穫になった。第一章の冒頭で、浅見光彦の体験に準《なぞら》えて、その場面を再現している。もっとも、この何でもないようなエピソードを導入部として、長大なストーリーが展開してゆくとは、じつのところ、作者自身も確信があったわけではない。

この解説を書くにあたり、久しぶりに『氷雪の殺人』を繙《ひもと》いたが、プロローグとこの第一章の導入部がじつにスムーズにスタートしていることに、あらためて感心した。自分の作品に感心してはいけないかもしれないが、それが正直な実感である。これがあるから、それ以降にやってくる少し硬質なテーマにも順応できるというのが、「読者」としての僕の感想であった。

この作品は一九九八年十月二十二日号から九九年七月二十二日号まで、「週刊文春」におよそ四十回にわたり連載されたが、例によってプロットを用意しないまま執筆がスタートしている。しかし、読み進めてゆくうちに、このストーリーは、思いつきや場当たり的な手法で書かれたものとは、到底思えなくなった。導入部だけを取り上げても、浅見と中田絵奈の出会いから、浅見の鋭い洞察力や絵奈の心理の揺らぎなど、じつに巧妙に読み手の興味をそそる書き方だ。そうしてやがて、壮大なテーマが陽炎《かげろう》を透かして見るように姿を現す。

作品のテーマに到るもう一つの入り口は、稚内の丘で見学した「氷雪の門」と「九人の乙女」の悲劇を追悼する碑である。ストーリーの設計図も描けていない時点で、この作品を『氷雪の殺人』と命名した動機は、ほぼその時の直感によっている。

稚内市内にはロシア人の姿が多かった。港には赤錆びたロシアの貨物船が停泊し、ラーメン屋はロシア人の客で賑わっていた。よく晴れた日には宗谷岬からサハリンが望めるそうだ。文字どおりの一衣帯水、外国と向き合っていることを実感する。東京や軽井沢の山の中で面白おかしく暮らしているのとはまるで違う、緊張感がある。ここでは景気問題もさることながら、国際問題、外交といったことが日常の話題であり、武器密輸、漁船の拿捕《だほ》、盗品の海外持ち出しなどが、ごくありふれた会話の中で語られている。作中でラーメン屋のおやじが「トカレフの入ったカニ」と喋っているのは、実際、この耳で聞いた話であって、必ずしも冗談とは思えなかった。

東京や大阪など中央で生活する市民には、稚内や利尻島辺りは観光地としての認識しかない。じつはそこは日本が外国と向き合う第一線なのだ。いまでこそ友好関係にあって、市民が気楽に行き交うけれど、ほんの十数年を遡った冷戦時代には、ほとんど敵対関係にあるといっていい最前線であった。その辺りの感覚のギャップをひしひしと感じ、そのことが無意識のうちに、作品の一つの方向性に繋がったと思う。取材はやはり、単なるお気楽な観光旅行などではなかったのである。

連載が終了して、かなり大幅な加筆・推敲を経て四六判単行本として上梓した時、本の帯に次のようなメッセージを掲げた。

〔この作品は書いているうちに思い入れがどんどん強くなっていった。浅見光彦と陽一郎、警察と自衛隊――という「兄弟」の物語として昇華したのは、僕の予想を超えている。戦後、日本人が喪った最大のものは「覚悟」ではなかっただろうか。この作品ではそのテーマを、大上段からではなく、あくまでもエンターテインメントとして書いた。『氷雪の殺人』はタブーに対する僕流の「挑戦」といっていいかもしれない。〕

こう書いたのはあくまでも結果であって、すでに自白しているように、当初はいわゆる旅情ミステリーの「利尻版」のようなものを想定していた。ところが、現実の世界では執筆中に思いがけない「事件」が次々に起こった。その象徴的なものが「テポドン」である。北朝鮮から発射された長距離弾道ミサイルが日本列島上空を越えて、三陸沖の太平洋に落下したこの事件は、わが日本国の危機管理体制の不備や、事後処理の拙劣さを浮き彫りにした。国民の多くがすでに忘れてしまっていると思うが、「テポドン」が落ちた事実を国民が知ったのは、日本政府の発表によるものではなく、韓国のテレビ局が放送したことによっている。しかも落下地点を正確に「北緯40度11分、東経147度50分」と発表したのは韓国政府だった。日本政府、とくに防衛庁の無能ぶりは国民にはもちろん、海外でも失笑を浴びた。

　それに続いて、防衛庁幹部による汚職事件が明るみに出た。業者との癒着どころか、業者を指導して不正を働いたといっていい。それがしかも、組織ぐるみで恒常的に行われていたというのだから驚く。「テポドン」の脅威に晒されている頃、防衛庁幹部は私腹を肥やすことに精を出していたわけだ。

　それ以上に一読者として驚いたのは、連載中のこの小説にこれらの大事件が、ほとんどリアルタイムに取り入れられ、物語の重要な筋として描かれていることだ。あたかもこういう事件がいずれ起こるであろうと予測していたかのごとく、当然のことのように盛り込まれている。「バッジシステム（自動警戒管制組織）」なども、それまでは知識がなかったはずのことを、さも精通しているように書いてある。この辺になってくると、著者の僕自身どうしてそうなったのか、よく分からない。天の啓示というけれど、まさに神がかり的としか言いようがない。さらにこの時点で、四年後の二〇〇三年夏の国会に提出され、成立した「有事法」のことを示唆している。（一旦緩急あれば、好むと好まざるとにかかわらず、国防が最優先事項として、国政の頂点に立つことになる。／問題は国民の覚悟のほどだ。「有事」のときに和戦いずれを選ぶかも、その結果への覚悟がなければ、国防を論じる資格はない。）

『氷雪の殺人』のテーマはやはり「覚悟」だったと思う。「覚悟」については『遺骨』などでも書いている。脳死による臓器移植が日常化すれば、そう遠くない将来、利益を優先した臓器の売買や、極端な場合、臓器の摘出を目的とした殺人事件も起こりうる。そのことも覚悟してかかるべきだ。

コメ問題にしても同じである。極端な減反は食物に関する国の安全保障の面で、将来に禍根を残す可能性のあることも覚悟しなければならない。逆に、外国産米を関税によって締め出すのは、自動車やハイテク製品に対する報復的な関税を発生させる危険性を、つねに内包していると覚悟すべきだ。

安い労働力に依存して工場を海外に進出させ、企業の業績を上げるのはいいが、それは国内の失業率を上昇させ、購買力を失わせる結果に繋がることを覚悟してやっているのかどうかが問われる。

この作品のラスト、宇都野海将補が太平洋上で「遭難死」するのは、必ずしも褒められた話ではないが、軍人らしい覚悟のほどを示したという点で、『氷雪の殺人』のテーマをそれなりに完結させた。

二〇〇三年秋　　内田康夫

単行本　一九九九年九月　文藝春秋刊
ノベルス版　二〇〇一年九月　実業之日本社刊
本書は二〇〇三年十一月刊文春文庫の新装版です

本作品はフィクションであり、実在の個人・団体などとは一切関係ありません。また、作中に描かれている風景、建造物などは現実と異なる点があることをご了承下さい。（編集部）

ＪＡＳＲＡＣ　出1902989-901

文春文庫

氷《ひょう》雪《せつ》の殺《さつ》人《じん》

定価はカバーに表示してあります

2019年 5 月10日　新装版第 1 刷

著　者　内《うち》田《だ》康《やす》夫《お》
発行者　花田朋子
発行所　株式会社 文藝春秋

東京都千代田区紀尾井町 3-23　〒102-8008
TEL 03・3265・1211㈹
文藝春秋ホームページ　http://www.bunshun.co.jp

落丁、乱丁本は、お手数ですが小社製作部宛お送り下さい。送料小社負担でお取替致します。

印刷製本・凸版印刷

Printed in Japan
ISBN978-4-16-791276-5